DIE AKTE SCHLEISSHEIM

Gerhard Hopp, Jahrgang 1981, studierte Politikwissenschaften, Amerikanistik, Geschichte (M.A.) sowie Ost-West-Studien (M.A.) und promovierte 2010 in Politikwissenschaften an der Universität Regensburg. Seit 2013 ist er direkt gewähltes Mitglied des Bayerischen Landtags und seit 2018 Mitglied des Präsidiums. Er ist Vorsitzender des Bayerischen Bibliotheksverbandes und Mitglied im Medienrat. Als Autor und Herausgeber veröffentlichte er mehrere wissenschaftliche Publikationen im Bereich der Politik- und Parteienforschung.

Dieses Buch ist ein Roman. Handlungen und Personen sind frei erfunden. Ähnlichkeiten mit lebenden oder toten Personen sind nicht gewollt und rein zufällig. Ab Seite 264 finden sich Übersichtskarten des Maximilianeums und der Schlossanlage Schleißheim.

GERHARD HOPP

DIE AKTE SCHLEISSHEIM

Kriminalroman

emons:

Bibliografische Information der Deutschen Nationalbibliothek
Die Deutsche Nationalbibliothek verzeichnet diese Publikation
in der Deutschen Nationalbibliografie; detaillierte bibliografische
Daten sind im Internet über http://dnb.d-nb.de abrufbar.

© Emons Verlag GmbH
Alle Rechte vorbehalten
Umschlagmotiv: mauritius images/Ypps
Umschlaggestaltung: Nina Schäfer, nach einem Konzept
von Leonardo Magrelli und Nina Schäfer
Umsetzung: Tobias Doetsch
Gestaltung Innenteil: DÜDE Satz und Grafik, Odenthal
Lektorat: Carlos Westerkamp
Druck und Bindung: CPI – Clausen & Bosse, Leck
Printed in Germany 2021
ISBN 978-3-7408-1128-0
Originalausgabe

Unser Newsletter informiert Sie
regelmäßig über Neues von emons:
Kostenlos bestellen unter
www.emons-verlag.de

Dieser Roman wurde vermittelt durch
die Medienagentur Gerald Drews, Augsburg.

Die Übersichtspläne und Karten des Maximilianeums wurden mit
freundlicher Unterstützung des Landtagsamtes des Bayerischen
Landtages erstellt.

Sort of a dope on the ropes,
letting Foreman swing away but,
like in the picture, hit nothing but air.
George Kalinsky, 1974

Rope-a-dope, Substantiv
Boxtaktik, die Muhammad Ali beim »Rumble in the Jungle«
gegen George Foreman zugeschrieben wird. Der Boxer nimmt eine vermeintliche Abwehrhaltung ein – bei Ali, indem er sich in die Seile hängte – und erlaubt
dem Gegner, Treffer zu landen, wodurch dieser ermüdet und Fehler begeht,
welche der Boxer dann zu seinem Vorteil ausnutzt.

Prolog

Athen, Königliche Residenz, 1854

»Sagt, lieber Ratgeber, machen die Briten nun Ernst?«, fragte Otto I. und blickte seinem Adjutanten in die Augen. Probleme gab es genug, seitdem der bayerische Prinz vor gut zwanzig Jahren von Bord der britischen Fregatte »Madagascar« gegangen war und sein griechisches Königreich erstmals betreten hatte. Damals noch minderjährig, hatte er dank des Verhandlungsgeschicks seines Vaters im Spiel der europäischen Mächte ein Land übernommen, das sich gerade erst die Unabhängigkeit vom Osmanischen Reich erkämpft hatte.

»Dieses Mal ist es wohl so, Majestät.« Georg Friedrich, der die Königsfamilie schon von Kindesbeinen an und durch so manche Krise hindurch begleitet hatte, wog seine Worte sorgfältig ab. »Bei der Annexion von Kreta oder beim Streit um die Inseln vor drei Jahren war es eine Machtdemonstration. Jetzt haben wir den Bogen womöglich überspannt.«

»Überspannt? Was hätte ich denn tun sollen, bei Gott?« Otto schlug mit der flachen Hand auf den Schreibtisch. »Wer hat sich denn mit den Osmanen verbündet? Wer hat griechische Leben in Gefahr gebracht? Unsere Stellung im Volk ist schon schwer genug. Da musste ich mich für eine Seite entscheiden, und das war Russland!« Otto atmete tief durch. »Was haben wir nun zu erwarten?«

»Ich kann nur Vermutungen anstellen, Majestät, aber bei der Lage auf der Krim und der Entschlossenheit der alliierten Truppen ist alles möglich«, antwortete Georg, als er von einem aufgeregten Klopfen unterbrochen wurde.

»Ma… Majestät, ein Bote aus Piräus bittet um dringenden Einlass!«, stotterte ein Diener ängstlich.

Otto und Georg wechselten beunruhigte Blicke. Der König befahl mit einer unwirschen Handbewegung, den Mann hereinzulassen.

»Majestät, bitte verzeiht die Störung zu dieser Zeit. Aber es ist wichtig.« Der Offizier der königlichen Flotte, in etwas derangierter Uniform, rang nach Luft. »Oberst Papadopoulos.« Er salutierte. »Die Briten. Sie haben den Hafen eingenommen. Wir hatten keine Möglichkeit, ihn zu verteidigen, sie sind in zehnfacher Überzahl wie aus dem Nichts gekommen. Auch die Franzosen!«

»Was? Ohne Vorwarnung?«, stieß Otto aus.

»Sie wollen hierher, nach Athen. Man hört, sie wollen die Stadt besetzen. Aber mehr weiß ich nicht. Ich bin so schnell, wie mich das Pferd getragen hat, hierhergeritten, um Euch zu warnen«, antwortete der Mann, noch immer nach Luft ringend.

»Wie viel Zeit bleibt uns?«

»Morgen früh könnten die ersten Truppen hier in Athen sein.«

König Otto stützte sich auf dem Tisch ab. »Ich glaube zwar nicht, dass sie mehr tun werden, als die Stadt zu besetzen, aber wir müssen uns auf das Schlimmste vorbereiten.«

Georg Friedrich nickte zustimmend und gab dem König zu verstehen, dass er unter vier Augen mit ihm reden wollte. Otto folgte ihm zurück ans Fenster, und sie unterhielten sich mit gedämpfter Stimme, während der Bote auf weitere Befehle wartete.

»Wir werden Vorbereitungen zu Eurer Sicherheit treffen und die Wachen verdoppeln, auch wenn ich nicht glaube, dass sie Euch behelligen werden«, sagte Georg. »Aber die Briten und die Franzosen sind bekannt dafür, sich zu nehmen, was nicht niet- und nagelfest ist.«

»Ihr habt recht, bringt in Sicherheit, was Ihr könnt. Wir sind ohnehin nicht auf Rosen gebettet. Da sind Plünderungen das Letzte, was wir brauchen.« Der König hielt inne. »Meint Ihr, sie wissen von ihm …? Dass er hier ist?«

»Ich kann es nicht sagen, mein König, aber er ist das Wertvollste östlich Roms.«

Eine Pause entstand, in der sie alle Optionen abwogen.

Otto holte tief Luft. »Teurer Freund, würdet Ihr mir einmal mehr einen Gefallen tun? Nehmt ihn, begebt Euch zu meinem Bruder König Maximilian nach Bayern, unterrichtet ihn über meine Situation und bittet darum, ihn sicher zu verwahren. Aber sonst zu niemandem ein Wort, habt Ihr verstanden?«

***

Zehn Jahre später wand sich König Maximilian II. Joseph von Bayern im Bett. Er konnte kaum atmen, und jede Bewegung schmerzte ihn höllisch. Begonnen hatte es mit einer unscheinbaren Rötung auf seiner Brust, aber innerhalb weniger Stunden überkamen ihn Schüttelfrost und heftiges Fieber, das ihn mit jedem Tag stärker plagte. Die Leibärzte standen neben dem königlichen Schlafgemach und berieten sich.

»So einen Fall habe ich in meiner gesamten Laufbahn noch nicht erlebt.« Einer der Mediziner zuckte ratlos mit den Schultern.

Urplötzlich bäumte sich der schwitzende König auf, die Brust über und über mit Wundmalen übersät. Der Leibarzt stürmte zum Bett und beugte sich über den Kranken, der ihm offenbar etwas sagen wollte. Der Monarch brachte jedoch nur noch ein Stammeln und Röcheln zustande, bevor er in sich zusammensackte.

»Der König ist tot. Unser geliebter König!« Die Nachricht verbreitete sich wie ein Lauffeuer, und die Bevölkerung war erschüttert. Innerhalb von nur drei Tagen war der Monarch an einer schlimmen Hautinfektion gestorben. Vermutet wurde eine besonders heftige Ausprägung einer Rotlauferkrankung, die zu seinem schnellen Tod führte. Mit gerade einmal achtzehn Jahren wurde sein Sohn Ludwig II. noch am selben Tag zum König von Bayern proklamiert und musste überraschend frühzeitig die Thronfolge antreten.

Der Regent wurde in einer Seitenkapelle der Theatinerkirche in München bestattet. Das Volk nahm still und betrübt Anteil, nicht wenige weinten. Das Herz des Königs wurde in die Gnadenkapelle von Altötting gebracht, wo es bis heute ruht. Aber eines der größten Geheimnisse Bayerns nahm er mit ins Grab.

Tag des Sommerempfangs des Bayerischen Landtags
Letzte Plenarwoche vor der Sommerpause
Dienstag im Juli

1

München, 6:00 Uhr

Langsam öffnete Dragos Antonescu seine Augen, blinzelte in den halbdunklen Raum und verzog sofort das Gesicht. Sein Kopf dröhnte, seine Schulter schmerzte, und nur mühsam konnte er sich auf die Seite drehen. Wo war er? Wo war sein Handy? Erfolglos suchte er seine Hosentaschen ab.

Seine letzte Erinnerung war, dass er heute Morgen früher als sonst auf die Baustelle gekommen war. Der Vorarbeiter hatte ihn gestern angewiesen, die Werkzeuge und Kisten aufzuräumen, die liegen geblieben waren, und dies wollte er erledigen, bevor die Kollegen eintrafen.

Er versuchte zu rekonstruieren, was dann passiert war, konnte den Nebelschleier aber nicht durchdringen, der seine Erinnerungen umhüllte. Mühsam setzte Dragos sich auf und holte tief Luft. Ein kahler Raum, nur mit einem Feldbett und einem Schrank möbliert. Ein ovales Fenster mit verdreckten Scheiben und eine geschlossene Tür. Mehr war nicht zu erkennen. Vorsichtig lauschte er und hörte plötzlich Schritte im Nebenraum, dann nichts mehr.

Unendlich lange schien es zu dauern, bis er genügend Kraft gesammelt hatte, um aufzustehen. Eine gefühlte Ewigkeit hielt er sich am Bettpfosten fest und humpelte dann zum Fenster, wischte den Staub weg und lugte durch das trübe Glas. Bäume, Sträucher, Häuserreihen. »Das«, er kniff die Augen zusammen, »das war doch …« In der Ferne konnte er die beiden Türme der Frauenkirche erkennen und versuchte sich zu orientieren. Wo war er, verdammt?

Wieder lauschte er. Nichts. Langsam kehrten seine Kräfte zurück, und er konnte wieder ein wenig klarer sehen. Dragos überlegte kurz und entschied sich dann, es zu riskieren.

Vorsichtig schlich er zur Tür und versuchte, den Knauf zu drehen. Verschlossen, stellte er enttäuscht fest und ärgerte sich gleichzeitig, wie naiv er gewesen war. An ein Aufbrechen oder Eintreten war nicht zu denken.

Da fiel sein Blick wieder auf das ovale Fenster. Er ging zurück und rüttelte daran. Der Rahmen wackelte, und mit etwas Mühe konnte er es aufziehen. Dragos beugte sich vor und schaute nach unten. Etwa drei Meter, schätzte er, das war zu schaffen. Mit Mühe zwängte er sich durch das halb geöffnete Fenster und setzte sich auf das Sims.

Gerade in dem Moment, als er Halt für den Abstieg suchte, hörte er das metallische Knacken eines Schlüssels. Die Tür wurde aufgesperrt, und ihm war klar: Jetzt musste es schnell gehen. Nervös drehte er sich, um hastig nach unten zu klettern, als die Tür bereits aufschwang und er in ein wutverzerrtes Gesicht blickte. Es kam ihm bekannt vor, nur woher?

Die unerwartete Begegnung brachte ihn für einen Sekundenbruchteil aus dem Konzept, er verlor das Gleichgewicht, rutschte von dem schmalen Sims, und beide Füße stießen ins Leere. Rückwärts stürzte er in die Tiefe, und hart prallte er auf dem Boden auf.

Ein brennender Schmerz durchzuckte ihn, und Sterne tanzten vor seinen Augen. Als er die Schritte hörte, wusste er bereits, dass es zu spät war.

2

München, Maximiliansanlagen, 6:05 Uhr

»Na, wenn das so weitergeht, dann ruft Sie noch der Bundestrainer an«, begrüßte die Putzfrau Stefan Huber lachend im Erdgeschoss, als dieser kurz nach Sonnenaufgang die kleine Altbauwohnung in München-Haidhausen verließ. Die Stufen aus dem dritten Stock abwärts hatte er im Laufschritt genommen und trat nun mit Schwung auf den Bürgersteig.

Menschenleer war die Stadt, ruhig, so wie er es mochte, bevor der Trubel des Tages begann. Das war es ihm wert, eine Stunde früher als üblich loszulaufen und den Luxus zu genießen, nur einmal die Straße überqueren zu müssen, um in das satte Grün der Maximiliansanlagen im Herzen Münchens einzutauchen. Bei Sonnenaufgang erschien die Stadt friedlich wie ein schlafender Riese kurz vor dem Aufwachen.

Nachdem in den vergangenen Jahren zunächst Klimaproteste und dann die Maßnahmen in der Coronakrise sowohl das Stadtbild im Sommer als auch die öffentliche Debatte geprägt hatten, so war dies zumindest in den letzten Wochen vom Schwarz-Rot-Gold der Fahnen und Trikots der Fußballfans verdrängt worden. Die Europameisterschaft war in vollem Gange, und die Fußballbegeisterten hatten München fest im Griff. Fans belagerten tagsüber die Straßencafés und tummelten sich in den Stadtparks. Heute stand ein spannendes Spiel an, die Stadt würde später wieder aus allen Nähten platzen.

Gleich geblieben war die Hitze, die so rekordverdächtig wie in den Jahren zuvor auf der Millionenstadt lastete. Wer Sport treiben wollte, der musste früh aufstehen, um nicht mit einem Hitzschlag in den Tag zu starten.

Vor der Ampel an der Max-Planck-Straße ließ Stefan der Trambahn die Vorfahrt. Ihr Gebimmel registrierte er mittlerweile kaum mehr, seit er es ständig direkt vor seinem Zimmerfenster hörte. Sein Blick folgte der spärlich besetzten Bahn auf ihrem Weg Richtung Maximilianeum, dem Sitz des Bayerischen Landtages. Den umkurvte sie geschmeidig und fuhr weiter über die Isar hin zur Maximilianstraße.

Die Prachtstraße war zu einem Symbol der Entwicklung Münchens geworden: edel und teuer, mit exklusiven Geschäften und Lokalen gespickt, die für den Normalbürger kaum erschwinglich waren. Dies galt mittlerweile ebenso für die Wohnungen in der Innenstadt, sodass eine Boulevardzeitung unlängst berichtet hatte, dass nicht nur die Einkaufsstraße, sondern auch Wohneigentum in der Stadt zu einer Spielwiese für Ölscheichs verkommen sei.

»Wird unser München verkauft? Kein Platz für echte Münchner in ihrer Stadt!«, hatte die Zeitung getitelt. Ein Stückchen Wahrheit war da bei aller Übertreibung doch dran. Kleine Wohnungen in der Innenstadt waren Mangelware. Stefan hatte echtes Glück, dass der Bayerische Landtag für Abgeordnete Apartments im näheren Umkreis zu bezahlbaren Mieten anbot.

Seit Kurzem war das Maximilianeum sein Arbeitsplatz und beeindruckte ihn jeden Morgen von Neuem. Der imposante Bau am Isarhochufer war hundertfünfzig Meter breit und im Renaissancestil mit Rundbögen, Säulen, Mosaiken und Büsten gestaltet. Eingerahmt von zwei offenen Turmarkaden, stellte er auch architektonisch eine der Hauptattraktionen der Landeshauptstadt dar und durfte bei keiner Stadtrundfahrt mit den Hop-on-hop-off-Bussen fehlen.

Derzeit gehörten auch Absperrgitter, Baumaschinen und Arbeiter zum Erscheinungsbild. Das neue Besucherzentrum, das dem Anspruch eines der offensten Parlamente der Welt gerecht werden sollte, war ein Prestigeobjekt, das überregional Beachtung fand. Weniger repräsentativ, aber ebenso aufwendig und drängend war die Sanierung der Kellergewölbe und weitläufigen Katakomben im Untergrund des Maximilianeums.

Nicht nur die Aufgaben des Parlaments und die an es gestellten Ansprüche hatten zugenommen, auch der Landtag selbst war gewachsen. Nach der letzten Wahl kamen zwei neue Fraktionen und durch Überhangmandate zwei Dutzend zusätzliche Abgeordnete hinzu. Für diese, aber auch für die Landtagsverwaltung war mehr Platz notwendig geworden.

Auf mindestens eine der neuen Fraktionen, die Rechtspopulisten, hätte Stefan wie seine Kollegen der konservativen Landtagsfraktion gut und gerne verzichten können. Er war zwar erst neu im Parlament, aber die Scharmützel mit den Populisten waren weder hilfreich noch für den Bürger ein Gewinn, so viel konnte er schon nach wenigen Monaten feststellen.

***

Die letzte Zeit war ja wirklich im Flug vergangen, sinnierte er gerade, als er im Laufschritt in die Maximiliansanlagen auf der anderen Straßenseite einbog, den kleinen Fußweg seiner morgendlichen Stammstrecke ansteuerte und Geschwindigkeit Richtung Isarufer aufnahm.

Heute würde es spannend für ihn. Mit dem Entwurf zur Förderung des Ehrenamtes würde in erster Lesung ein Gesetz im Parlament beraten, an dem er direkt beteiligt war. Als passionierter Feuerwehrler hatte er im Ausschuss die Berichterstattung übernommen. Was auf den ersten Blick nach einer einfachen Anpassung des bestehenden Gesetzes aus den 1980er Jahren an das 21. Jahrhundert klang, stellte sich schnell als mühsame Kleinarbeit mit vielen Anhörungen und Gesprächen heraus, denn sowohl Verbände als auch die eigene Fraktion, der Koalitionspartner und nicht zuletzt das zuständige Staatsministerium mussten überzeugt werden.

Hoffentlich würde das heute gut gehen … Stefan war doch etwas nervös angesichts seiner ersten größeren Rede im Parlament. »Das wird deine Feuertaufe«, hatte er sich schon anhören dürfen.

Beim Laufen bekam er seine Nervosität erfahrungsgemäß am besten in den Griff. Aber es gab auch einen handfesten Grund für seine sportlichen Aktivitäten: Wie alle anderen Neulinge im Parlament kannte Stefan auch die Sprüche »Acht Kilo pro Legislaturperiode« oder »Mindestens zwei Kilo pro Jahr«, die man in dem Job zunehmen würde. Und leider musste er bestätigen, dass sie nicht zu weit hergeholt waren und er zwar schon an Erfahrung, aber eben auch an Gewicht zugelegt hatte. Daher hatte er die Reißleine gezogen und sich vorgenommen, wieder regelmäßig Sport zu treiben. Und so joggte er gerade seine übliche Strecke die Isar nordwärts, am Friedensengel vorbei und meist in einer Schleife wieder zurück.

Fast kühl kam es ihm vor, trotz der bereits knapp über zwanzig Grad Celsius, wie ihm seine Smartwatch neben den absolvierten Schritten und dem Puls anzeigte. Nach wenigen hundert Metern passierte er das Maxwerk, eines der ältesten noch betriebenen Wasserkraftwerke Bayerns, das aber wohl die wenigsten als solches erkennen würden, da es als barockes Jagdschlösschen gebaut war.

Stefan atmete tief durch, sog die frische Morgenluft ein und genoss die Ruhe, nur unterbrochen vom Gezwitscher der Vögel und dem Rauschen der Isar an der Schwindinsel unterhalb der Maximiliansbrücke. Mitten in Gedanken über die anstehende Rede wollte er den Lauf beschleunigen, als sich ein anderes Geräusch hinzugesellte.

Ein dumpfes Poltern und Ächzen, von dem er zunächst glaubte, dass es von den Turbinen herrührte. Als es jedoch von Stöhnen und Schreien abgelöst wurde, verlangsamte er den Schritt. Aus dem Augenwinkel sah er im Vorbeilaufen, woher es kam: Hinter dem Jagdschlösschen bewegten sich zwei Gestalten, die miteinander rangen! »Hilf–« Die Stimme erstarb, was Stefan sofort abbremsen und sich umdrehen ließ.

Noch etwas außer Atem musterte er die Seiten des mit Graffiti verunstalteten Gebäudes. Hatte er es sich eingebildet?

Nein! Ein Bein wurde in diesem Augenblick um die Ecke gezogen. »Hallo, halt!«, rief er unbeholfen, bevor er nach einem herumliegenden Ast griff und sich zum Maxwerk wagte. Noch einmal rief er und schlug mit dem Ast gegen die Wand, als ob er einen Bären mit Lärm vertreiben müsste. Sicher waren es Jugendliche, die einen der Obdachlosen in den Anlagen ärgerten, wie man es zuletzt immer häufiger gehört hatte, schoss es Stefan durch den Kopf.

Mit einem lauten Schrei sprang er um die Ecke – und da sah er ihn. Am Boden wand sich eine gekrümmte Gestalt, die stöhnend die Hände über den Kopf hielt. In der Tat ein Penner, stellte Stefan fest, so verdreckt, wie er aussah. Aber wo war die zweite Person, wo waren die Jugendlichen? Nervös blickte sich Stefan um. Nichts.

Als er sich niederkniete und den zitternden Körper vor ihm berühren wollte, knackte es hinter ihm, und er wirbelte herum. Gerade noch rechtzeitig, um den Rücken einer schwarzen Gestalt zu erkennen, die mit schnellen Schritten den Hang hochsprintete. Stefan rappelte sich auf, stolperte über ein paar achtlos auf die Wiese geworfene Flaschen und verlor damit wertvolle Zeit. Mit aller Kraft rannte er dennoch hinterher, über die Fußwege hastend, den kleinen Hügel hinauf, aber als er schwer atmend oben auf die Maria-Theresia-Straße trat, war niemand mehr zu sehen.

Sofort machte er kehrt zurück zum Maxwerk, um dem Verletzten zu Hilfe zu kommen. Diesen fand Stefan zusammengekrümmt an der Mauer liegen, die Knie in der dunkelblauen Arbeitshose bis an die Brust gezogen, umklammert von braun gebrannten Armen. Er überlegte, ob es nicht doch ein Betrunkener war, der eingeschlafen war. Aber wie passten da der abgenutzte Bleistift und der Meterstab in der Seitentasche der Hose dazu? Da sah er es: Der Hinterkopf war nicht von Dreck, sondern von Blut verkrustet. Vorsichtig drehte er den Mann um und versuchte, ihn zu Bewusstsein zu bringen.

»Hallo? Können Sie mich hören?«, sprach Stefan ihn an.

Dieser riss urplötzlich die Augen auf, hustete laut und packte ihn mit beiden Händen am Shirt. Mit unbändiger Kraft zog er den überrumpelten Abgeordneten ganz nah an sich heran und stieß abgehackt heraus: »Keller ... Ring ...«

»Was meinen Sie? Ich verstehe nicht ...« Stefan versuchte sich aus der Umklammerung zu lösen. Schließlich sank der Mann stöhnend zurück in das Gras und ließ ihn los.

Die Polizei! Die hätte ich schon lange rufen sollen, Himmel!, ärgerte sich Stefan, fingerte sein Smartphone aus der Tasche der Jogginghose und wählte die 112.

»Hallo? Ja, hier gibt es einen Notfall beim Maxwerk, beim Landtag. Vor mir liegt ein Verletzter. Er könnte überfallen worden sein. Jemand ist davongelaufen. Ja, ich bleibe hier. Stefan Huber mein Name«, stotterte er aufgeregt ins Telefon. Nachdem Polizei und Rettungsdienst informiert waren, atmete er etwas ruhiger, legte auf und drehte sich wieder zum Opfer um.

Der Mann sah ihn mit starren Augen an, das heftige Atmen war einer erdrückenden Stille gewichen. Stefan kniete sich auf den Boden neben ihn und ertastete zitternd die Halsschlagader. Nichts war zu spüren.

3

München, Maxwerk, 7:00 Uhr

Als absehbar war, dass nichts Neues passieren würde, verabschiedete sich Kriminalhauptkommissar Harald Bergmann von seinen übermüdeten Kollegen und machte sich auf den Heimweg. Die nächtliche Observierung, für die er kurzfristig eingesprungen war, war nicht gerade nach seinem Geschmack gewesen. Irgendetwas mit Computern oder diesem neumodischen Zeug, mit dem er herzlich wenig anfangen konnte.

Er steuerte seinen grauen Audi A4 Kombi in Richtung Berg am Laim. Eine Gegend, die mittlerweile vom Rand in die Stadt gerückt war. Er konnte sich schönere Wohnlagen vorstellen, aber die Genossenschaftswohnung der Stadt, die er vor ein paar Jahren ergattert hatte, würde er so schnell nicht aufgeben.

An manchen Tagen sollte man Dienstschluss Dienstschluss sein lassen, dachte Bergmann, doch er gehörte nicht zu diesen Typen, auch wenn er es einmal mehr bereuen würde. Im Prinzip war ihm das auch sofort klar, als es im Digitalfunkgerät knackte und sich eine Kollegin meldete.

»Harald, bist du in der Nähe vom Maximilianeum? Dort läuft gerade ein Einsatz. Kollegen und der Rettungsdienst sind schon vor Ort. Sieht aber doch nach mehr aus. Vielleicht euer Gebiet. Spurensicherung ist auch unterwegs.«

Bergmann seufzte und verabschiedete sich innerlich schon einmal vom gemütlichen Morgenkaffee daheim am Frühstückstisch. Aber da wartete sowieso niemand auf ihn, seit seiner Scheidung im vergangenen Jahr. Überraschend war es nicht gekommen, und als er ihre Frage »Was ist dir wichtiger? Die Kripo oder unsere Ehe?« damit beantwortet hatte, dass er jetzt zum Dienst müsse, war endgültig klar, dass sie irgendwann ausziehen würde.

Also würde es den Kaffee eben im Pappbecher bei der Spurensicherung vor Ort geben. Umständlich wendete er seinen Dienstwagen, schlängelte sich durch den Morgenverkehr zurück Richtung Stadtzentrum und parkte vor dem Hotel Ritzi, dem Münchner Pendant zum Berliner Café Einstein, einem Treffpunkt von Politik, Journalisten und Lobbyisten.

Mühsam kletterte er aus dem Sitz, die vergangene Nacht steckte ihm noch in den Knochen. Er streckte sich, wischte Brösel vom zerknitterten Hemd und grüßte müde den Kollegen, der vor dem blinkenden Einsatzfahrzeug bereits die Stellung hielt und ihm mit einer Handbewegung den Weg durch den Park hinunter zum Maxwerk wies. Für die Schönheit der Gartenanlage mit der Vielzahl von heimischen Baumarten, die in diesen Monaten als Schattenspender gefragt waren, hatte er keinen Blick übrig, sondern stapfte missmutig zur bereits abgesperrten Rückseite des ehemaligen Jagdschlösschens.

Als Bergmann die unschlüssig herumstehenden Sanitäter neben ihrem Rettungswagen sah, war ihm sofort klar, dass es wohl wirklich ein Fall für ihn war. Es gab offensichtlich nicht mehr viel zu versorgen.

»Bergmann, K 11, Vorsätzliche Tötungsdelikte«, stellte er sich den zwei jungen Streifenpolizisten vor, die den Tatort abgesperrt hatten und sich mit einem Jogger unterhielten. »Was haben wir hier, Kollegin?«, wandte er sich grußlos an eine Beamtin in Zivilkleidung.

»Opfer Anfang fünfzig, Obdachloser möglicherweise. Weist eine große Platzwunde am Hinterkopf auf. Ist –«

»Tot, ich sehe es«, fiel Bergmann der jungen und sichtlich nervösen Frau ins Wort. Lena Schwartz war ihm erst vor wenigen Wochen als Partnerin neu zugeteilt worden. Dass ihm eine fünfundzwanzig Jahre jüngere Ermittlerin ohne jede Erfahrung aufgedrängt wurde, hatte er geradezu als Beleidigung aufgefasst und sich daher dafür entschieden, sie so weit wie möglich zu ignorieren. Schließlich war er Polizist mit Leib und Seele, aber kein Kindermädchen. Als sie dann auch noch meinte, ihn mit »Harry« anreden zu dürfen, war ihm der Kragen geplatzt. Der Spruch »Harry, fahr schon mal den Wagen vor!« aus der TV-Kultserie »Derrick« mit dem kauzigen Oberinspektor Stephan Derrick und seinem ewigen Assistenzinspektor Harry Klein hatte ihn schon in der Anfangszeit bei der Kripo genervt. Daher gab es nur einen einzigen Menschen, der ihn so nennen durfte: sein früherer Partner Martin Sennebogen und niemand sonst. Das hatte er dem Jungspund auch unmissverständlich klargemacht.

»Und wer ist die Sportskanone hier?«

»Das ist Stefan Huber, der Herr, der uns gerufen hat«, erklärte Schwartz.

»Soso, tot«, wiederholte Bergmann, während er auf seinen Notizblock kritzelte. »Das hatte sich am Funkgerät aber noch anders angehört.« Der Kriminalhauptkommissar blickte den jungen Zeugen misstrauisch an. Wie man überhaupt frühmorgens freiwillig Sport treiben und sich selbst schinden konnte, das verstand er generell nicht. Lifestyle oder Work-Life-Balance bis hin zu Yogakursen im Englischen Garten waren für ihn Zeiterscheinungen aus einer anderen, rosarot gefärbten Welt voller oberflächlicher Selbstoptimierer, mit der er nichts anfangen konnte. Dafür hatte er in seinem Beruf in zu tiefe Abgründe geschaut.

Achselzuckend ließ Bergmann die Gruppe stehen und wandte sich der Leiche zu, an der die Spurensicherung bereits tätig war. Vorsichtig zog er sich Handschuhe über und inspizierte den Körper. Die dunkelblaue Hose verdreckt und voller Staub, darüber ein kariertes Hemd mit hochgekrempelten Ärmeln. An den Füßen schwere Arbeitsstiefel. In das wettergegerbte, von Falten durchzogene Gesicht hatten sich das Entsetzen und die Verzweiflung vor seinem Tod eingebrannt.

»Sieht nicht nach einem Obdachlosen aus, würde ich sagen. Eher nach einem Bauarbeiter. Baustellen gibt es ja genug in München«, murmelte Bergmann über die Schulter. »Hier haben wir es ja. Weber-Bau.« Bergmann zeigte auf einen Aufnäher am Hemd. »Notieren Sie das! Und überprüfen Sie, welche Baustellen in der Nähe sind und ob ein Arbeiter vermisst wird«, knurrte er die Kollegen an, die untätig und für seinen Geschmack zu entspannt herumstanden. »Haben Sie die Personalien vom Zeugen schon aufgenommen? Und war nicht von einer weiteren Person die Rede?«

»Wir haben gerade mit ihm gesprochen. Er hat nichts dabei, aber er wohnt in der Nähe«, stotterte der junge Polizist etwas eingeschüchtert.

»Wir können uns auch direkt unterhalten«, schaltete sich der Zeuge ein. »Ich wohne in der Max-Planck-Straße. Stefan Huber, Mitglied des Landtages.«

Bergmann hob die Augenbrauen. »Politiker? Aha.« Das hatte ihm gerade noch gefehlt. Möchtegernsportler und Jungpolitiker. Mit diesen Spezies konnte er nichts anfangen. Und nun hatte er beides in einer Person vor sich. Skeptisch musterte er den mittelgroßen Jogger in den Dreißigern, der sich nervös durch die kurzen braunen Haare fuhr.

»Welche Partei?«, fragte Bergmann beiläufig.

»Die Konservativen«, antwortete Huber etwas verdutzt, und der Ermittler seufzte innerlich. »Ah ja.« Die Partei, bei der er nicht wusste, ob er mit dem Kopf schütteln sollte. Früher, da hätte er eher zustimmend genickt, aber das war einmal. Zu lasch erschien sie ihm heute. Einerseits Law-and-Order-Partei, die seit Jahrzehnten für einen starken Staat und die Polizei einstand, das nahm er ihr durchaus ab. Andererseits waren da aber auch die Ereignisse der Flüchtlingskrise im Sommer 2015, die er mit seinen Münchner Kolleginnen und Kollegen hautnah mitbekommen hatte. In seine Erinnerung hatte sich eingebrannt, wie schnell die Stimmung am Münchner Hauptbahnhof von einer Welle der Hilfsbereitschaft mit »Refugees-Welcome«-Schildern zu völliger Überforderung angesichts der Zahl ankommender Menschen gekippt war.

Wie viele seiner Kollegen war Bergmann aber vor allem

entsetzt über die offensichtliche Hilflosigkeit der Politik, die sich zunächst auf ehrenamtliche Helferinnen und Helfer verlassen musste, um die Versorgung der Flüchtlinge zu bewältigen. Und die dann trotz aller Appelle, Ankündigungen und Drohungen vor allem aus Bayern heraus auf europäischer Ebene jede Solidarität vermissen ließ.

Der Bayerische Landtag war ihm da immer mehr wie ein Debattierclub erschienen, und er schaffte es nicht, seinen Groll zu verhehlen.

»Na, dann klären Sie mich doch bitte einmal auf, was hier genau passiert ist«, sagte er.

Stefan Hubers Schilderungen quittierte er jeweils mit Räuspern und hochgezogenen Augenbrauen.

»Gut, ich fasse zusammen: Sie geben an, einen Hilferuf gehört zu haben, den außer Ihnen niemand bestätigen kann. Es gab einen Kampf der getöteten Person mit einer weiteren Person, den außer Ihnen leider niemand sonst gesehen hat. Die vermisste zweite Person war mittelgroß, zwischen fünfundvierzig und fünfundfünfzig Jahre alt, trug einen schwarzen Mantel und schwere Stiefel. Mehr können Sie nicht sagen?«

»Nein, es ging alles sehr schnell«, erwiderte Huber.

»Wir müssen schauen, was die Spurensicherung noch herausfindet, und geben natürlich sofort eine Fahndung nach der Person heraus. Aber bei dieser Beschreibung wird es schwierig«, meinte Bergmann. »Vorerst sind Sie die einzige Person, an die wir uns halten können. Ich muss Sie bitten, mit ins Kommissariat zu kommen, damit wir Ihre Aussage schriftlich festhalten können.«

Als Huber auf seine Armbanduhr blickte, fragte Bergmann in schnippischem Ton: »Passt Ihnen das etwa nicht?«

»Wir haben um neun Uhr Arbeitskreissitzung Innenausschuss, um zehn Uhr ist Fraktionssitzung und um elf –«, zählte Huber auf, doch Bergmann unterbrach ihn barsch.

»Ihr Terminkalender in allen Ehren, aber hier handelt es sich um ein schwerwiegendes Verbrechen, bei dem ein Mensch zu Tode gekommen ist. Nun gut. Halten Sie sich bereit, wir sprechen uns heute noch«, sagte er schroff, und zu einem Kollegen: »Begleiten Sie den Herrn doch nach Hause und nehmen Sie die Personalien und Kontaktdaten auf.« Dann wandte er sich wieder dem Tatort zu.

Huber ging schon den kleinen Hügel hinauf, als Bergmann sich nochmals umdrehte und ihm hinterherrief: »Ach, noch eines: Ich gehe davon aus, dass Sie sich durchgehend hier in München aufhalten. Geben Sie bitte Bescheid, sollte sich daran etwas ändern. Wir haben noch einige Fragen an Sie.«

»Selbstverständlich«, erwiderte Huber und setzte seinen Weg fort.

Kriminalhauptkommissar Bergmann sah ihm indessen nachdenklich hinterher.

»Verdächtigst du ihn etwa?«, fragte Lena Schwartz.

»Man wird sehen. Ich traue ihm jedenfalls nicht«, erwiderte Bergmann und zückte sein Mobiltelefon.

4

München, Maximiliansbrücke, 7:50 Uhr

> Haltet euch bereit. Ich melde mich. AS

Das genügte, mehr tippte er nicht in sein Handy und richtete seinen Blick hoch auf den Gehweg. Mittlerweile war die Stadt erwacht, und ganze Trauben an Fahrradfahrern belagerten im Ampeltakt die Kreuzungen. Zwischen den viel gescholtenen SUVs und heilsbringenden E-Scootern waren es vor allem die klassischen Fahrräder, die das Stadtbild in den Sommermonaten prägten. Und so musste er sich als Fußgänger seinen Weg zwischen Blechlawinen und Drahteselpulks hindurchbahnen.

Den schwarzen Mantel hatte er gerade in einer Mülltonne auf der Praterinsel entsorgt, sich Gesicht und Hände schnell in einem Brunnen gewaschen und ein Baseballcap tief ins Gesicht gezogen, um nun gemeinsam mit einer wachsenden Anzahl Berufstätiger den Weg rechts auf die Maximiliansbrücke einzuschlagen. Die wenigsten hatten an diesem Morgen das herrliche Panorama des Maximilianeums im Blick, das sich auf dem Weg über die Brücke in voller Breite und Höhe vor einem aufspannte, sondern spähten aufmerksam zu einem Rettungswagen, der mit Blaulicht auf der gegenüberliegenden Uferpromenade der Isar stand.

Eine kleine Gruppe Schaulustiger hatte sich auf der linken Seite der Maximiliansbrücke gebildet, und eine Diskussion darüber, was denn wohl passiert sei, war bereits im Gange. Von einem Raubüberfall bis zu einer Massenschlägerei wurden alle möglichen Verbrechen vorgeschlagen. Interessiert hörte er zu und blickte aus zweiter Reihe auf das Isarufer. Als sogar von Mord und einem Toten die Rede war, zog er den Kopf ein und ging schnell weiter.

Wieder ein Toter. Das hatte er so nahe am Landtag eigentlich verhindern wollen. Aber was hätte er tun sollen? Seit Jahren hatte er viel auf sich genommen und war vorsichtig gewesen. Und er war nun so dicht dran wie noch nie zuvor. Nur die vorzeitige Sanierung der Kellergewölbe kam ihm in die Quere. Es war lediglich eine Frage der Zeit gewesen, bis ihn ein Arbeiter erwischte. Er hatte handeln müssen, auch wenn er es nicht wollte. Dennoch ärgerte er sich gewaltig. Dass ausgerechnet ihm, mit seiner Erfahrung, so etwas passiert war!

Auf Überleben und ständige Alarmbereitschaft getrimmt, hätte er sich in seinen aktiven Zeiten beim KSK, für das er in Europa und der Welt bei geheimen Operationen im Einsatz war, niemals in flagranti erwischen lassen. Und dann auch noch dieser Jogger … Früher wäre es anders gelaufen, da war er fitter, wacher, skrupelloser. Seine drahtige Figur war ihm aber geblieben, und wachsam war er immer noch, wie eine Katze jederzeit sprungbereit.

Seine Augenlider zuckten nervös in letzter Zeit, vor allem seit seinem Ausscheiden aus dem operativen Dienst vor einigen Jahren, was ihm immer mehr so vorkam, als ob er von einem Tag auf den anderen fallen gelassen worden wäre. Zwar war ihm ein Job im Innendienst in allen Ehren angeboten worden, um ihn »zu entlasten«, wie es seine Vorgesetzten formuliert hatten, aber er hatte dankend abgelehnt, genau wie die Gesprächsangebote des Psychologischen Dienstes der Bundeswehr. Wenn er einen Seelsorger brauchte, würde er in die Kirche gehen. Irgendwann.

Er hatte die Sesselfurzer im Ministerium immer verabscheut, die die Einsätze am Reißbrett und aus sicherer Entfernung am Schreibtisch geplant hatten. Die Arroganz und Oberflächlichkeit, mit der sie meinten, ihn bewerten zu können, hatten ihn zur Weißglut gebracht. Sie fragten ihn, warum er nicht besonnener reagiert hatte? Besonnener! Er rümpfte die Nase.

Nach wie vor hatte er an manchen Tagen den Gestank der verwesenden Kinderleichen in der Nase, und ihre misshandelten Körper sah er immer wieder in seinen Träumen. Und sie hatten ihn im Ministerium nach Dienstvorschriften und Handlungsalternativen gefragt.

Tagelang hatte er im Verlies nebenan die Schreie der Mädchen mit anhören müssen, die nach und nach verstummten. Seine eigenen Schmerzen bei der Folter durch die Taliban konnte er ausblenden. Die verzweifelten Kinderstimmen würden ihn bis an sein Lebensende verfolgen.

Nach drei Tagen hatte er sich in einem günstigen Moment vom Stuhl, an den er gefesselt war, befreien und seinen Bewacher mit einem Faustschlag überwältigen können. Aber es war zu spät. Als er die Tür zum Nebenraum eintrat, blickten ihn nur noch tote Augen an, Augen zehn- oder elfjähriger Mädchen. Welche Berechtigung hatten ihre Mörder da, weiterleben zu dürfen? Was dann genau passiert war, daran konnte er sich nur noch verschwommen erinnern.

Er atmete tief durch. Jetzt half alles Lamentieren nichts mehr, nicht über die damaligen Umstände in Afghanistan und nicht über den armen Teufel, der ihn heute Morgen überrumpelt hatte und ihm fast noch entwischt wäre. Er musste es zu Ende bringen. Heute.

Er beschleunigte seine Schritte, um nicht zu spät zu kommen. Die Schicht begann bereits um acht Uhr, und das Letzte, was er jetzt wollte, war, in irgendeiner Form aufzufallen.

5

München, Maximilianeum, Sommer 1944

Fieberhaft räumte der junge Wehrmachtsoffizier Tische, Bänke und Kisten zur Seite, um den Weg frei zu machen. Über ihm dröhnte es, und bei jedem Einschlag fielen Putz und Staub von der Decke. Der Schweiß tropfte ihm und seinen Helfern von der Stirn auf die verdreckten Uniformen. Den ganzen Morgen über hatten sie die hintersten Ecken der Kellergewölbe nach einsturzsicheren Räumen durchsucht, um dort die Gemälde zu deponieren und, so gut es ging, in Sicherheit zu bringen.

Vor einigen Wochen war Unteroffizier Josef Streicher aus der Luitpoldkaserne ans Maximilianeum versetzt worden, offiziell um die hier stationierte Flakeinheit zu unterstützen. Inoffiziell sollte er dafür sorgen, Kunstgegenstände so weit wie möglich zu sichern.

»Streicher, Sie sind verantwortlich«, hatte ihm sein Vorgesetzter mit auf den Weg gegeben. Sein Interesse für Kunst und Geschichte hatte ihm diesen Sonderauftrag wohl eingebracht.

Leise waren immer wieder Sirenen zu hören, gefolgt vom Knattern der Flakgeschütze und von den Einschlägen der Bomben, die immer näher kamen. Bereits den dritten Tag in Folge flogen die Amerikaner Luftangriffe auf die Landeshauptstadt. München war regelmäßig Ziel der alliierten Bombardements. Der Schrecken des Krieges war zum Alltag der Menschen geworden. So mancher schlief in seiner Kleidung, um beim Ertönen der Warnsirenen möglichst schnell in die Luftschutzbunker zu flüchten. Sekunden konnten über Leben und Tod entscheiden. Die Einwohner waren zwar einiges gewohnt, aber so verheerend wie jetzt waren die Bombenangriffe noch nie gewesen.

Auch an das Maximilianeum war der Krieg nun herangerückt. Bis vor einem Jahr hatte das Gebäude noch regelmäßig die örtliche NSDAP-Prominenz angelockt: ob zu Kunstausstellungen, diversen Parteiveranstaltungen oder einfach nur, um den prächtigen Ausblick zu genießen. Nun flüchteten die Menschen aus der Umgebung bei Bombenalarm in die als öffentliche Schutzbunker ausgewiesenen Untergeschosse.

Bei der Kunst galt es eher, zu retten, was zu retten war. Der junge Unteroffizier hatte die Gemälde nach bestem Wissen und Gewissen sortiert und darüber hinaus eine ganze Reihe an älteren, monumentalen Ölgemälden entdeckt, auf denen sich die Signatur des bedeutenden Malers Leo von Klenze fand. Früher wohl eindrucksvoll, standen sie nun an die Wände gelehnt in den Gängen des Gebäudes oder waren notdürftig mit Decken verhängt worden. Zunächst war geplant gewesen, die Bilder abzutransportieren, aber wohin? Daher hatte er in den vergangenen Wochen die Katakomben ausgekundschaftet, um möglichst tief gelegene Räume zu finden, in denen zumindest ein Teil der Gemälde in Sicherheit gebracht werden konnte.

Nun musste es schneller gehen als gedacht, denn viel Zeit würde ihnen nicht mehr bleiben. Immer wieder stießen sie sich den Kopf in den spärlich beleuchteten Gängen.

Tiefer würden sie wohl nicht kommen, überlegte Josef Streicher gerade, als er plötzlich mit dem Fuß an etwas hängen blieb und der Länge nach hinfiel. Seine Lampe entglitt ihm und rollte den Gang entlang. Verdutzt rieb er sich die schmerzende Schulter und blickte auf seine Stiefel. Er war über einen schweren eisernen Handgriff gestolpert, der in den Boden eingelassen war. Streicher überlegte, ob sich darunter vielleicht ein Raum befand, den er nutzen könnte.

Kurz entschlossen stemmte er sich gegen den Eisenring und hob, begleitet von einem ächzenden Geräusch, eine Luke an.

»Die hat schon lange keiner mehr aufgemacht«, murmelte ein Helfer.

Neugierig spähte Streicher in das darunterliegende Gewölbe, aber er konnte nur Umrisse erkennen.

»Ich muss wohl nachsehen. Leuchten Sie mal, Kamerad«, forderte er den Helfer auf und begann, sich ins Dunkel hinabzulassen. Immerhin trocken, stellte er fest, als er auf dem festen Lehmboden aufkam. Mit hochgerecktem Daumen bedeutete er, dass alles in Ordnung war, und ließ sich eine Lampe herabreichen. Das flackernde gelbliche Licht erhellte den Raum nur notdürftig, und so schritt er die in die Erde gehauenen Wände ab. Platz schien es genug zu geben, stellte er zufrieden fest.

Doch was war das? Eine vergitterte Öffnung in der Wand. Er hielt die Lampe hoch und tastete sich mit den Fingern vor. Streicher kniff die Augen zusammen und stocherte mit seinem Taschenmesser hinein. Ihm entfuhr ein leiser Pfiff, und sein Puls schlug schneller vor Aufregung, als er unterbrochen wurde.

»Wie sieht es da unten aus, Herr Unteroffizier?«

»Gut, aber etwas eng hier«, antwortete er und drehte sich nach oben zu den neugierigen Gesichtern, die in der Öffnung über ihm auftauchten. »Am besten gebt ihr mir die wichtigsten Stücke herunter.«

»Sollen wir Hilfe holen?«

»Nein, wir müssen uns beeilen«, rief er ungehalten hinauf, um tunlichst zu vermeiden, dass ein Zweiter zu ihm hinabstieg. Gemälde um Gemälde nahm er in Empfang und stellte es an den Wänden ab. Ihm war klar, dass er sich etwas überlegen musste.

»Helft mir hoch!« Er streckte seinen Arm aus, und die beiden Männer, die an der Luke gekniet hatten, zogen ihn mit vereinten Kräften hinauf. Streicher atmete tief durch, klopfte sich den Schmutz von Hose und Uniform und gab sich größte Mühe, sich nichts von seiner Entdeckung anmerken zu lassen.

»Das reicht fürs Erste. Wir können die restlichen Gemälde aus den Obergeschossen holen«, meinte er und ließ die Luke mit der Begründung, dass keiner im Halbdunkel hineinstürzen sollte, mit lautem Scheppern wieder zufallen. In einer ruhigen Minute wollte er zurückkommen. Allein.

Aber das Schicksal hatte andere Pläne. Als sie sich den Weg durch die Gänge gebahnt hatten und frische Luft schnappen wollten, begann plötzlich der Boden zu schwanken, und das gesamte Gebäude ächzte.

»Der Galeriesaal! Er ist getroffen!«, hörten sie die Schreie. Glas splitterte, Holz krachte, und das Dach drohte einzustürzen. Die Gemälde mussten warten. Mit vereinten Kräften räumten Streicher und seine Männer Balken und Steine zur Seite und versorgten die Verletzten, bis sie vollkommen verdreckt und todmüde an einer Wand lehnten.

Streicher drückte sich in eine Ecke und kritzelte hastig etwas in sein Notizbuch. Einer der Helfer neben ihm schüttelte sich den Staub aus den Haaren und drehte sich neugierig zu ihm.

»Schreibst du deiner Frau einen Abschiedsbrief? Oder deiner Geliebten?«, fragte ihn dieser mit heiserem Lachen in einem Anflug von Galgenhumor.

Zu mehr als einem matten Schulterzucken war Streicher vor Erschöpfung nicht fähig. Soll er das ruhig glauben, dachte er. Von der Anstrengung des Tages übermannt, nickte der Unteroffizier schließlich erschöpft ein und fiel wie die gesamte Truppe in einen unruhigen Schlaf.

**

Ohrenbetäubender Lärm und das Krachen von Balken ließen ihn wenige Stunden später hochschrecken. Eine ganze Kaskade an Bomben ging über der Münchner Innenstadt nieder und erschütterte das Maximilianeum erneut in seinen Grundfesten. Den Blick auf die wackelnden Wände gerichtet, die das Schlimmste erwarten ließen, fasste Streicher einen Entschluss.

Jetzt oder nie, bevor es zu spät war! Er sprang auf und lief in dem Durcheinander aus herabstürzenden Balken, dem

Geschrei von Verletzten und Sirenen unbemerkt die Treppen hinab und kämpfte sich den Weg durch die Gänge. Das Grollen rückte näher, und das Treppenhaus bebte, sodass er sich am Geländer festhalten musste. Er würde es schaffen!

Gebückt stakste er durch die Katakomben, als er es über sich hörte. Erst war es nur ein Zittern, das durch die Decke ging. Plötzlich knackte es direkt über ihm, und stechender Schmerz durchzuckte seine Schultern. Etwas Spitzes prallte auf seinen Hinterkopf, und eine Lawine aus Steinen prasselte auf ihn herab.

Er schrie kurz auf, und es wurde schwarz um ihn herum, als sie ihn unter sich begrub.

Seine junge Frau wartete vergeblich auf seine Rückkehr. Ihr blieben nur die persönlichen Dinge, die später im Kellergewölbe des Maximilianeums geborgen werden konnten.

6

München, Max-Planck-Straße, 8:00 Uhr

Die Tür fiel ins Schloss, und Stefan Huber war froh, allein zu sein. Ein komisches Gefühl war es schon gewesen, vom Polizisten bis an die Haustür begleitet zu werden.

Die kleine Wohnung, genauer gesagt ein Büro mit Schlaf- und Kochgelegenheit, fand er genau so vor, wie er sie vor zwei Stunden verlassen hatte. Auf dem Schreibtisch stapelten sich Unterlagen. Stifte lagen zwischen Tagungsmappen, Zeitungen und Notizen verstreut. Seine Tasche hatte er noch am Vorabend auf dem Schreibtischstuhl platziert, um sie nicht zu vergessen. Die Gläser in der kleinen Spüle warteten wie gehabt darauf, abgespült zu werden. Alles andere um ihn herum schien ihm auf den Kopf gestellt.

Ein Toter. Ein Verdächtiger, der geflohen war. Und er selbst der einzige Zeuge. Oder war er mehr als das aus Sicht der Polizei? Vor allem die letzte Bemerkung des Kommissars ließ ihn nicht los. Er sollte Bescheid geben, wenn er München verlässt? Was sollte das eigentlich?, dachte er sich. Beste Freunde würden sie nicht werden, er und der Kripobeamte, so viel stand für ihn mal fest.

Verrückt, etwas anderes fiel ihm zum heutigen Morgen nicht ein. Seine Gedanken kreisten, und er kam nicht zur Ruhe. Auf jeden Fall sollte er im Büro anrufen, aber das konnte er auch später tun. Da er sich nicht entscheiden konnte, nahm er erst einmal eine lange Dusche, selbst wenn er nur wenige Meter gejoggt war, bis seine morgendliche Runde so jäh unterbrochen worden war.

Danach fühlte er sich etwas besser, und ein Blick auf die Uhr verriet ihm, dass er knapp dran war. Fünf vor halb neun schon! Um halb würde bereits Christina Oerding im Gartensaal des

Landtages auf ihn warten, in dem später den Besuchergruppen der Abgeordneten das Mittagessen serviert würde.

Seit sich ihre Wege fast fünfzehn Jahre nach dem gemeinsamen Abitur hier wieder gekreuzt hatten, trafen sie sich einmal im Monat zum Kaffee, um alte Schulgeschichten aufzuwärmen und zu plaudern. Tina war nach einem Geschichtsstudium in Berlin und München als Historikerin beim Besucherdienst des Bayerischen Landtages gelandet. So kam es immer wieder zur kuriosen Situation, dass Besucher sowohl bei der Führung durch das Gebäude als auch bei der anschließenden politischen Diskussion auf zwei Gesichter desselben Jahrganges aus der Heimat trafen.

Dass er, Stefan Huber aus einem kleinen Ort in Oberbayern, einmal Mitglied des bayerischen Parlaments und damit der Vertretung des bayerischen Volkes sein würde, das hätte er sich noch vor gar nicht allzu langer Zeit kaum vorstellen können oder gar träumen lassen. Damals war er, Anfang dreißig, drauf und dran gewesen, die Geschäftsleitung des elterlichen Betriebes, eines kleinen Busunternehmens, zu übernehmen, als der CSU-Ortsvorsitzende Martin Ebertseder eines Sonntagmorgens vor seiner Tür stand und ihm eröffnete, dass der langjährige Abgeordnete Josef Reisinger nicht mehr antreten werde.

»Und was hat das mit mir zu tun, Martin?«, hatte er verblüfft geantwortet.

»Na, ist doch logisch, das ist doch etwas für dich, als jüngsten CSU-Ortsvorsitzenden im Landkreis!« Ebertseder tippte ihn an die Brust, noch bevor er ihm antworten konnte. Dankend hatte Stefan mit Verweis auf die neue Aufgabe im Familienbetrieb abgelehnt, sodass Ebertseder enttäuscht zum Sonntagsstammtisch ins Wirtshaus weiterzog. Überhaupt hatte er nach der Trennung von seiner langjährigen Freundin Kerstin andere Sachen als Politik im Kopf. Der Beruf, seine Freunde und der schon lange geplante Umbau seiner Wohnung gingen vor.

Damit war das Thema für ihn erledigt. Eigentlich. Bis sich herausstellte, dass es vor allem die Altvorderen waren, die das

Mandat für sich beanspruchten. Als das örtliche Lokalblatt einen Bürgermeister, der aus Altersgründen bei der Kommunalwahl nicht mehr antreten durfte, als Favoriten handelte, stellte Stefan sich eines Abends die Frage: Willst du es ihnen wirklich überlassen?

Die Antwort darauf kannte er schon: Nein, es war an der Zeit für einen Generationswechsel. Und schon hatte ihn der Ehrgeiz gepackt, sich der Herausforderung einer Nominierung zu stellen. Mit seinem Wahlspruch »Frischer Wind für den Landtag!« traf er bei den Delegierten einen Nerv, das spürte Stefan schon beim Applaus nach seiner Vorstellungsrede. Dass er dann sogar im ersten Durchgang gewann, war nicht nur für die Lokalpresse, sondern ein Stück weit auch für ihn selbst eine faustdicke Überraschung.

Rasend schnell ging das im Rückblick, ebenso wie der darauffolgende Wahlkampf, und seit dem gewonnenen Direktmandat pendelte Stefan zwischen der Landeshauptstadt und seinem Stimmkreis.

Hastig zog er sich an, dunkelblauer Anzug, schwarze Schuhe, weißes Hemd. Auf die Krawatte verzichtete er. Nachdem selbst der Ministerpräsident häufiger ohne Schlips erschien, war der Dresscode lockerer geworden. Wobei die Spannbreite im Parlament mittlerweile riesig war, wie manche altgedienten Kollegen mit Bedauern bemängelt hatten. Vom grünen Abgeordneten, der in Jeans und Lederjacke am Rednerpult stand, bis hin zu braun karierten Dreiteilern bei manchen Vertretern der Rechtspopulisten, die die inhaltliche Zeitreise in die 1930er Jahre, die man bei den Redebeiträgen erleben musste, optisch unterstrichen, schien alles möglich zu sein.

Er nahm die Umhängetasche mit dem Manuskript für seine heutige Rede, an dem er gestern noch bis spät in die Nacht gearbeitet hatte, und verließ die Wohnung deutlich nachdenklicher und angespannter als knapp zweieinhalb Stunden zuvor.

7

München, Maximilianeum, 8:30 Uhr

So eindrucksvoll der Anblick des Maximilianeums von der Vorderseite aus war, so interessant war der Kontrast auf seiner Rückseite. Das prachtvolle Gebäude war um funktionale, moderne Flügelbauten mit Konferenzräumen und Büros erweitert worden. Der Eingang über die »Ostpforte«, der von den meisten Mitarbeitern, Besuchern und Gästen genutzt wurde und auf den Stefans Blick im Vorbeigehen fiel, entsprach perfekt dem bayerischen Selbstverständnis, Tradition und Moderne gekonnt miteinander zu vereinen.

Der Parlamentsbetrieb würde in wenigen Minuten mit den üblichen Vorbesprechungen, Arbeitsgruppen- und Arbeitskreissitzungen an Fahrt aufnehmen. Tröpfchenweise strebten Mitarbeiter und Parlamentarier auf die Ostpforte zu und zwängten sich durch die beiden Drehkreuze am Eingang. Man kannte und grüßte sich auch über die Fraktionsgrenzen hinweg. Parteipolitische Auseinandersetzung würde man schließlich später bei der Plenarsitzung noch zur Genüge haben.

Die Vorfreude auf den beliebten Sommerempfang der Landtagspräsidentin am frühen Abend auf Schloss Schleißheim vor den Toren der Landeshauptstadt trug ein Übriges zur gelösten Stimmung an diesem Morgen bei.

Stefan musste sich dagegen ein gequältes Lächeln abringen, um nicht unhöflich zu erscheinen, und winkte müde dem Pförtner zu, der ihn durch die dicke Glasscheibe grüßte. »Guten Morgen, Arti«, erwiderte er, hob lustlos die Tasche über das Drehkreuz und strebte über die Baustelle, auf der bereits eifrig gewerkelt wurde, zum Treppenhaus des Altbaus.

Die ersten schwarzen Limousinen auf den wenigen Parkplätzen im Innenhof wiesen darauf hin, dass bereits Kabinettsmitglieder zu parlamentarischen Frühstücken oder Besprechungen angetreten waren. Auf Präsenz und Ansprechbarkeit der Minister und Staatssekretäre legte der Ministerpräsident großen Wert, und es zahlte sich aus. Kollegen des Deutschen Bundestages oder des Europäischen Parlaments blickten immer wieder mit etwas Neid darauf, wie leicht und ohne wochenlange Vorlaufzeit in Bayern Gespräche mit Ministern möglich waren. »Am Rande des Plenums«, wie diese Termine genannt wurden, konnte so mancher strittige Fall gelöst werden.

Bei seinem aktuellen Problem könnte aber wohl auch kein Minister weiterhelfen, überlegte Stefan, als er im Treppenhaus die knarzenden Holzstufen zur Landtagsgaststätte hinaufschritt. Der Aufstieg, der manche Besucher zunächst verwirrte, war der besonderen Konstruktion des Maximilianeums geschuldet: Nach vorn auf einer Anhöhe gelegen, hatte man in der Landtagsgaststätte und auf der Terrasse das Gefühl, im Erdgeschoss zu sein, während man von der Rückseite erst noch zwei Stockwerke überwinden musste, um dort anzukommen.

Hunderttausende von Besucherinnen und Besuchern waren im Verlauf der letzten Jahrzehnte über das enge Treppenhaus nach oben geschleust worden, bevor das obligatorische Foto auf der repräsentativen »Roten Treppe«, das Mittagessen in der Landtagsgaststätte oder die Diskussion mit dem Abgeordneten anstand. Ein offener und weitläufiger Besuchereingang, wie ihn der Umbau vorsah, sollte dem Anspruch des Parlaments auf möglichst viel Transparenz gerecht werden.

Tina war bereits da, als Stefan die Landtagsgaststätte betrat. Die schlanke Frau mit schulterlangen schwarzen Haaren und leuchtend grünen Augen hatte bei den hohen Stehtischen im rechten Eck bereits zwei Plätze reserviert. Dort würde sich später die Landtagspresse treffen und alle Besucher bestens im Blick haben. Jetzt aber war es noch ruhig und willkommene Gelegenheit für einen ersten oder zweiten Morgenkaffee.

»Guten Morgen, Stefan!« Tina empfing ihn mit einem Augenaufschlag und rührte in ihrem Cappuccino. »Sag mal, was ist dir denn über die Leber gelaufen? Stresst dich unsere Planung für das Klassentreffen denn so?«

»Ach genau, Tina, wir wollten ja für das Klassentreffen weiterplanen. Das hätte ich ganz vergessen«, gab Stefan zu. »Aber du wirst nicht glauben, was mir heute Morgen passiert ist.« Auf ihren fragenden Blick hin begann er, immer wieder unterbrochen von »Echt jetzt?«- oder »Ist nicht wahr!«-Ausrufen, die Ereignisse der letzten zwei Stunden zu berichten.

Es tat ihm gut, jemanden ins Vertrauen zu ziehen, auch wenn Tina mit hochgezogenen Augenbrauen theatralisch durchschnaufte, als er fertig war. »Du machst ja Sachen mit. Wahnsinn. Da bist du ja quasi der Hauptzeuge oder der Hauptverdächtige, je nachdem. Gut, dass du Immunität hast«, zog sie ihn ein wenig auf, was er mit einem gequälten Grinsen quittierte. »Aber mal im Ernst: Das klingt mir nicht nach Unfall, da ist mehr dahinter. Was hat er dir noch mal ins Ohr geflüstert?«

»›Keller‹. Und dann ›Ring‹«, wiederholte Stefan die Worte des Toten.

»Komisch. Was soll man damit anfangen? Was hat die Kripo dazu gesagt?«

»Wenig. Der Kommissar war mehr damit beschäftigt, die Kollegen anzuschnauzen und mich zu verdächtigen. Aber ich muss heute noch die Aussage machen, ich glaube, sie kommen hierher. Und den Gesetzentwurf habe ich ja auch noch vor mir. Und dann Schleißheim.« Stefan seufzte.

Aufmunternd tätschelte Tina seinen Arm. »Ach, weil du Schleißheim ansprichst: Hast du für deine beste Schulfreundin zufällig noch eine Eintrittskarte übrig?«, säuselte sie.

»Klar, das ist kein Problem, du gehst als meine Begleitung mit! Aber hat Carsten denn nichts dagegen?«, meinte Stefan vorsichtig.

Tina schnaubte kurz auf. »Carsten? Der hat nichts mehr zu

melden. Dieses Mal endgültig. Also vielen Dank! Dafür mache ich mir auch Gedanken über die letzten Worte deines Opfers. Wenn mir etwas einfällt, melde ich mich, versprochen!«

»Einverstanden. Wir treffen uns dann um halb sechs an der Pforte zur Abfahrt mit den Bussen«, schlug Stefan vor, und sie stießen konspirativ mit den Kaffeetassen an.

»Bis später. Und, Stefan: viel Erfolg und gute Nerven, auch im Plenum!«, wünschte sie ihm zum Abschied, und sie brachen auf. Tina ging zurück ins Büro, bevor sie die erste Besuchergruppe durch das Gebäude führte, er zur Arbeitskreissitzung, um das Neueste zum heutigen Gesetzentwurf zu besprechen.

Ausnahmezustand hin oder her, die Welt drehte sich weiter.

8

München, Maxwerk, 8:30 Uhr

»So, nun sehen wir uns den Tatort noch einmal in aller Ruhe an, wenn die Profis der Spurensicherung uns kleine Kriminaler lassen«, versuchte sich Harald Bergmann zum ersten Mal an diesem Tag an so etwas wie einem Scherz.

Kriminalkommissarin Lena Schwartz war unsicher, ob sie den Spruch mit einem Lachen kommentieren sollte, und blickte zögerlich zu den Kollegen. Diese nickten. »Wir haben alles, die Bühne gehört euch.«

Schwartz war erst im vergangenen Jahr zur Mordkommission gewechselt. Begonnen hatte ihre Karriere bei der Polizei beinahe zufällig, als sie spontan an einer Beamtenprüfung teilnahm. Was aus Sicherheitserwägungen für das eigene Auskommen begann, entwickelte sich jedoch schnell zu einer echten Leidenschaft, für die Sicherheit anderer einzutreten. Nun also folgerichtig Kripo, bei der sie sich aber noch nicht richtig heimisch fühlte. Als Neue war sie nämlich ausgerechnet bei Harald Bergmann gelandet, für den sich nur schwer ein Partner fand. Warum das so war, wurde ihr schon bei der ersten Begegnung klar, so abweisend und eigenbrötlerisch, wie er ihr gegenüber auftrat. Noch immer hatte sie den feixenden Blick ihres Vorgesetzten im Kopf, als er ihr »viel Glück und gute Nerven« mit ihrem neuen Partner wünschte.

Sie hatte aber bald gelernt: So barsch und schwierig Harald Bergmann auch sein konnte, sein Instinkt und seine Hartnäckigkeit waren respektiert bei der Münchner Mordkommission. Mancher Fall war gelöst worden, weil ihm als Einzigem ein kleines Detail aufgefallen war, das alle anderen übersehen hatten. Geradezu legendär war der »Juwelenmord von Giesing« vor einigen Jahren, bei dem sich herausstellte, dass die

Söhne im familieneigenen Juwelierladen die eigene Mutter erschossen hatten, um an den Schmuck, die Erstattung des Wertverlustes durch die Versicherung und noch dazu an die hohe Lebensversicherung zu kommen.

Kriminalhauptkommissar Bergmann war es gewesen, der damals die Aussagen der zu Tode betrübten Hinterbliebenen hinterfragt und schließlich den entscheidenden Hinweis – eine Schnittwunde am Unterarm des jüngeren Bruders – entdeckt hatte. Die dann angeordnete Blutprobe erbrachte das fehlende Puzzleteil. Mit seinem damaligen Partner Martin Sennebogen hatte er sich blind verstanden, wie er Schwartz gegenüber einmal deutlich gemacht hatte. Umso mehr war Bergmann persönlich getroffen, als dieser sich urplötzlich für eine Karriere in der Führungsebene des Polizeipräsidiums entschied.

Dieses Wissen im Hinterkopf, nahm Lena Schwartz manche Eigenheit achselzuckend hin und versuchte dennoch, so gut es ging, von ihm zu lernen. Beispielsweise achtete sie penibel darauf, ihn nicht mit »Harry« anzusprechen, auch wenn es ihr immer wieder auf der Zunge lag, weil es so gut zu ihm passte. Sie war fest entschlossen, sich nicht entmutigen zu lassen. Aufgewachsen in eher schwierigen Verhältnissen, war sie es gewohnt, sich durchzuboxen. Auch wenn er es ihr wahrlich nicht einfach machte und sie immer wieder ignorierte. So hatte er es fertiggebracht, sie kein einziges Mal nach ihrer kleinen Familie mit der erst dreijährigen Tochter Klara zu fragen, obwohl sie bei ihrer ersten Begegnung davon erzählt hatte. In gewisser Hinsicht war Bergmann da ihrem leiblichen Vater, den sie nie kennengelernt hatte, gar nicht unähnlich, hatte sie festgestellt. So war der Draufgänger, in den sich ihre Mutter verliebt hatte, nie dazu fähig gewesen, sich auf die Bedürfnisse einer Familie wirklich einzulassen. »Für ein eingeengtes Leben in den eigenen vier Wänden war dein Vater nicht geschaffen, weißt du. Ein Weltenbummler halt«, hatte ihre Mutter mit traurigen Augen erklärt, und Lena konnte noch jetzt spüren, wie Wut in ihr darüber aufstieg, dass ihre Mutter sogar

Verständnis für ihn aufbringen konnte. Die jährlichen Weihnachtskarten, die er aus den unterschiedlichsten Ecken der Welt schickte, landeten jedes Mal zerknüllt im Papiereimer. Bis schließlich keine Karte mehr kam.

Langsam, Zentimeter für Zentimeter, musterte Bergmann nun die Rückseite der graffitibeschmierten Wand des Wasserkraftwerkes vor ihm.

»Das sieht nach Kampfspuren aus.« Er deutete auf das eingedrückte Gras. »Oder …« Lange betrachtete er zwei Mulden in der Oberfläche und blickte die Mauer hinauf nach oben zu den Fenstern. »Jemand ist von dort oben gesprungen.«

»Oder gestürzt«, ergänzte Schwartz, die sich mittlerweile neben ihn gestellt hatte, und zeigte auf das ovale rechte Fenster.

Er kniff die Augen zusammen. »Das sollten wir uns etwas genauer ansehen.«

Sie umwanderten das Jagdschlösschen zum seitlich liegenden Eingang. Schon dort bestätigte sich, dass sie den richtigen Riecher gehabt hatten: Die Tür war nur angelehnt.

Schwartz und Bergmann wechselten einen Blick, gaben den Kollegen im Umkreis ein Zeichen und lockerten ihr Halfter. Bergmann zog seine Dienstwaffe, eine klassische Walther PPK, die er eigentlich schon lange hätte eintauschen müssen, wogegen er sich aber beharrlich weigerte. »Ich gehe allein. Du bleibst hier und sicherst den Eingang!«, sagte er und bremste sie mit dem linken Ellenbogen.

Zunächst zögerte Schwartz, dann entschied sie sich. »Nein, ich komme mit. Die Kollegen sind ja noch da.« Sie zeigte hinter sich. So leicht wollte sie sich nicht abspeisen lassen. Sie waren Partner, und das sollte er akzeptieren! Seinen genervten Blick erwiderte sie daher mit funkelnden Augen.

Einen Moment lang fixierte Bergmann sie, dann ließ er langsam den Arm sinken und drückte die Tür auf. Knarrend öffnete sie sich, und er sah sich vorsichtig um: ein Treppenhaus und eine schwere Stahltür im Erdgeschoss, die offensichtlich in das Innere des Kraftwerks führte.

Bergmann legte den Zeigefinger an den Mund und wies mit der Waffe nach oben. Schwartz nickte und zog ebenfalls ihre Pistole, ein neueres Modell von Heckler & Koch, mit dem die bayerische Polizei in den letzten Jahren ausgerüstet worden war.

Langsam, um keinen Laut zu verursachen, nahmen sie Stufe für Stufe in den ersten Stock. Dort endete die Treppe vor einer weiteren Tür, neben der ein Briefkasten angebracht war. Offensichtlich war diese Etage einmal bewohnt gewesen. Dies lag jedoch schon länger zurück, wie die verwischten Namensschilder, der modrige Geruch und der bröckelnde Putz belegten. Als Bergmann den Türknauf drehen wollte, bemerkte er es: Das Schloss war aufgebrochen worden.

Der Staub kitzelte im Hals, und Schwartz unterdrückte nur mühsam ein Husten, was ihr einen scharfen Blick ihres älteren Kollegen einbrachte. Einen Moment hielten sie den Atem an und lauschten der Stille. Dann drehte Bergmann den Kopf zur Tür, riss sie auf, und sie stürmten in den dahinterliegenden Flur, die gezückten Pistolen vorausgestreckt. Niemand war zu sehen.

Nacheinander arbeiteten sie sich durch die einzelnen Räume. Schwartz spürte, wie die Waffe in ihrer Hand vor Aufregung zu zittern begann, und umklammerte den Griff fester. Sie wollte unbedingt vermeiden, dass Bergmann bemerkte, wie viel Angst sie hatte. Ihr Herz schlug ihr bis zum Hals. Jeden Moment rechnete Schwartz damit, dass jemand das Feuer auf sie eröffnete.

Zuerst betraten sie eine ehemalige Küche, wie sie an der verdreckten Spüle und dem Wasserhahn erkannte. Mehrere Schlaf- und ein Wohnzimmer folgten. Jedes war leer, bis auf ein Feldbett und einen Tisch mit einem Campingstuhl. Als sie den letzten Raum gesichert hatten, atmete Schwartz durch.

»Alles ausgeflogen. Aber hier war definitiv jemand, der hier nicht hätte sein sollen«, hielt Bergmann fest.

»Harald, sieh mal.« Schwartz hielt eine Flasche hoch. »Das

könnte Chloroform oder eine ähnliche Substanz sein, plus dazugehörigem Lappen.«

Bergmann ging zum Fenster im Schlafzimmer. Der Rahmen klapperte, und er deutete mit einem leisen Pfiff auf das Guckloch, das in die verstaubte Scheibe gewischt worden war.

»Ein Rückzugsort. Aber zumindest einer war nicht freiwillig hier. Möglicherweise unser Toter«, sagte er.

Schwartz öffnete vorsichtig das Fenster und sah nach unten. Direkt unter ihnen war der zertrampelte Tatort, wenige Meter weiter lagen einige leere Bierflaschen. »Was denkst du, wie es ablief?«, fragte Schwartz ihren Kollegen, der nachdenklich hinabschaute. »Harald?« Erst jetzt reagierte Bergmann.

Widerwillig begann er. »Jemand wird hierhergebracht. Möglicherweise betäubt. Er wacht auf und versucht, durch das Fenster zu fliehen. Dann geschieht etwas, und er stürzt hinab.«

Schwartz führte seine Gedanken fort. »Er schlägt am Boden auf, verletzt sich durch den Aufprall auf den Steinen dort. Er stirbt an den Folgen oder wird im Handgemenge vom Täter erschlagen.«

»Wir müssen darauf hoffen, dass die Autopsie uns Aufschluss bringt«, brummte Bergmann.

»Es ging wohl alles ziemlich schnell. Und er, der Täter, wurde gestört. Vermutlich von unserem Jogger«, ergänzte Schwartz, was ihr ein Nicken einbrachte.

Bergmann hielt sich jedoch nicht lange mit Lob auf, sondern deutete in die Wohnung: »Mit was haben wir es hier zu tun? Mit einem Versteck? Mit einer Notunterkunft? Oder mit einem Beobachtungsposten?«

»Und damit wären wir bei der eigentlichen Preisfrage: Was hat die unbekannte Person Nummer zwei veranlasst, Person Nummer eins, unseren Toten, hierherzubringen und ihn zu töten oder zumindest seinen Tod in Kauf zu nehmen?«

Nach einigen Momenten unterbrach der Alte die Stille: »Darauf kommen wir schon noch. Gib den Kollegen der Spurensicherung Bescheid, sie sollen sich auch hier oben umsehen. Ich will jedes Detail festgehalten und fotografiert haben. Jeden Fingerabdruck überprüft. Und wir fahren jetzt ins Kommissariat, trinken einen Kaffee und sehen, wie weit die Fahndung nach dem Flüchtigen ist.«

»Das klingt nach einem Plan«, stimmte Lena Schwartz zu und spürte den Anflug von Stolz, ihrem Kollegen vorhin zumindest ein wenig Paroli geboten zu haben.

9

München, Kriminalfachdezernat 1, K 11, Hansastraße, 9:15 Uhr

Dankbar nahm Harald Bergmann die dampfende Kaffeetasse aus den Händen der Sekretärin. »Schwarz, zwei Stück Zucker, wie immer, Chef«, sagte Inge Schroll und lächelte ihn aufmunternd an. Bergmann blies vorsichtig in die heiße Tasse, nahm einen Schluck und streckte sich.

Gegenüber am großen Doppelschreibtisch ihres Büros hatte Lena Schwartz bereits den PC eingeschaltet und loggte sich in das System ein. Mit ihrem Angebot, alles, was mit Computern und Technik zu tun hatte, zu übernehmen, hatte sie ihre ersten Pluspunkte bei ihrem mürrischen Partner gesammelt. Bislang konnte sie offenbar nur wenige weitere hinzufügen, aber nun hatte sie zum ersten Mal seit Wochen das Gefühl, Bergmann nähergekommen zu sein. Und das ausgerechnet, weil sie sich nicht alles hatte gefallen lassen.

Klingt ja fast wie eine Ehefrau bei der Paartherapie, dachte sie amüsiert. Es hatte aber seinen guten Grund, warum man bei der Mordkommission stets zu zweit unterwegs sein sollte, nicht nur wegen der Sicherheit. »Vier Augen sehen deutlich mehr als zwei«, hatte ihr Ausbilder immer gesagt.

Als sie vom PC aufblickte, merkte sie, dass Bergmann sie mit hinter dem Nacken verschränkten Armen musterte. »Was ist?«, fragte sie und wurde das Gefühl nicht los, dass er gerade ihre Gedanken erraten hatte.

»Ich denke nach. Soll in unserem Beruf ja nicht schaden«, erwiderte er und versuchte sich gleich zum zweiten Mal an diesem Tag an einer witzigen Bemerkung. Ein neuer Rekord, schmunzelte Schwartz, als sie die Datenbanken aufrief und in der Maske ein Aktenzeichen für den neuen Fall anlegte.

Das Telefon läutete, und sie hob ab. »Schwartz, K 11«, meldete sie sich geschäftsmäßig und hörte zu. »Aha, sind Sie sicher? Schicken Sie die Daten doch bitte rüber. Oder warten Sie, ich notiere es mir schnell.«

Neugierig beugte Bergmann sich vor.

Schwartz klemmte den Hörer zwischen Schulter und Ohrmuschel und kritzelte auf den Notizblock vor ihr. Schwungvoll legte sie auf. »Unser Opfer heißt Dragos Antonescu«, berichtete sie. »Rumänischer Staatsbürger und seit vier Jahren beschäftigt bei Weber-Bau in Ottobrunn. Wohnt in Oberpframmern.«

Bergmann nickte auffordernd. »Und weiter?«

»Jetzt rat mal, wo er eingesetzt war. Bei den Sanierungsarbeiten im Bayerischen Landtag. Sein Vorarbeiter hat gemeldet, dass er heute Morgen nicht zur Arbeit aufgetaucht ist.«

»Da stimmt doch etwas nicht. Wenn er morgens nicht zur Baustelle im Landtag gekommen ist, aber weit außerhalb Münchens wohnt, wieso wird er dann einen Steinwurf vom Landtag entfernt tot aufgefunden?«, fragte Bergmann.

»Und vorher offensichtlich festgehalten«, ergänzte Schwartz.

»Den Weg hierher hätten wir uns sparen können. Wir fahren jetzt in den Landtag und sprechen mit dem Vorarbeiter. Und mit der Sportskanone auch gleich noch einmal, wenn wir schon dort sind.« Bergmann sprang auf.

»Du meinst den Abgeordneten? Ein bisschen mehr Respekt vor dem Parlament, Herr Kollege«, sagte Schwartz und beeilte sich, Bergmann zu folgen.

10

München, Maximilianeum, Ostpforte, 9:30 Uhr

Arthur arbeitete gern im Bayerischen Landtag. Dieser nahm zu Recht für sich in Anspruch, nicht nur eines der sehenswertesten, sondern auch der offensten Parlamente zu sein. So tagten nicht nur die Vollversammlung im Plenarsaal, sondern auch die vierzehn Ausschüsse, die sich mit dem gesamten politischen Spektrum von der Bildungs- bis zur Europapolitik befassten und die Plenarsitzungen vorbereiteten, grundsätzlich öffentlich. Nur in Ausnahmefällen wurden nicht öffentliche oder gar geheime Sitzungen anberaumt.

Die seit einigen terroristischen Anschlägen angespanntere Sicherheitslage in Deutschland machte sich bei aller *Liberalitas Bavariae* aber auch im bayerischen Parlament bemerkbar. Die Landtagspräsidentin legte zwar großen Wert darauf, die Abläufe im Haus nicht zu stark einzuschränken. Der demonstrativ vor dem Haupteingang stationierte Polizeiwagen oder der obligatorische Rundgang mit Sprengstoffhund im Plenarsaal, bevor ihn der Ministerpräsident betrat, reichten jedoch mittlerweile nicht mehr aus. Ein höheres Maß an Sicherheit war notwendig geworden.

So mussten die zahlreichen Besucherinnen und Besucher, die das Gebäude an den beliebten Sitzungstagen entweder durch die Westpforte am repräsentativen Vordereingang oder die Ostpforte auf der Rückseite betraten, mittlerweile Sicherheitsschleusen durchlaufen. Auch beim dritten möglichen Zugang über die Tiefgarage waren Drehtüren und eine anschließende Kontrolle installiert worden, die bei den zahlreichen Abendveranstaltungen zum Einsatz kam.

Vor allem an der am höchsten frequentierten Ostpforte bedeutete dies erheblichen Mehraufwand, und mehr Personal war nötig geworden. Die Besuchergruppen mussten kontrolliert und angehalten werden, ihre Jacken und Taschen in den Schließfächern unterzubringen. Darüber hinaus passierte den ganzen Tag über eine Vielzahl von Einzelbesuchern – Gäste aus aller Welt, Mitarbeiter der Ministerien oder Vertreter von Verbänden – unter den wachsamen Augen der Pförtner den Eingang. Besucherausweise, Zugangskarten und nicht zuletzt Schlüssel für die Landtagsliegenschaften wurden hier verwaltet. So manchem verzweifelten Landtagsabgeordneten, der seine Büroschlüssel in seinem Stimmkreis vergessen hatte, konnte aus der Patsche geholfen werden, selbst wenn er seinen Verlust erst spät in der Nacht bemerkte, denn die Pforte war rund um die Uhr besetzt.

Ein Umstand, der Arthur sehr gelegen kam. Der große Schlüsselkasten im Pförtnerhäuschen war der zweite Grund, wieso er sich um den Job bemüht hatte, für den er mit seiner Erfahrung und Ausbildung eigentlich überqualifiziert war. Diese Frage hatte ihm der Personalleiter im Landtagsamt bei seinem Bewerbungsgespräch ebenfalls gestellt, als er sich vor einigen Jahren bei ihm beworben hatte. »Berufssoldat, mehrere Fremdsprachen, internationale Verwendung bei der Bundeswehr und im Verteidigungsministerium, dann bei einem privaten Sicherheitsdienst. Befürchten Sie da nicht, dass es Ihnen bei uns zu langweilig wird?«, hatte er ihn damals gefragt.

»Im Gegenteil. Das ist genau das, was ich jetzt brauche, um zur Ruhe zu kommen nach den vielen Jahren im Ausland«, hatte er gesagt.

»Hmm …« Sein Gegenüber im schmucklosen Büro des Nordbaus im Landtag rieb sich prüfend das Kinn. »Jemanden mit Ihrer Erfahrung können wir gerade in diesen Zeiten vielleicht wirklich gut brauchen. Man weiß ja nie.«

Bei der obligatorischen Sicherheitsabfrage kam ihm zugute, dass seine genaue Tätigkeit bei den Spezialkräften der Bundeswehr nirgends direkt auftauchte, sondern er nur pauschal zugeordnet war. Auch bei seinem Ausscheiden war nur »in gegenseitigem Einvernehmen« festgehalten. Dennoch hakte der Personaler hier nochmals nach. »Wie kam es, dass Sie den Bund als Arbeitgeber verließen?«

»Die vielen Auslandseinsätze haben auf Dauer geschlaucht. Jetzt möchte ich sesshaft werden«, erwiderte Arthur mit einem überzeugenden Lächeln. Da er wusste, dass diese Frage kommen würde, hatte er sich vorbereitet. Und es funktionierte. Er hatte den Personalleiter überzeugt und wurde eingestellt, sogar zu annehmbaren Konditionen und mit der Aussicht, beim Sicherheitskonzept im Landtag als Ansprechpartner an der Pforte mitwirken zu können.

Damit standen ihm alle Möglichkeiten offen, dem Geheimnis, das ihn nun seit Jahren beschäftigte und nicht mehr losließ, endlich auf die Spur zu kommen. Lange hatte es gedauert und ihn viel Geduld gekostet. Jetzt würde er es sich so kurz vor dem Ziel nicht mehr entgehen lassen, sinnierte er, während er die vielen bekannten Gesichter beim Passieren der Drehkreuze grüßte.

11

Regensburg, Faschingswoche 1998

Dabei hatte es so lapidar begonnen: mit Zeitungslektüre am Morgen. Bei seinen wenigen Heimaturlauben, die er zwischen den Auslandseinsätzen bewilligt bekam, hatte Arthur Streicher die Verbindung zu seiner Großmutter, die nahe dran war, komplett abzureißen, Stück für Stück wiederaufgebaut. Vielleicht gerade noch rechtzeitig, denn die fast achtzigjährige Frau begann langsam, geistig und körperlich abzubauen. Als er das erste Mal wieder vor ihrer Haustür im Regensburger Norden stand, realisierte er, dass sie die einzige Familienangehörige war, die er noch hatte.

Sein Großvater war im Krieg gefallen, sein Vater früh an einem bösartigen Tumor verstorben, und mit seiner Mutter hatte er sich überworfen, als er gegen ihren Willen zur Bundeswehr ging. Geschwister hatte er ebenso wenig wie eine Ehefrau. »Der Krieg hat uns deinen Großvater genommen und der Kummer deinen Vater krank gemacht. Wenn du Soldat wirst, zerstört das unsere Familie endgültig«, hatte seine Mutter ihm damals an den Kopf geworfen, bevor der Kontakt zwischen ihnen abbrach.

Ihm kam es jedes Mal vor, als wäre hier die Zeit stehen geblieben. Die seit Jahrzehnten unveränderten geblümten Vorhänge am Fenster, das durchgesessene grüne Sofa und der riesige dunkle Holzschrank im Wohnzimmer vermittelten ihm Geborgenheit und das Gefühl, nach Hause zu kommen. Die vertraute Stimme und selbst das Bekochtwerden gaben ihm die Kraft, die er dringend benötigte.

Müde und ausgezehrt war er, äußerlich wie innerlich, das spürte er immer stärker. Die ständige Alarmbereitschaft, der Schlafentzug und die Schrecken der Einsätze, die man verarbeiten musste. All das setzte ihm zunehmend zu. Hier, im Gästezimmer seiner Großmutter, fand er Ruhe und vor allem Schlaf. Und wie ein ganz normaler Mensch begann er hier den Tag nicht mit einer geheimen Erkundungsaktion in Feindesland oder mit der Befragung eines Informanten, sondern ganz profan mit ausführlicher Zeitungslektüre.

Er schlug die Lokalzeitung von hinten auf, blätterte durch die Berichterstattung zu den Ereignissen der Faschingswoche und kam zum Bayernteil.

Dort blieb er an einer Überschrift hängen.

»Schatz im Landtag!«, titelte die Zeitung. Als er weiterlas, war er zunächst enttäuscht, denn schnell stellte sich heraus, dass es sich bei dem Fund nicht etwa um eine Schatztruhe, sondern den Grundstein des Maximilianeums, des Sitzes des Landtages, handelte. So hatte ein Arbeiter am Nachmittag des Faschingsdienstags bei Arbeiten für die Rolltreppe im Keller des Gebäudes eine geradezu sensationelle Entdeckung gemacht: Mit seinem Presslufthammer stieß der Arbeiter auf einen Hohlraum unterhalb der Türschwelle. Gemeinsam mit einem Bauschlosser leuchtete er in das Loch, aus dem es geheimnisvoll golden und gläsern blitzte.

Nach Informationen unserer Zeitung ließen es die beiden aber zunächst auf sich beruhen und legten die Fundstücke in einer Holzkiste ab. Ihre Vorgesetzten benachrichtigten sie erst am nächsten Tag.
Es handelt sich offenbar um eine Bleikassette, in der ein vergoldeter Metallzylinder, einige Baupläne und Urkunden sowie silberne und goldene Münzen zu finden waren. Auch mehrere in prächtige, filigran verzierte Goldrahmen eingefasste Nymphenburger Porzellantafeln mit königlichen Porträts tauchten auf. Am erstaunlichsten ist aber eine Glasvitrine mit dem Modell einer Dampflokomotive, die aus dem Boden gehoben wurde.

Er schüttelte den Kopf, blieb dann jedoch beim nächsten Satz hängen.

Der Fund ist auch deswegen bemerkenswert, weil weder die Lage des Grundsteins in einen Plan eingezeichnet noch der Inhalt der Bleikiste bekannt war. Lediglich über das eingemauerte Lokomotivmodell hatte man die Öffentlichkeit bei der Grundsteinlegung des Maximilianeums 1857 informiert.

»Komische Geschichte«, murmelte er und dachte nach. In seiner Ausbildung war er darauf trainiert worden, Unstimmigkeiten zu hinterfragen und wachsam zu sein. Er hatte zwar nur wenig mit Geschichte am Hut, aber diese seltsame Geheimniskrämerei machte ihn stutzig. Ebenso galt dies für den Fundort. »Maximilianeum«, überlegte er. Das hatte er doch schon einmal gehört, im Zusammenhang mit seinem Großvater.

Als seine Großmutter in die Küche kam, bestätigte sie dies. »Ja, mein Junge, im Maximilianeum war Josef, Gott hab ihn selig, damals stationiert, als er nicht mehr nach Hause kam«, sagte sie und blickte ihn mit glasigen Augen an. »Du siehst ihm so ähnlich.«

Lange war es her, dass sie den Namen ihres Mannes ausgesprochen hatte. Einige Sekunden saßen beide schweigend am Tisch.

»Wir haben kaum über ihn geredet«, begann Streicher, und seine Großmutter nickte.

»Es tut mir leid, dass du ihn nie kennenlernen durftest. Es war eine schlimme Zeit. Ich war mit deiner Mutter schwanger und ganz auf mich allein gestellt im zerbombten München.« Sie seufzte. »Mir selbst ist nicht viel von ihm geblieben, nur ein Rucksack mit seinen Habseligkeiten.«

Streicher blickte neugierig auf und fragte: »Hast du ihn noch? Darf ich ihn sehen?«

»Er müsste auf dem Dachboden sein. Ich habe es nie über mich gebracht, ihn zu öffnen, mein Junge.«

Das ganze Frühstück über war er hin- und hergerissen, aber dann siegte doch die Neugier, und er kletterte die Stiege auf den Dachboden hoch und fand nach einigem Suchen schließlich einen dunkelbraunen Rucksack aus festem Stoff und mit ledernen Gurten. Das musste er sein. Vorsichtig trug er ihn nach unten in sein Zimmer. Er roch modrig, und zunächst war Streicher enttäuscht, als er ihn ausräumte. Ein zerknittertes Hemd, eine verbeulte Wasserflasche aus Blech, Zündhölzer und ein zerdrücktes Päckchen Salem-Zigaretten. Das war die ernüchternde Ausbeute.

Als er den Rucksack in die Ecke stellen wollte, fühlte er in einer Innentasche etwas Festes. Streicher griff hinein und zog ein kleines, vergilbtes Notizbuch heraus.

»Josef Streicher«, stand kaum leserlich mit Bleistift geschrieben auf dem Einband. Streichers Hände zitterten vor Aufregung. Ein Notizbuch seines Großvaters! Vorsichtig öffnete er das schwarze Büchlein und begann, in ihm zu blättern. Die Schrift war schwierig zu entziffern, da vieles offensichtlich in Eile geschrieben worden war. Wie in einem Tagebuch war jeder Eintrag mit einem Datum versehen.

Der erste stammte vom 1. Januar 1943, das Büchlein war demnach wohl ein Weihnachtsgeschenk gewesen. Streicher selbst kam es ebenfalls wie ein Geschenk vor. Weder an seinen Vater noch an dessen Vater hatte er mehr als nur flüchtige Erinnerungen, und seine Mutter hatte sich strikt geweigert, über beide zu sprechen. Streicher blätterte Seite um Seite durch und hatte zum ersten Mal in seinem Leben das Gefühl, seinen Großvater ein wenig kennenzulernen und ihn auf seinem Weg bis zu seinem Tod in den Kriegstagen in München ein Stück weit zu begleiten.

Ab dem Frühsommer 1944 tauchten mehr und mehr Listen auf, mit denen er zunächst wenig anfangen konnte. »Abschied Ottos«, »Kreuzigung Christi«, »Zar Peter der Große gründet Petersburg« und weitere Bezeichnungen waren abgehakt. Über dreißig Namen waren zudem mit einem Ausrufezeichen versehen, an die sich ein Pfeil anschloss, der bei »Keller?« endete.

Am ungewöhnlichsten war jedoch der letzte Eintrag. Ihn hatte sein Großvater wohl in großer Hast geschrieben, denn Streicher konnte sowohl das Datum – 12. oder 13. Juli 1944 – als auch die hingekritzelten Worte nur mit größter Mühe lesen. Buchstaben für Buchstaben entzifferte er, und mit jedem einzelnen wurde seine Aufregung größer. So vertieft war er, dass er den Ruf seiner Großmutter zum Mittagessen nicht hörte.

12

München, Maximilianeum, Sitzungssaal N 401, 9:10 Uhr

»Schön, dass du da bist, Stefan!«, begrüßte ihn der Arbeitskreisvorsitzende Eberhard Kuchler, ein erfahrener Parlamentarier, als Stefan den Sitzungssaal im vierten Stock des modernen Nordbaus betrat. Trotz seiner kleinen Verspätung war er einer der Ersten, wie er beim Blick zu den in U-Form gestellten Tischen des Ausschusssaales feststellte. Kuchler, der als früherer Bürgermeister für die Leitung des für kommunale Angelegenheiten und Inneres zuständigen Ausschusses prädestiniert war, saß am Kopfende und winkte ihn nach vorn.

Wie immer vor offiziellen Sitzungen trafen sich die Ausschussmitglieder seiner Fraktion zu Arbeitskreissitzungen, um den Ablauf und die Strategie vorzubesprechen. Dabei standen die Referenten der betroffenen Ministerien Rede und Antwort zu aktuellen Themen und einzelnen Tagesordnungspunkten. Auch heute war die linke Seite des Saales üppig mit Referatsleitern besetzt, sodass sich der Vorsitzende verständlicherweise über Verstärkung durch seinen Kollegen freute.

Bereits um diese frühe Uhrzeit waren die Fenster weit geöffnet, dennoch stand auf der gegenüberliegenden Seite die Luft, so aufgeheizt war das Gebäude.

»Setz dich, die anderen Kollegen kommen sicher bald«, sagte Kuchler.

An das ständige Kommen und Gehen bei den Besprechungen, das ihn anfangs etwas irritiert hatte, hatte Stefan sich mittlerweile gewöhnt. Da die meisten Abgeordneten Mitglied in zwei der vierzehn Ausschüsse und weiteren Arbeitsgruppen waren, ließen sich Überschneidungen bei den Sitzungen nicht vermeiden. Auch Stefan hätte parallel eine Sitzung der Tourismusarbeitsgruppe gehabt, aber heute ging der Innen-AK vor.

Er ließ sich auf einen Stuhl fallen und zog seine Mappe aus der Tasche. Zum Durchschnaufen blieb ihm aber keine Zeit.

»Weil du schon da bist, lass uns doch deinen Punkt gleich besprechen, Stefan«, schlug Kuchler vor und nickte ihm zu. Stefan versuchte, seine Gedanken zu sammeln und sich zu konzentrieren, öffnete die Mappe mit seinen Notizen und berichtete.

»Erste Lesung Ehrenamtsgesetz. Wir sind als federführender Ausschuss bei den Regelungen für Feuerwehren und Rettungsdienste zuständig. Unser Entwurf sieht vor, vor allem bei der Aus- und Weiterbildung noch stärker reinzugehen und zu fördern. Wir sehen landauf, landab bei den Feuerwehren immer größere Probleme beim Nachwuchs. Deshalb setzen wir auf Jugend- und Kinderfeuerwehren und die Ausbildung«, referierte Stefan und versuchte, sich prägnant zu fassen.

Es war bekannt, dass Kuchler diese Eigenschaft schätzte, die sonst eher Niederbayern oder Oberpfälzern zugesprochen wurde, alles Wesentliche auf den Punkt bringen zu wollen und nicht Wortgirlande an Wortgirlande zu reihen.

»Gut, danke, Stefan. Was werden die anderen sagen?«, wandte Kuchler sich an den Mitarbeiter zu seiner Rechten.

»Die Sozialdemokraten wollen, dass wir als Freistaat die Kostenerstattung für die Kommunen übernehmen oder uns zumindest noch stärker beteiligen. Und den Liberalen geht unser Ansatz zu weit und belastet die Wirtschaft zu stark«, erläuterte der junge Fraktionsreferent, der erst vor wenigen Wochen vom Bayerischen Gemeindetag an den Landtag abgeordnet worden war. Dort musste er sich für etwa drei Jahre seine Sporen verdienen, bevor es die Karriereleiter im Innenministerium oder in einem anderen Ressort weiter hinaufgehen konnte.

»Na, das spricht doch für unseren Vorschlag, wenn wir es keinem von der Opposition recht machen können und diese sich wieder einmal nicht einig sind. Wir sind die Stimme der Vernunft in der Mitte«, fasste Kuchler zufrieden und augenzwinkernd zusammen. »Das Ding wirst du schon schaukeln, Stefan. Du machst den Hauptteil, acht Minuten Redezeit. Ich schalte mich dann zum Schluss ein und räume ab, wenn von den anderen Fraktionen noch etwas kommt, was wir kommentieren müssen. Aber ich bin sicher, du nimmst ihnen gleich zu Beginn den Wind aus den Segeln.«

Kuchler mit seinen knapp fünfundsechzig Jahren hegte Sympathie für Stefan, der sein Sohn hätte sein können und ihn, wie er ihm einmal gestanden hatte, an ihn selbst in jungen Jahren erinnerte: in manchen Situationen noch etwas unsicher, aber dann immer wieder zupackend, wenn es darauf ankam. Vor allem schätzte er an ihm, dass er nicht berechnend war, sondern ehrlich etwas bewegen wollte. Er hatte Stefan ermuntert, sich diese Einstellung möglichst lange zu erhalten.

Heute war Stefan allerdings fahrig und unkonzentriert, er wusste gerade gar nicht, wo ihm der Kopf stand. Während die mittlerweile eingetroffenen Kollegen über die aktuellen Personalzuweisungen an die Polizeipräsidien diskutierten, versuchte er, sich auf seinen ersten größeren Auftritt im Plenum vorzubereiten und zu sammeln. Vor ihm lag das ausformulierte Redemanuskript, das er im Prinzip schon auswendig konnte.

»Sehr geehrtes Präsidium, liebe Kolleginnen und Kollegen, was wäre der Staat ohne das Ehrenamt …« Immer wieder machte er einen Anlauf, den Text durchzuarbeiten, aber er stockte, und seine Gedanken kreisten. Sein Gehirn ratterte und kehrte zu den Ereignissen des Morgens zurück. Irgendetwas irritierte ihn. Er kam nur nicht darauf, was es war.

13

München, Maximilianeum, Ostpforte, 10:15 Uhr

Er schreckte hoch, als es an die Glasscheibe klopfte, und blickte vom Pult auf. Neben ihm zeigten die Monitore die Livebilder von der Westpforte und der Tiefgarage. Vor ihm lag die Liste mit angemeldeten Besuchern, und er hielt den Kugelschreiber in der Hand, um sie abzuhaken.

Müde kniff Arthur Streicher die Augen zusammen. War er eingenickt? Der griesgrämig dreinblickende Mann mit Dreitagebart, in Jeans und zerknittertem Hemd klopfte noch mal und hielt einen Dienstausweis der Polizei hoch. Streicher stand auf, beugte sich vor und winkte ihn mitsamt seiner jungen dunkelblonden Begleitung, mit engen Jeans und schwarzem Top sportlich gekleidet, zum Seiteneingang.

»War gerade viel los, sorry, ich hatte Sie nicht bemerkt.« Mit einer entschuldigenden Geste öffnete er die Glastür und ließ die beiden Beamten eintreten.

»Kein Problem.« Die junge Frau lächelte ihn an. Wie immer in solchen Situationen wich Streicher dem Blick aus und sah zu Boden. Seine Unsicherheit bei Frauen ärgerte ihn jedes Mal aufs Neue.

»Hauptkommissar Bergmann, Kripo München. Und das ist Kriminalkommissarin Schwartz«, ergriff der Mann das Wort. »Wir müssen für eine Ermittlung mit zwei Personen im Haus sprechen. Könnten Sie bitte den Vorarbeiter von Weber-Bau auf Ihrer Baustelle hier ausfindig machen? Und danach müssten wir uns mit dem Landtagsabgeordneten Stefan Huber unterhalten. Ist er bereits im Haus?«

Streicher hob den Telefonhörer ab. »Das haben wir gleich. Ich habe die Handynummer vom Vorarbeiter, Andreas Koller. Hier ist sie ja. Moment.« Er beeilte sich, seine Nervosität zu verbergen, und wählte die Nummer. Kurz darauf drehte er sich um. »Er ist in fünf Minuten bei Ihnen. Wollen Sie hier warten? Dann sehe ich nach, wo der MdL Huber ist. Um was geht es denn, wenn ich fragen darf?«

»Um den Vorfall heute Morgen beim Isarufer unten. Maxwerk«, antwortete Schwartz.

»Ah, den Überfall meinen Sie etwa? Das ist schon Flurgespräch hier. Werden Sie den Übeltäter bald finden?«, fragte Streicher.

»Wir tun, was wir können, Herr … äh, Streicher«, antwortete der Kommissar mit Blick auf sein Namensschild leicht gereizt. »Geben Sie uns Bescheid, wenn der Vorarbeiter da ist. Wir warten draußen.« Er deutete auf den kleinen überdachten Vorplatz im Innenhof, an den sich die Baustelle anschloss.

»Bisschen merkwürdiger Typ, konnte mir nicht mal in die Augen sehen. Sehe ich etwa so schrecklich aus?«, flüsterte Schwartz Bergmann zu, als sie die Tür passierten. Streicher, der ihre Worte gehört hatte, zuckte unwillkürlich zusammen.

»Da fragst du den Falschen«, antwortete Bergmann. »Seit meiner Scheidung bin ich mir nicht mehr sicher, ob ich mich noch zu den Frauenverstehern zählen darf. Aber ich ertrage deinen Anblick mit Fassung.«

In Arthur Streicher brodelte es. Nicht nur, dass die beiden derart schamlos über ihn gesprochen hatten, sein geschultes Auge hatte beim Blick auf den Dienstausweis auch sofort erkannt, dass es sich um die Mordkommission handelte. Es stand also fest, dass der arme Wicht von heute Morgen tot war.

Nun geschah genau das, was er hatte verhindern wollen: dass sie im Landtag ermittelten und ihm damit gefährlich nahe kamen. Und was wollten sie von diesem Landtagsabgeordneten? Soweit er sich erinnerte, war er schon hier. Junger Mann, Mitte dreißig, sportlicher Typ. Er sah in der Übersicht mit Porträtbildern, Kontaktdaten und Fraktionszugehörigkeit nach, die sie als Mitarbeiter an der Pforte nach der Landtagswahl auswendig lernen mussten. Da hatte er ihn schon. Und erschrak. Das war er. Der Jogger! Er hätte ihn gleich erkennen können, nein müssen. Und wenn das für ihn galt, dann konnte es ebenso gut sein, dass der Abgeordnete ihn identifizieren würde.

Streicher sah auf die Uhr. Huber würde jetzt sicher in der Fraktionssitzung der Konservativen im Konferenzsaal sein. Er rief die Kollegen Saaldiener an, die in Zweierschichten den Ablauf der Sitzung dort oben im vierten Stock des Erweiterungsbaus Nord organisierten und die Abgeordneten mit der Tagespost, den neuesten Informationen und gegen einen kleinen Obolus sogar mit Getränken versorgten.

Er durfte jetzt keinen Fehler mehr machen, überlegte Streicher, als er die Informationen auf einem Zettel notierte, um den Kripobeamten mitzuteilen, wo sie im Anschluss den Abgeordneten Huber finden würden.

14

München, Maximilianeum, Baustelle, 10:30 Uhr

Die beiden Ermittler mussten nicht lange warten, bis ihr Gesprächspartner über den Innenhof auf sie zukam und sie freundlich begrüßte. Andreas Koller war Bauarbeiter mit Leib und Seele und seinem Arbeitgeber Weber-Bau in Ottobrunn seit seiner Ausbildung vor nunmehr fünfundzwanzig Jahren stets treu geblieben.

Mit erhobenen Händen ging er schnellen Schrittes auf die beiden Ermittler zu, die sich gerade im Innenhof auf der Rückseite des Maximilianeums umsahen.

»Entschuldigen Sie, wenn ich Sie habe warten lassen. Sie sind die Dame und der Herr von der Kriminalpolizei, richtig? Tolle Kulisse, nicht wahr? Wie sich der Altbau und die Neubauten einfügen! Ein echtes Meisterstück der Architekten, meiner Meinung nach«, sagte er fröhlich und deutete auf die Übergänge zwischen dem Rückgebäude des Maximilianeums und den modernen Nord- und Südbauten, bevor er weiterplapperte.

»In den letzten Jahren ist es ja immer schwieriger geworden, junge Leute für unseren Beruf zu gewinnen. In meinem Team wird mittlerweile mehr Rumänisch und Bulgarisch als Deutsch oder Bayerisch gesprochen. Dabei ist der Beruf viel abwechslungsreicher und zukunftsträchtiger, als es sich die meisten vorstellen konnten. Die Zeiten, in denen es bei Maurern ausschließlich um Aufeinanderstapeln von Steinen oder Ziegeln ging, sind doch längst vorbei. Fachwissen, Fingerspitzengefühl und Akribie sind hier gefragt. Es macht schon stolz, an so einem geschichtsträchtigen Ort arbeiten zu können.«

Bergmann und Schwartz wechselten erstaunte Blicke. »Ja, sehr schön. Ihre gute Laune in allen Ehren«, erwiderte Bergmann.»Aber zur Sache: Wir wollen mit Ihnen über Ihren zu Tode gekommenen Mitarbeiter sprechen, Herrn Antonescu.«

Andreas Koller nickte eifrig und schüttelte beiden kräftig die Hand.»Ja, das ist er, fleißiger Mann. Oh, das war er, besser gesagt. Schreckliche Geschichte.« Offenbar bemühte er sich, den richtigen Tonfall anzustimmen.»Bitte entschuldigen Sie. Das war unpassend. Aber die Leidenschaft für das Gebäude und die Baustelle überkommt mich immer wieder. Ich wäre gerne Architekt geworden, wissen Sie? Leider hat es nur zur Maurerlehre gereicht. Und trotzdem bin ich jetzt hier. In gewissem Sinne erfüllt sich hier ein Kindheitstraum von mir.«

Der Herr Vorarbeiter arbeitet nicht nur gern, sondern redet auch viel, dachte Bergmann und hakte ein.»Apropos Baustelle, Herr Koller. Viel sieht man ja nicht davon.« Er deutete auf den kleinen abgesperrten Bereich im Innenhof, in dem gerade das Pflaster ausgewechselt wurde.

Koller lachte.»Ach das. Das ist in gewissem Sinne die Spitze des Eisbergs, verstehen Sie? Wir werden hier den Keller und die Katakomben unter uns sanieren. Brandschutz, Haustechnik, Heizung und so weiter. Das ist eine Großbaustelle mit fast sechstausend Quadratmetern und fünfundsechzig Millionen Euro an Investitionen.« Er zeigte auf den Boden.»Fünfundsechzig Millionen!«, wiederholte er stolz.»Unter dem Maximilianeum befinden sich nicht weniger als drei Ebenen Tiefgaragen. Und dazu ein weit verzweigtes Netz an Kellergewölben, Katakomben und Gängen, das wir komplett neu instand setzen. Sie glauben ja nicht, in welchem Zustand wir so manche Gewölbe vorfinden. Das Maximilianeum ist damals auf einer Vielzahl von Kavernen aufgebaut worden, die jetzt teilweise eingestürzt sind. Und es ist direkt ein Wunder, dass bei dem Durcheinander an Kabeln und Leitungen in den letzten Jahren nicht öfter der Strom oder das Telefon ausgefallen ist. Deshalb sind wir jetzt auch schneller vorgegangen als geplant. Im Zuge der Sanierung sollen in den nächsten drei, vier Jahren nicht nur moderne Büros, sondern auch ein Besucherzentrum entstehen, das seinesgleichen sucht und –«

»Ich unterbreche Ihren interessanten Vortrag nur sehr ungern«, fiel ihm Bergmann ins Wort, »aber kommen wir bitte zu Dragos Antonescu. Zeigen Sie uns, wo und an was er gearbeitet hat?«

»Ah ja, sehr gerne, kommen Sie mit!«, erwiderte Koller. Er führte Bergmann und Schwartz über den Innenhof zu einem Seiteneingang des Altbaus. Während er voranging und im alten Treppenhaus in den Bauch des Gebäudes stieg, redete er munter weiter. »Dragos war, glaube ich, seit drei Jahren bei uns. Sehr fleißig. Nicht gesprächig, aber zuverlässig, wissen Sie? So jemanden findet man heutzutage nicht mehr einfach so. Sehr traurig, was passiert ist. Er war in der letzten Zeit hier in den Seitengängen unterhalb der Rolltreppe eingesetzt.«

Koller trat auf die Stufen der Rolltreppe, die vom Kellergeschoss nach unten zur Tiefgarage führte. »Das hier war im 19. Jahrhundert ein Lüftungskanal und dient jetzt als Zugang von der Tiefgarage zum Gebäude. Sie parken quasi unterhalb des Maximilianeums und kommen genau in seiner Mitte zu Fuß direkt nach oben.«

Vor den Drehtüren zur Tiefgarage blieb er stehen. »Schauen Sie hier!« Stolz deutete er auf ein emailliertes Schild im Gang.

Der Grundstein, den König Maximilian II. am 6. Oktober 1857 gelegt hat, wurde bei den Bauarbeiten für diesen Zugang am 24. Februar 1998 etwa dreißig Meter von dieser Stelle entfernt aufgefunden. Der Landtagspräsident und der Vorstand der Stiftung Maximilianeum haben hier am 30. Juni 1998 einen neuen Grundstein gelegt.

Koller las die Inschrift laut vor und klopfte demonstrativ an die Steinmauer: »Dahinter liegt der neue Grundstein.«

Die beiden Ermittler nickten ungeduldig. Vor dem Übergang zur Tiefgarage öffnete sich der enge Kanal mit backsteingepflasterten Seitenwänden in einen weitläufigen und hohen Raum, der von oben durch ein rautenförmiges Fenster sogar von Tageslicht erhellt wurde und in dem links wie rechts kleine Türen Zugang zu den Katakomben boten.

Der Vorarbeiter öffnete den Kriminalbeamten eine Seitentür und führte sie in das dahinterliegende Gewirr an Kavernen und Gewölben. Treppen nach oben wie unten wurden von schlauchartigen Gängen mit kleinen Gewölben, Kellern und Kerkern abgelöst.

»Vorsicht, in dieser Kellerwelt kann man sich verirren«, warnte Koller. »Hier war Dragos eingesetzt. Wir sind gerade dabei, uns einen Überblick zu verschaffen und alles Unnötige zu entfernen. Dragos sollte die Werkzeuge aufräumen und für Ordnung sorgen.« Koller wies auf Werkzeugkisten, Lampen, Besen und Abfallsäcke, die seitlich an den Wänden abgestellt waren. »Weit ist er nicht gekommen mit dem Aufräumen.«

»Irgendetwas oder besser gesagt irgendjemand hat ihn davon abgehalten«, überlegte Schwartz. »Haben Sie hier etwas verändert? Hat er zu Ihnen etwas gesagt, ob ihm etwas aufgefallen ist? Etwas mit einem Ring beispielsweise?«

»Dreimal muss ich Ihnen mit Nein antworten. Er hat nichts erwähnt, und mir ist auch nichts Besonderes aufgefallen, außer dass sich mal ein Tier hier hereinverirrte und sich selbst ans Tageslicht graben wollte.«

Bergmann und Schwartz sahen sich noch etwas um, konnten in den verzweigten Gängen jedoch nichts erkennen, was für sie relevant gewesen wäre.

»Das müsste fürs Erste genügen. Vielen Dank«, sagte Bergmann, etwas ratlos angesichts des Durcheinanders. »Vielleicht kommen wir nochmals auf Sie zu, es kann sein, dass wir uns noch einmal genauer umsehen müssen hier unten.«

Als sie mit Koller zusammen die Rolltreppe zurück ins Kellergeschoss hinauffuhren, sagte er leise zu Schwartz: »Zumindest das Wort ›Keller‹ ergibt Sinn. Damit hat das Opfer wohl auf hier verwiesen, tippe ich. Bei ›Ring‹ bin ich ratlos.

Und eines verstehe ich nicht: Wenn ich jemanden verstecken müsste, würde ich es hier tun und nicht im Maxwerk.«

»Ja, da hast du recht. Hier gibt es ideale Verstecke für jemanden. Oder etwas«, überlegte Schwartz.

Der Vorarbeiter erklärte ihnen noch, wie sie zum Fraktionssaal gelangten, und verabschiedete sich dann.

»Was hältst du von Koller?«, fragte Schwartz, nachdem sie in den Aufzug gestiegen waren.

»Sehr gesprächig und mir etwas zu verliebt in seine staubige Baustelle«, antwortete Bergmann. »Aber er steht nicht auf meiner Liste der Tatverdächtigen. Schauen wir mal, was unser Herr Abgeordneter zu sagen hat …«

15

München, Maximilianeum, Konferenzsaal, 10:05 Uhr

Nach und nach trudelten die Abgeordneten im Konferenzsaal im vierten Stock ein, in dem sich die Regierungspartei regelmäßig zur Fraktionssitzung traf. Bevor sie den lichtdurchfluteten, von hohen Fenstern umrundeten Saal betraten, durchquerten sie zwei Vorräume mit Garderoben, Telefonzellen für ungestörte Telefonate und Postfächern, an denen die fleißigen Mitarbeiter des Landtages mit den benötigten Unterlagen und Informationen bereitstanden.

Heute wartete zudem eine ganze Reihe von Vertretern der Landtagspresse, Korrespondenten der größeren Zeitungen und Reportern der bayernweiten Radiostationen und des Bayerischen Fernsehens vor dem Eingang, um dort Stimmen und Stimmungen einzufangen. Dies war ein untrügliches Zeichen dafür, dass etwas Relevantes anstand oder bereits im Gange war.

Am Tag des Sommerempfanges des Landtages war dies eher ungewöhnlich. An diesem Termin wurde traditionell von Regierungserklärungen oder weitreichenden Verlautbarungen abgesehen, um die Stimmung des beliebtesten Festes der bayerischen Politik nicht zu schmälern. Gerade nach den Einschränkungen während der Coronakrise sollte nun das ausgelassene Feiern im Vordergrund stehen. Für den Gesprächsstoff und damit das Medieninteresse hatte aber einmal mehr die Berliner Regierungskoalition gesorgt, wo vor wenigen Tagen eine Ministerin des Koalitionspartners zurückgetreten war und daher eine Kabinettsumbildung notwendig wurde.

Stefan bog nachdenklich um die Ecke und schlängelte sich an den Journalisten vorbei, grüßte kurz und strebte zügig in den Fraktionssaal. War es sonst gerade für normale Abgeordnete ohne herausgehobene Funktion wie ihn eine willkommene Gelegenheit, mit der Landtagspresse ins Gespräch zu kommen oder sogar einen kurzen O-Ton zu einem Thema abzugeben, so hatte er dafür heute keinen Kopf. Er stellte seine Tasche ab und unterschrieb auf der Anwesenheitsliste beim Eingang.

»Hallo, Stefan, hast du das mit dem Überfall unten an der Isar gehört? Angeblich ist sogar einer ermordet worden«, begrüßte ihn seine Kollegin Dorothee Multerer, die mit mehreren der jüngeren und neu ins Parlament gewählten Abgeordneten zusammenstand. Sie waren eine verschworene Gemeinschaft geworden und unterstützten sich gegenseitig, sei es, um die Einarbeitung in den neuen Job besser zu bewältigen, sich mit Tipps auszuhelfen oder sich freundschaftlich auszutauschen.

Stefan grinste gequält. »Ja, ich habe es sogar hautnah mitbekommen. Ob ihr es glaubt oder nicht: Ich habe den Toten beim Laufen gefunden. Verrückte Geschichte, sag ich euch.«

»Echt? Unglaublich, erzähl!«, forderte sie ihn sogleich auf.

Als er ansetzte zu berichten, läutete der Fraktionsvorsitzende Dr. Alois Heineder die Sitzungsglocke und unterbrach die Gespräche. »Kolleginnen und Kollegen, bitte lasst uns mit der Sitzung beginnen. Der Ministerpräsident hat wichtige Neuigkeiten zur Lage in Berlin, über die wir sprechen müssen«, gab er zu verstehen, und die Abgeordneten suchten ebenso wie die Mitarbeiterinnen und Mitarbeiter der Fraktion ihren Platz an den Tischen. Auch die Gruppe um Stefan und Dorothee ging auseinander, und beide liefen zu ihren angestammten Sitzplätzen im Kreis ihrer Kollegen aus den jeweiligen bayerischen Bezirken.

»Beim Mittagessen reden wir weiter, versprochen? Du machst ja Sachen!«, verabschiedete Dorothee sich von ihm, bevor sie sich setzte.

Die Lage in Berlin war offenbar derart verfahren, dass sogar ein Ende der Koalition wieder im Raum stand. Nach dem Rücktritt der Bildungsministerin der Sozialdemokraten wegen dubioser Beraterverträge forderte ihre Partei nun postwendend den Kopf des konservativen Wirtschaftsministers, dessen Ehefrau angeblich ähnliche Verträge mit dem Ministerium abgeschlossen hatte.

Die Debatte nahm an Fahrt auf, und einige seiner Kollegen waren nicht abgeneigt, einen Koalitionsbruch in Kauf zu nehmen. Zu lange schon dauerte vielen das Hin und Her, welches nicht nur die Politik im Bund, sondern auch in Bayern zunehmend lähmte. Stefan war dennoch skeptisch, ob es hilfreich wäre, jetzt eine Entscheidung übers Knie zu brechen.

Kurz nachdem er sich für einen Debattenbeitrag gemeldet hatte, kam einer der Offizianten auf ihn zu und flüsterte ihm ins Ohr: »Herr Abgeordneter, ein Herr und eine Dame wollen Sie draußen sprechen.«

»Sagen Sie ihnen bitte, ich komme, sobald es geht«, erwiderte Stefan.

Der Offiziant senkte die Stimme. »Sie sind von der Polizei und meinten, es sei sehr dringend.«

Stefan seufzte leise und signalisierte dem parlamentarischen Geschäftsführer, der die Wortmeldungen notierte, dass er seinen Redebeitrag zurückzog, und verließ den Fraktionssaal durch den Seitenausgang.

16

München, Maximilianeum, Altbau, 10:45 Uhr

Im Vorraum, in dem die Journalisten nach wie vor mit der Hoffnung auf Neuigkeiten ausharrten, erwarteten ihn die beiden Ermittler mit ernstem Blick.
»Guten Morgen, Herr Huber«, begrüßte ihn Bergmann. »Ist ja einiges los hier bei Ihnen.«
»Ja, immer wieder Berlin, Sie wissen schon«, sagte Stefan. Auch wenn es eigentlich einen offiziellen Raum für Pressekonferenzen gab, fanden die meisten Interviews hier, so nahe wie möglich am Fraktionssaal, statt. Je näher am Geschehen und je schneller die Nachrichten weiterverbreitet werden konnten, umso besser für die Presse. Vieles wurde sowieso bereits vorab über Twitter, Facebook und Co. direkt kommuniziert, was die klassischen Medien zunehmend unter Druck setzte.
Der Ministerpräsident und Parteivorsitzende hatte ein gemeinsames Statement mit dem Fraktionschef für den späten Vormittag angekündigt. Deshalb wurden vor dem Vorraum provisorische Mikrofone aufgebaut, und gespannte Erwartung war spürbar.
»Herr Huber, wie geht's in der Fraktion? Gibt es schon eine Wasserstandsmeldung?«, rief ihm ein Reporter zu.
Stefan schüttelte den Kopf und zeigte auf seine Armbanduhr. »Pressekonferenz mit dem Chef um halb.«
»Können wir uns irgendwo in Ruhe unterhalten?«, fragte Bergmann und blickte misstrauisch zur Presse.
Stefan überlegte kurz und ging mit den beiden Kriminalbeamten durch den Übergang zum Altbau hinüber. Dort, vor dem repräsentativen Aufgang zum Plenarsaal und dem ehemaligen Senatssaal, boten einige Sitzecken die Möglichkeit, sich

zurückzuziehen. Glücklicherweise waren eine Ledercouch und einige Sessel frei.

»Lassen Sie uns hierbleiben. Wir haben nachher vielleicht noch eine Abstimmung in der Fraktion. Da sollte ich nicht zu weit entfernt sein«, erklärte Stefan.

Er wies auf die freien Plätze auf dem breiten Sofa und ließ sich in einen schweren Ledersessel daneben sinken. Er stützte die Ellenbogen auf den Knien ab, faltete die Hände vor dem Mund und betrachtete angespannt das große Ölgemälde an der Wand gegenüber.

»Herr Huber, wir hatten soeben ein Gespräch mit dem Vorarbeiter des Opfers, das Sie heute Morgen gefunden haben«, begann Bergmann. »Zu Ihrer Information: Er war hier auf der Baustelle im Landtag beschäftigt. War Ihnen das bekannt?«

Stefan hob überrascht den Kopf. »Selbstverständlich nicht!«, stieß er entrüstet hervor. »Das ist ja komisch. Was hat es damit auf sich?«

»Er war bei der Sanierung der Kellergewölbe eingesetzt. Das passt zu seinen beiden letzten Worten, die Sie uns genannt haben: ›Keller‹. ›Ring‹«, sagte Bergmann.

»Wir hatten gehofft, dass Sie uns da weiterhelfen können«, meldete sich die jüngere Kollegin zu Wort.

»Ist Ihnen heute Morgen oder auch sonst etwas aufgefallen, was für unseren Fall wichtig sein könnte?«, setzte Bergmann nach. »Denken Sie bitte genau nach. Hat Sie beispielsweise beim Joggen jemand gesehen? Oder waren Sie heute oder in der letzten Zeit einmal im Keller des Landtages? Wenn es etwas gibt, was Sie uns sagen wollen, wäre jetzt ein guter Zeitpunkt dafür.«

Stefan lehnte sich zurück, verschränkte die Arme und überlegte. Hatte ihn der Ermittler gerade nach einem Alibi gefragt? Dann beugte er sich wieder vor und sah auf.

»Lassen Sie mich jetzt mal eines klarstellen: Ihr Tonfall gefällt mir nicht. Heute Morgen nicht und jetzt noch weniger. Ich bin Abgeordneter des Bayerischen Landtages und von

Beginn an mehr als kooperativ. Ich habe Sie zu Hilfe gerufen, ich habe eine Aussage gemacht und Ihre Unverschämtheiten ignoriert. Wir hätten uns alle einen besseren Start in den Tag vorstellen können, aber Ihre Unterstellungen mir gegenüber lasse ich so nicht stehen. Wie Sie sicherlich wissen, habe ich Immunität, und Verdächtigungen verbitte ich mir. Und dann lassen Sie mich auch noch vor den Augen der versammelten Landtagspresse aus der Fraktionssitzung holen und stellen Suggestivfragen. Selbstverständlich war ich nicht im Keller des Landtages. Und heute früh um sechs Uhr hat mich die Putzfrau im Treppenhaus in der Max-Planck-Straße gesehen, als ich loslief. Im Übrigen: Haben Sie die Landtagspräsidentin über Ihren Besuch hier informiert?«

Der scharfe Ton verblüffte die beiden Kriminalbeamten sichtlich, sodass für einige Momente Stille eintrat. Bergmann zog die Augenbrauen hoch, wechselte zwei Blicke mit seiner Kollegin und beugte sich nun seinerseits vor.

»Vielen Dank für Ihren Vortrag, Herr Abgeordneter. Nehmen Sie zur Kenntnis, dass wir hier unseren Job machen. Fakt ist, dass wir einen Toten mit Verbindung zum Bayerischen Landtag haben, und Sie sind unser einziger Ansprechpartner, dazu auch noch der Letzte, der ihn lebend gesehen hat. Ich halte zudem fest, dass Sie ebenso wie auch er im Landtag tätig sind. Also haben wir keine andere Wahl, als Sie ganz oben auf die Liste derjenigen zu setzen, mit denen wir sprechen müssen, um den Täter zu fassen. Sie sehen ja selbst, dass Ihnen manches erst jetzt einfällt. Wie die Putzfrau, von der Sie uns übrigens noch den Namen geben sollten. Am schnellsten haben Sie Ihre Ruhe von uns, wenn Sie uns helfen, den Fall zu lösen und abzuschließen«, sagte er eindringlich und lehnte sich dann ebenfalls zurück.

»Nachdem das jetzt von beiden Seiten geklärt ist, einigen wir uns doch bitte darauf, dass wir keinen guten Start hatten, aber das können wir ab jetzt ja ändern«, warf Lena Schwartz ein, die passenderweise zwischen den beiden Streithähnen saß und nun offenbar die Aufgabe der Schlichterin übernahm. »Sie helfen uns mit jedem Hinweis, Herr Huber. Sie hatten angegeben, der Flüchtige sei fünfundvierzig bis fünfundfünfzig Jahre alt, etwa einen Meter achtzig groß, normale bis sportliche Figur, mitteleuropäischer Typ, schwere Stiefel und dunkler Mantel. Und die letzten Worte des Opfers waren ›Keller‹ und ›Ring‹ …«

Stefan schnaufte einmal tief durch und nickte dann zustimmend. Der kleine Wutausbruch vorhin war untypisch für ihn, aber dennoch hatte er gutgetan, merkte er. Er dachte angestrengt nach. »Zwei Punkte könnte ich noch ergänzen. Der Täter war auffallend wendig und schnell verschwunden. Als ob er Erfahrung darin hätte.«

»Vielen Dank, Herr Huber. Und der zweite Punkt?«, ermunterte ihn Schwartz, die den Hinweis notierte.

»Das kann ich nicht richtig in Worte fassen. Ich habe ihn zwar nicht von vorn gesehen, aber dennoch kam mir etwas bekannt vor. Irgendetwas irritiert mich schon den ganzen Vormittag, aber ich kann Ihnen nicht genau sagen, was. Vielleicht liegt es daran, dass ich den Bauarbeiter möglicherweise schon einmal hier gesehen habe … Ich weiß es nicht.«

Bergmann, der sich die letzten Augenblicke zurückgehalten hatte, runzelte die Stirn und setzte sich auf.

»Gut, dann war es das fürs Erste, Herr Huber. Wir werden uns noch ein wenig im Haus umsehen und selbstverständlich beim Landtagsamt Bescheid geben, dass wir hier ermitteln. Wir sind also noch ein wenig in der Nähe, wenn Ihnen etwas einfällt. Ansonsten würden wir morgen um Unterschrift zu Ihrer Aussage bei uns im Kommissariat bitten. Hier die Anschrift und dazu meine persönliche Handynummer. Melden Sie sich, egal wann.« Er reichte ihm seine Visitenkarte.

Stefan nahm die Karte, drehte sie und steckte sie ein.

»Am besten speichern Sie meine Nummer gleich ein«, ergänzte Bergmann im Aufstehen.

Als sie sich schon verabschiedet hatten, drehte sich der

Kriminalhauptkommissar noch einmal um. »Und noch eins: Seien Sie vorsichtig. Wir wissen noch nicht, mit wem wir es beim Täter zu tun haben.«

※※※

Das war ja fast ein Friedensangebot, überlegte Stefan, als er zurück zum Fraktionssaal ging. Auf jeden Fall hatte er nicht mehr das nagende Gefühl, dass ihn der Ermittler ganz oben auf seiner Verdächtigenliste hatte. Doch der neue Gedanke, dass auch er im Visier des Täters sein könnte, fühlte sich nicht unbedingt besser an.

Stefan schob sich an den Journalisten vorbei zurück zum Konferenzsaal und sah auf seine Uhr. Elf Uhr fünfzehn, mal sehen, ob noch Zeit für das Mittagessen blieb, das seine Kollegin Dorothee eingefordert hatte. Auf jeden Fall musste er noch Tina auf den neuesten Stand bringen.

17

München, Herbst 2016

Der Regen wurde stärker und durchnässte seinen Mantel und seine Hose. Scheinbar ungerührt beobachtete der drahtige Mittvierziger die zwei Helfer, die sich abmühten, den Sarg seiner Großmutter in das Familiengrab auf dem Münchner Nordfriedhof hinabzulassen. Der Boden war so aufgeweicht, dass sie Mühe hatten, dabei das Gleichgewicht zu halten. Als der tiefschwarze hölzerne Sarg schließlich sicher am Boden der Grube angekommen war, senkten beide den Kopf zur Beileidsbekundung und verabschiedeten sich erleichtert.

Seine Mutter hatte es nicht für nötig befunden, zu erscheinen. Seit sie vor einigen Jahren einen italienischen Arzt geheiratet hatte, war sie endgültig aus seinem Leben verschwunden. Hatte sie sich früher noch zumindest an Weihnachten gemeldet, so war auch dieser letzte Rest an Kontakt abgerissen.

Die einsame Gestalt betrachtete den Grabstein vor ihr.

Margarete Streicher, geb. Schuster 1921, gest. 2016
Josef Streicher, geb. 1918, gest. 1944

Für ihn stand seine Mutter ebenfalls auf dem Grabstein, denn für ihn war sie bereits gestorben.

»Mein Beileid, Herr Streicher«, riss ihn der Pfarrer, der ihm die Hand zum Abschied reichte, aus seinen Gedanken. Streicher schüttelte sie abwesend und blickte auf.

Sein Gesicht war klatschnass vom Regen, der sich mit seinen Tränen vermischt hatte. Nach dem Ausscheiden aus der Bundeswehr kam es ihm zum zweiten Mal innerhalb weniger Monate so vor, als ob ihm der Boden unter den Füßen weggezogen würde.

Unbewusst griff seine Hand an den Mantel und ertastete das Notizbuch in seiner Brusttasche. Erleichtert atmete er auf. Es war noch da. Seit dem Tod seiner Großmutter trug er das kleine Büchlein stets bei sich. Nun war es das Einzige, was ihm von seiner Familie geblieben war. Wieder und wieder hatte er es seitdem durchgelesen und darüber nachgedacht.

In diesem Moment beschloss er, dass er dem Geheimnis auf den Grund gehen würde.

Er würde das vollenden, was seinem Großvater verwehrt geblieben war.

Und er würde finden, was ihm als Nachkommen zustand.

18

München, Maximilianeum, Konferenzsaal, 11:20 Uhr

Zurück im Fraktionssaal, kam Stefan genau rechtzeitig, um noch an der Abstimmung vor der Pressekonferenz um halb zwölf teilzunehmen. Wie erwartet sprach sich die Mehrheit für Besonnenheit aus und stützte damit den Kurs des Parteivorsitzenden, der die Koalition in Berlin fortführen wollte.

Als der Ministerpräsident und Parteichef sowie der Fraktionsvorsitzende die Sitzung für die Pressekonferenz im Vorraum verließen, übernahm wie immer der stellvertretende Fraktionschef und parlamentarische Geschäftsführer die Sitzungsleitung.

Nach der intensiv geführten Debatte waren alle Abgeordneten erleichtert, nun zur Tagesordnung übergehen zu können. Schnell wurden die einzelnen Punkte und die Rednerliste der heutigen und morgigen Plenarsitzung abgehandelt. Heute würde sich der Ablauf zeitlich überschaubar halten, da wegen des Sommerempfangs der Landtagspräsidentin, zu dem über dreitausend Gäste aus Politik, Wirtschaft, Gesellschaft und Ehrenamt aus ganz Bayern erwartet wurden, das Sitzungsende für sechzehn Uhr dreißig festgelegt war. Die ersten Busse, die Abgeordnete, Mitarbeiter und Gäste zum Fest in der herrlichen Schloss- und Gartenanlage Schleißheims brachten, würden um siebzehn Uhr an der Ostpforte starten.

»Heute steht nur eine erste Lesung an. Ehrenamtsgesetz mit Stefan Huber für acht Minuten plus ergänzend Eberhard Kuchler. Danach beginnen wir mit der Beratung der weiteren Anträge«, zählte der Geschäftsführer Alexander Manz auf und blickte zu Stefan, der gerade in Gedanken war, weil er eine Nachricht auf seinem Smartphone tippte.

> Hallo, Tina, Kripo war gerade da und hat mit mir gesprochen. Der Tote war ein Bauarbeiter bei uns im Landtag. Krass, oder? Was macht der denn um 6 an der Isar? Lass uns nachher mal reden, muss danach gleich ins Plenum. LG Stefan PS: Hab dem von der Kripo mal die Meinung gesagt, als er mich wieder blöd angeredet hat. ☺

»Stefan? Passt für dich so, oder?«, wiederholte Manz seine Frage, als Stefan zunächst nicht reagierte. Erst als ihn sein Sitznachbar anstieß, gab er mit der Hand ein kurzes Lebenszeichen und schreckte dann auf. Die Rede! Die hatte er ganz verdrängt.

Nervös griff er in seine Tasche und war beruhigt, als er das Manuskript ertastete. Er musste vor Beginn der Plenarsitzung um dreizehn Uhr zumindest fünf Minuten Zeit finden, um es noch einmal in Ruhe durchzulesen und sich zu sammeln.

Bereits nach wenigen Augenblicken summte sein Handy, und seine Schulfreundin antwortete:

> Hallo, Stefan, wow, im Landtag bei uns auf der Baustelle? Spannende Info. Er hat doch »Keller« und »Ring« zu dir gesagt, oder? Ich schau mal, was ich rausfinde. LG Tina ☺

Nachdem um Viertel nach zwölf Uhr die Fraktionssitzung beendet war, wartete Dorothee Multerer bereits neugierig am Ausgang auf ihn. »So, jetzt nehmen wir uns einen Tisch in der Gaststätte, und du erzählst mir alles«, empfing sie ihn und hakte sich bei ihm unter.

Am Ausgang zog Stefan kurz den Kopf etwas ein, befürchtete er doch jeden Moment, dass ihn jemand von der Presse zum Vorfall beim Maxwerk ansprach. Erleichtert stellte er fest, dass sich niemand für ihn interessierte. Die Journalisten, die zuvor den Vorraum bevölkert hatten, waren nun, da die Pressekonferenz beendet war, zu ihren Arbeitsräumen auf Höhe des Plenarsaals weitergezogen. Die allgemeine Nachrichtenlage und das nahende Sommerfest überlagerten glücklicherweise alles. So kamen Stefan und Dorothee unbehelligt zum Übergang in den Altbau, in dem sich die Gaststätte befand. Sie mussten sich beeilen, um einen ruhigen Platz zu ergattern, da die meisten Abgeordneten dasselbe Ziel hatten, um sich vor Sitzungsbeginn zu stärken.

19

München, Maximilianeum, Ostpforte, 11:10 Uhr

Seine Gedanken ratterten, und er trommelte nervös mit den Fingern auf das Pult vor ihm. Ausgerechnet ein Abgeordneter hatte seinen Weg heute Morgen gekreuzt! Zwar hatte er so schnell verschwinden können, dass es unwahrscheinlich war, dass dieser sein Gesicht gesehen oder erkannt hatte. Unwahrscheinlich, aber eben nicht unmöglich.

Bis jetzt war es ein rabenschwarzer Tag für ihn, doch er hatte vielleicht nur noch diesen einen. Und er würde alles auf eine Karte setzen, wenn es sein musste. Arthur Streicher ballte seine zitternde Hand zur Faust und atmete so tief durch, dass sein Kollege Hans Michler im Pförtnerhaus überrascht aufblickte.

»Alles in Ordnung?«, fragte er ihn.

»Ja, ich habe mir nur die Hand etwas verstaucht bei der Gartenarbeit«, erwiderte Streicher. »Ich müsste kurz aus der Apotheke etwas holen und etwas früher Mittagspause machen, wenn du nichts dagegen hast«, sagte er, und Michler nickte verständnisvoll.

»Klar, Arti, mach nur. Ich halte hier die Stellung und gehe dann später in die Kantine. Jetzt ist der Hauptschwung ohnehin durch«, redete Michler munter drauflos. Seit einigen Monaten waren sie bei Schichten gemeinsam eingeteilt, und Streicher war in letzter Zeit immer verschlossener und einsilbiger geworden. Das Geplapper seines Kollegen hatte ihn zunehmend genervt, und mit seinen Ausflüchten hatte er ihm nun auch noch einen Anknüpfungspunkt geliefert. Sicher würde Michler ihn später noch zu seinem Garten befragen.

Streicher verabschiedete sich durch die Seitentür und trat vor den gemauerten Eingang auf den gepflasterten Vorplatz, der von zwei Straßenbahnlinien eingegrenzt wurde. Warm war es mittlerweile geworden. Noch vor Mittag würde die Dreißig-Grad-Marke durchbrochen werden. Vom beliebten Kinderspielplatz im Wäldchen rechter Hand wehte eine Mischung aus Juchzen der tobenden Kinder und mahnenden Rufen der Eltern herüber. Während den Kindern die Hitze offensichtlich wenig ausmachte, hatten die Mütter, die aller Gleichberechtigung zum Trotz nach wie vor gegenüber den Vätern deutlich in der Überzahl waren, mit den Kinderwägen Schutz im Schatten der üppigen Baumkronen gesucht.

Streicher blieb stehen und beobachtete das rege Treiben auf dem Spielplatz aus der Ferne. Näher heran wagte er sich nicht. Kinder ließen ihn stets zusammenzucken, und er konnte weder ihre Stimmen noch ihren Anblick ertragen. Auch jetzt steigerte sich das Lachen in seiner Wahrnehmung zu schrillen Schreien, und die fröhlichen Gesichter verwandelten sich in schmerzverzerrte Fratzen. Als er die Augen schloss, stand er nicht mehr hinter dem Bayerischen Landtag, sondern wieder in einer Lehmhütte im Kundus und starrte in leblose Kinderaugen. Es kostete ihn Mühe, die Lider wieder zu öffnen und in die Realität zurückzukehren.

Streicher wandte sich nach links und schlug den Weg Richtung Max-Weber-Platz ein. Um den Anschein zu wahren, kaufte er in der Apotheke an der Ecke eine Heilsalbe und ging die belebte Ismaninger Straße entlang, bis er an einem Hauseingang ein ruhiges Plätzchen gefunden hatte.

Er schaute sich um und zückte sein Mobiltelefon.

Wassili Ondrapow hob bereits beim zweiten Läuten ab. Arthur hatte ihn vor einigen Jahren bei Utrecht Security Guards, kurz USG, kennengelernt, einer privaten Sicherheitsfirma, die europaweit im Einsatz war. In den vergangenen Jahren hatten private Sicherheits- und Militärunternehmen, sogenannte PMCs, die für Firmen oder Staaten in Krisengebieten militärische Aufgaben übernahmen, massiv an Bedeutung gewonnen. Spielten jahrhundertelang Söldner kaum noch eine Rolle, so hatten insbesondere die Vereinigten Staaten diese Möglichkeit entdeckt, unliebsame Aufgaben oder Operationen quasi auszulagern.

Erfahrene und gut ausgebildete Soldaten wie Streicher und Ondrapow, der zuvor beim bosnischen Militär gedient hatte, waren geradezu prädestiniert für derartige Jobs und wurden heftig umworben. Es hatte Streichers Selbstbewusstsein nach seinem Ausscheiden bei der Bundeswehr gutgetan, als sich ein Headhunter von USG bei ihm gemeldet hatte. Er hatte das Gefühl genossen, gebraucht zu werden. Der deutsche Staat hatte ihn dahingegen wie eine heiße Kartoffel fallen lassen.

Manchen kniffligen Einsatz hatte der deutsche Ex-Soldat mit dem Bosnier in den folgenden Jahren dann durchgestanden. Er hatte Ondrapow als verlässlichen und loyalen Partner geschätzt, sich zuletzt aber nur noch sporadisch beteiligt und lediglich Aufträge für Personenschutz angenommen. Dennoch hielten die beiden nach wie vor Kontakt, und Streicher hatte ihn vor einigen Wochen in seine Pläne eingeweiht und um Unterstützung gebeten.

»Seid ihr schon in der Stadt?«, fragte er kurz.

»Ja, alles ist bereit«, kam postwendend die Antwort. Eine kurze Pause trat ein.

»Gut. Plan B. Zeitablauf wie besprochen«, sagte Streicher und legte auf. Damit war alles gesagt.

***

Ondrapow tippte seinen Komplizen Tarek Beslic an, der am schäbigen Hotelzimmerschreibtisch in der unscheinbaren Pension im Herzen Münchens saß und gerade seinen Laptop aufklappte. Neben einem Stadtplan, der auf dem Doppelbett ausgebreitet war, blitzte es metallisch auf.

»Es geht los«, sagte Ondrapow und schob klackend ein Magazin in den Schacht seiner Pistole.

20

München, Maximilianeum, 11:30 Uhr

Nach der Auseinandersetzung mit Stefan Huber brauchte er einige Momente zum Nachdenken. Bergmann lehnte an der Seitenwand des Übergangs zum Konferenzbau und beobachtete das Treiben der Pressekonferenz, die der Ministerpräsident und der Fraktionsvorsitzende gerade gaben. Mikrofone wurden hochgehalten, Kameramänner drückten sich in gute Positionen, und der Pressesprecher der konservativen Fraktion gab sich alle Mühe, bei den Journalisten im engen Vorraum für Disziplin bei den Fragen zu sorgen und sie nacheinander aufzurufen.

Schließlich drehte er sich zu Schwartz, die gerade ihre Notizen durchging. »Wenn die da vorn wüssten, was passiert ist, dann würden sie sich sofort auf uns stürzen. *Sex and crime sell*, sagt man ja. Wundert mich sowieso, dass die Presse noch nicht Wind davon bekommen hat, wenn der Vorfall beim Maxwerk laut Pförtner bereits auf den Gängen des Landtags diskutiert wird.«

Journalisten waren die dritte Gruppe neben Politikern und Lebensoptimierern, mit denen er nichts anfangen konnte. Dementsprechend wortkarg und abweisend war er ihnen gegenüber bei all seinen Fällen gewesen. Sicherlich wäre es seiner Karriere dienlich gewesen, wenn er die Chance genutzt hätte, sich beispielsweise beim Giesinger Juwelenmord öffentlich zu profilieren.

»Sprechen Sie doch mit der Presse. Gute Öffentlichkeitsarbeit ist auch für uns als Polizei wichtig«, hatte ihn der Vizepolizeipräsident fast flehentlich gebeten. Aber zu mehr als drei kargen Sätzen ließ er sich nicht überreden, zu sehr verabscheute er die Halbwahrheiten, Pauschalisierungen und

Vereinfachungen, die vor allem in den Klatschblättern der Stadt, angetrieben durch die Sensationsgier der Menschen, Tag für Tag zu lesen waren.

In den vergangenen Jahren war es durch den zunehmenden Wettbewerb und die hohe Geschwindigkeit der neuen sozialen Medien immer schlimmer geworden. Falschnachrichten, Beleidigungen bis hin zu Morddrohungen waren an der Tagesordnung, und die Hilflosigkeit von Staat und Vollzugsbehörden, dessen wirklich Herr zu werden, war überall greifbar. Schon den Begriff »sozial« fand er mit Blick auf Facebook, Twitter, Telegram und Co. mehr als unpassend. Am liebsten war es ihm, wenn die Presse ihn in Ruhe und seine Arbeit machen ließ. Das galt auch jetzt.

»Gehen wir lieber auf der anderen Seite hinunter und geben wir dem Landtagsamt Bescheid«, schlug er daher vor.

Schwartz nickte, packte die Notizen zusammen und stand auf. »Dein Hinweis an Huber gerade: Denkst du wirklich, er ist in Gefahr?«

»Es ist nur ein Gefühl, Lena. Ich habe noch kein vollständiges Bild vom Fall, zu viel hier ist unklar. Ich denke nicht, dass er der Täter ist, aber wir müssen ihn im Auge behalten. Und das mit der Putzfrau überprüfen wir«, erwiderte Bergmann.

Unvermittelt blieb Schwartz stehen. »Hier müssten wir richtig sein. ›Landtagsdirektor Ullrich Löwenthal‹«, las sie vor.

Sie klopften, traten ein und überzeugten die Vorzimmerdame mit ihren Dienstausweisen, dass es notwendig sei, den Amtschef des Hauses jetzt sofort zu sprechen.

Nur einen Augenblick später saßen sie im Dienstzimmer des Landtagsdirektors, eines erfahrenen und ehrbaren früheren Ministerialbeamten, der bereits mehrere Landtags- und Ministerpräsidenten hatte kommen und gehen sehen und der den Ruf hatte, dass ihn nur wenig aus der Ruhe bringen konnte. Mit seinen grau melierten Haaren, den wachen Augen und dem korrekt sitzenden Dreiteiler strahlte er gleichzeitig

Würde und Korrektheit aus und war bei Mitarbeitern und Abgeordneten gleichermaßen respektiert.

»Darf ich Ihnen einen Kaffee anbieten?«, fragte Ullrich Löwenthal und wies auf zwei Plätze an seinem Besprechungstisch. Damit hatte er bei Harald Bergmann, der nun langsam die Anstrengungen der durchwachten Nacht spürte, einen Pluspunkt gesammelt.

»Sehr gerne, vielen Dank«, sagte er. »Bitte entschuldigen Sie die Störung, aber wir müssen Sie darüber informieren, dass wir zu einem Tötungsdelikt im Umkreis des Landtages ermitteln.« Bergmann klärte den Direktor über den Grund ihres Besuchs auf.

Löwenthal hörte aufmerksam zu und wurde mit jedem Satz fahler im Gesicht.

»Antonescu, sagten Sie, heißt das Opfer? Ist mir leider nicht bekannt. Wir überprüfen zwar jeden, der hier Zugang hat, aber ihn kenne ich leider nicht. Ein wirklich tragischer Vorfall.« Löwenthal wirkte ernsthaft erschüttert, öffnete die Schublade seines Schreibtischs und holte mit zitternden Händen eine kleine silberne Pillendose heraus. »Ich habe schon manch knifflige Situation erlebt. Allen voran die sogenannte Verwandtschaftsaffäre im Frühjahr 2013. Genau zu Beginn des Landtagswahlkampfs wurde eine ganze Reihe von Abgeordneten und Kabinettsmitgliedern mit dem Vorwurf konfrontiert, enge Angehörige als Mitarbeiter angestellt zu haben. Eine Praxis, die zwar rechtlich legal war, politisch und in der öffentlichen Debatte gerade in einem Wahljahr sorgte es aber für reichlich Zündstoff, wie Sie sich vorstellen können. Einen Toten, insbesondere unter fragwürdigen Umständen, hatten wir noch nie zu beklagen. Also, wenn ich Ihnen irgendwie behilflich sein kann, gerne«, bot er an, während er zwei bunte Pillen mit einem Schluck Wasser hinunterspülte.

»Unser wichtigster Ansprechpartner als Zeuge ist der Abgeordnete Stefan Huber. Mit ihm haben wir uns soeben das zweite Mal unterhalten. Selbstverständlich behandeln wir ihn nur als Zeugen«, erläuterte Bergmann. »Uns sind die Immunitätsregeln bekannt, haben Sie da keine Sorge. Als Anhaltspunkte haben wir derzeit, dass der Tote im Keller des Landtages gearbeitet hat. Die Worte ›Keller‹ und ›Ring‹ hatte er kurz vor seinem Ableben auch geäußert. Wenn Sie Informationen zur Baustelle, zu besonderen Vorkommnissen oder auch nur kleinsten Unregelmäßigkeiten in letzter Zeit für uns haben, helfen Sie uns sehr weiter. Wir wissen das Entgegenkommen des Hohen Hauses sehr zu schätzen«, schloss er betont sachlich und sah, dass Lena Schwartz neben ihm versuchte, sich ein kurzes Grinsen angesichts seiner hochtrabenden Formulierungen zu verkneifen.

Direktor Löwenthal überlegte angestrengt. »Die Baustelle an sich, vor allem die Sanierung der Katakomben, ist schon eine gewaltige Aufgabe. Wir haben es im Untergrund mit Dutzenden von Gängen und Hunderten von Einzelgewölben zu tun, sehr unübersichtlich, wie Ihnen der Vorarbeiter bestimmt erklärt hat. Ich kann Ihnen hierzu alle Informationen oder Pläne zur Verfügung stellen lassen, wenn Ihnen das hilft.«

Harald Bergmann nickte, während der Landtagsdirektor weiter nachdachte.

»Und zu besonderen Vorkommnissen, hm, da war doch einmal vor einigen Monaten die Geschichte mit den Geräuschen im Keller. Hier müsste ich noch einmal nachfragen. Der Hausmeister hatte von einem Klopfen berichtet, das man in der Tiefgarage hörte. Es war dann aber ein Wiesel oder so etwas, das sich verlaufen hatte, soweit ich mich erinnere. Das kläre ich gerne noch genau.«

Als Lena Schwartz die Informationen notierte, summte ihr Telefon. Sie hob entschuldigend die Hand und nahm den Anruf an.

»Die Obduktion läuft. Wir könnten sofort ins gerichtsmedizinische Institut kommen«, informierte sie dann Bergmann, der sofort seinen Kaffee austrank und aufstand.

»Ich glaube, wir sind hier auch so weit fertig«, sagte er.

»Haben Sie vielen Dank, Herr Direktor. Hier ist meine Karte, melden Sie sich bitte, wenn Ihnen noch etwas einfällt. Auch zu den Geräuschen im Keller.«

»Sehr gerne.« Löwenthal steckte die Karte ein. »Ich bin bis nachmittags noch im Haus und breche spätestens um siebzehn Uhr zu Schloss Schleißheim auf. Der große Sommerempfang, Sie wissen bestimmt Bescheid. Da gibt es gerade heute noch viel zu tun. Anfragen, Erkrankungen, vergessene Einzuladende und so weiter. Ich gebe Ihnen zur Sicherheit auch meine Mobilfunknummer.«

Löwenthal schrieb sie postwendend auf seine Visitenkarte, die er Bergmann überreichte, und sie verabschiedeten sich.

**

»So hochoffiziell habe ich dich ja noch nie reden hören«, platzte es aus Schwartz heraus, als sie sich orientierten und den schnellsten Weg zur Pforte suchten. Das brachte ihr einen grimmigen Blick ein.

»Das nennt man anständigen Umgang unter Gleichrangigen und Gleichaltrigen, das verstehst du nicht«, erwiderte er.

Um der Presse im Konferenzbau nicht in die Arme zu laufen, gingen sie über den Übergang aus dem Alt- zum Südbau, um dort über das Treppenhaus zum Innenhof und zur Ostpforte zu gelangen. Nord- und Südbau waren hinsichtlich Bauweise und Optik nahezu gleich. Während im Nordbau aber ausschließlich Mitarbeiter des Landtagsamtes und der Fraktionen untergebracht waren, so galt dies beim Südbau nur für die oberen Stockwerke.

Die unteren Ebenen waren den etwa fünfzig »Maximern« vorbehalten, die einen Platz im exklusiven Wohnheim im Maximilianeum ergattert hatten. Der Weg dahin war steinig. So musste nicht nur ein lupenreines Einserabitur vorgewiesen, sondern es mussten auch zwei Prüfungen des Bayerischen Kultusministeriums bewältigt werden, um eine Chance auf ein Stipendium in der Eliteschmiede zu bekommen und in den erlauchten Kreis aufgenommen zu werden. Nicht nur spätere bayerische Ministerpräsidenten wie Franz Josef Strauß, sondern auch Nobelpreisträger wie Werner Heisenberg hatte das Maximilianeum beherbergt.

»Maximer? Habe ich noch nie gehört«, sagte Bergmann, als Schwartz ihn auf dem Weg durch das Treppenhaus aufklärte. Erst vor Kurzem hatte sie in einer Wochenzeitung einen Artikel darüber gelesen und konnte daher mit weiterem Spezialwissen glänzen.

»Oder Maximilianer. Seit 1980 werden sogar Frauen aufgenommen. Und auch Partys soll es mittlerweile dort geben, habe ich gelesen. Bayern wird immer moderner, Herr Kollege«, scherzte sie.

Er rollte mit den Augen, blieb dann aber mit Blick auf die Zugangstür zu den Studentenzimmern kurz stehen. »Elite hin oder her: Sie haben offensichtlich Zugang zum Gelände. Das sollten wir im Hinterkopf behalten.«

Ihr Dienstwagen, den sie vor der Pforte geparkt hatten, hatte sich in der Sonne aufgeheizt, und sie beeilten sich, die Fenster ein Stück herunterzulassen und die Klimaanlage auf volle Leistung aufzudrehen. »Der etwas verwirrte Pförtner von vorhin ist wohl schon in die Pause geschickt worden«, meinte Bergmann, als sie vom Max-Weber-Platz in die Ismaninger Straße einbogen.

Schwartz zuckte mit den Schultern und kniff dann die Augen zusammen. War er das nicht gerade gewesen und hatte in einer Hofeinfahrt mit seinem Mobiltelefon hantiert? Sie drehte sich auf dem Beifahrersitz um, aber die Gestalt war bereits verschwunden.

21

München, Maximilianeum, 12:30 Uhr

Tina nippte nachdenklich an ihrem Wasserglas und blickte aus dem Fenster ihres Büros im Altbau. Der kleine Raum war mit dem Eckschreibtisch und den hohen Schränken bereits gut ausgefüllt. Dennoch hatten noch mehrere Kisten mit neuen Informationsmaterialien Platz finden müssen und waren notdürftig vor dem Schreibtisch gestapelt worden.

Die vielen tausend Besucher, von Schulklassen über Vereine und Betriebe bis hin zu den persönlich von den Abgeordneten Eingeladenen, erhielten nicht nur eine Führung durch das Gebäude, sondern konnten sich mit einem knapp halbstündigen Film einen Eindruck von den politischen Abläufen im bayerischen Parlament machen. Neben den beliebten Anstechern und Kugelschreibern mit Landtagslogo standen für die besonders Interessierten reichlich Informationsbroschüren zur Geschichte des Hauses, zur Arbeit des Parlaments und seiner Ausschüsse bis hin zu Übersichtskarten der einzelnen Wahl- und Stimmkreise mit Porträtbildern der Abgeordneten und der Sitzordnung im Plenarsaal zum Mitnehmen bereit. Diese wurden regelmäßig auf den neuesten Stand gebracht, und die letzte Lieferung lagerte druckfrisch vor ihrem Schreibtisch.

Tina hatte ihre Entscheidung, sich aus Liebe beim Besucherdienst des Landtages zu bewerben, keine Sekunde bereut. Ihr Freund Carsten, dessentwegen sie den Schritt gemacht hatte, war zwar mittlerweile schon Geschichte. Aber sie konnte als Historikerin ihr geschichtliches Interesse ausleben und war zudem täglich im Kontakt mit vielen Menschen aus allen Ecken des Freistaates.

Am Vormittag hatte sie zwei Besuchergruppen durch das

Maximilianeum geführt, die unterschiedlicher nicht sein konnten. Zunächst zwei Realschulklassen mit schwatzenden Fünfzehnjährigen aus dem Nürnberger Raum und im Anschluss die Vorstandschaft eines schwäbischen VdK-Kreisverbandes mit Vertretern überwiegend jenseits der Pensionsaltersgrenze.

So verschieden die Gruppen auch waren, stellten sie doch ein Spiegelbild der Gesellschaft dar. Es machte ihr immer wieder Spaß, wenn sie jeweils zumindest ein wenig Interesse und Verständnis für die Politik und ihre nicht immer ganz einfachen Abläufe wecken konnte. Und es freute sie, wenn sie bei der Verabschiedung der Besucher wie vorhin das Gefühl hatte, sogar das eine oder andere Vorurteil abgebaut zu haben. Ein Schüler, der zuvor noch durch demonstratives Gähnen aufgefallen war, kam zum Schluss sogar auf sie zu und fragte sie nach Broschüren zur Europapolitik im Landtag.

In diesen Momenten liebte sie ihren Beruf, und es fühlte sich richtig an, im Maximilianeum zu arbeiten. Das i-Tüpfelchen war gewesen, dass sie ihren Schulfreund Stefan hier wiedergetroffen hatte.

Sie nahm ihr Smartphone in die Hand und las seine Nachricht von vorhin nochmals durch, dann holte sie einen Block und einen Stift aus der Schublade. »Ein Toter/Entführter am Morgen an der Isar. Arbeitete auf der Baustelle im Landtag im Keller. Letzte Worte: Keller, Ring«, notierte sie.

Ein Bauarbeiter, der so nah an seinem Arbeitsplatz überfallen wurde? Wer würde so etwas tun? Und vor allem warum? Was steckte dahinter?

»Fragen über Fragen«, dachte sie laut nach und umrandete das Wort »Keller«. Damit konnte sie am ehesten etwas anfangen. Erst im vergangenen Jahr hatte sie sich mit ihren Kollegen damit beschäftigt, die Historie des Hauses zusammenzufassen und für den Internetauftritt des Landtags aufzuarbeiten.

An interessanten Umständen und Ereignissen mangelte es bei der bewegten Historie des Gebäudes und seiner Kellergewölbe in der Tat nicht. So war das Maximilianeum beileibe nicht als Sitz des bayerischen Parlaments gebaut und konzipiert worden, sondern war zunächst neben der Studienstiftung für den begabtesten bayerischen Nachwuchs auch Heimstatt für die königliche Pagenschule und die Münchner Kunstausstellung gewesen. Nachdem während des Zweiten Weltkrieges ein Großteil des Gebäudes zerstört worden war, stand nach 1945 der Wiederaufbau an, und erst danach erfolgte die Entscheidung, dass das markante Gebäude ab 1949 den Bayerischen Landtag beherbergen sollte.

Eines blieb bei allem Wandel bestehen: Die Studienstiftung existierte durchgehend über alle Kriege und Umwälzungen hinweg, und als Stiftung Maximilianeum gehörte ihr nach wie vor das Gebäude. Dies führte zu der kuriosen Situation, von der Tina regelmäßig den Besuchern bei ihrem Rundgang erzählte, dass der Landtag nur Mieter im eigenen Haus war und im Südbau des Maximilianeums immer noch in jedem Jahr bis zu zehn der besten Abiturientinnen und Abiturienten Bayerns bei freier Kost und Logis aufgenommen wurden.

»Hartnäckig hält sich darüber hinaus die Erzählung, dass ihnen in jeder Woche ein Kasten Bier zur Verfügung gestellt wird«, ergänzte Tina jedes Mal und sicherte sich damit die Lacher in den Reihen der Besuchergruppen.

Zwei Aspekte waren ihr schon bei der damaligen Recherche aufgefallen, die sie sich jetzt noch einmal genauer ansehen wollte: die Grundsteinlegung und die Zerstörung des Gebäudes im Zweiten Weltkrieg. Zum einen waren ihr die Umstände der Grundsteinlegung und die ersten Baujahre als erstaunlich widrig in Erinnerung geblieben. Zum anderen gab es über das Ausmaß der Zerstörungen des Gebäudes im Zweiten Weltkrieg und zu den Schäden bei der wertvollen Gemäldegalerie widersprüchliche Angaben.

Zunächst rief Tina den Text zur Grundsteinlegung auf der Seite des Landtages auf:

Als Zeugen der Handlung versammelten sich am späten Vormittag des 6. Oktober 1857 die Staatsminister, der Vorstand der Pagerie, der Regierungspräsident, der Universitätsrektor und die Vorstände der Akademie der Wissenschaften und des Maximilianeums auf dem Bauplatz am Ende der Maximilianstraße auf der Gasteighöhe, um auf den König und dessen Gefolge zu warten. Der Architekt des Baus Friedrich Bürklein nahm den Herrscher in Empfang und geleitete ihn auf die vor dem Grundstein errichtete Tribüne. Die Neuesten Nachrichten berichteten: »Der König schien trotz des furchtbaren Wetters, welches z. B. das in der Mitte des Bauplatzes aufgeschlagene Zelt zuerst um zehn Uhr vormittags und dann abermals kurz vor elf Uhr abdeckte, sodass es ganz abgetragen und entfernt werden musste, sichtbar froh gestimmt, und wohnte dem ganzen unter einem Regensturm vorgenommenen Akt bis zum Schluße ohne Mantel bey.«

Tina las weiter und blieb an einem Satz hängen.

Weder in der Rede des Staatsministers des königlichen Hauses und des Äußern Ludwig Freiherr von der Pfordten noch in den Ausführungen des Königs, der in traditioneller Form die ersten drei Schläge auf den Grundstein führte, wurden die eingemauerten Objekte angesprochen, sieht man von dem vielleicht als Anspielung auf die Lokomotive zu verstehenden Hinweis im Herrscherlob von der Pfordtens ab, Maximilian II. habe dem Verkehr große, lang ersehnte Wege eröffnet.

Der Lokomotive hatte beim überraschenden Fund des Grundsteins 1998 dann auch die größte Aufmerksamkeit gegolten, erinnerte sich Tina weiter. Sie befand sich mittlerweile gemeinsam mit weiteren Fundstücken in einem Glaskasten im

Steinernen Saal zwischen dem Plenum und dem früheren Senatssaal an prominenter Stelle und war zu einem festen Bestandteil ihrer Führungen durch das Haus geworden.

Keiner hat damals die eingemauerten Objekte angesprochen, überlegte Tina nachdenklich. Genauere Angaben dazu fand sie in ihren Unterlagen jedoch nicht.

Welchen Grund könnte es gegeben haben, dass niemand sie erwähnt hatte? Entweder wussten sie es nicht, oder sie wollten es nicht veröffentlicht haben, sinnierte sie.

Der zweite Punkt war die Historische Galerie im Maximilianeum. Von den dreißig monumentalen Ölgemälden zu den bedeutendsten Ereignissen der Weltgeschichte, die König Max II. ausstellen ließ, war knapp die Hälfte in den Wirren und Zerstörungen des Zweiten Weltkrieges verloren gegangen. Auch der Verbleib weiterer wertvoller Gemälde war ungeklärt. Die Mehrzahl der Forscher vermutete, dass sie bei den Bombenangriffen auf München zerstört wurden. In manchen Quellen hatte Tina jedoch Andeutungen gefunden, dass sie Augenzeugenberichten zufolge im Keller des Maximilianeums in Sicherheit gebracht werden sollten.

Auch hierzu fand sie nichts Näheres. Sie trommelte nervös mit den Fingern auf die Tischplatte, blickte an die Zimmerdecke, atmete durch und schaute auf die Uhr. Sie hatte noch eine Stunde Zeit, bis sie die nächste Besuchergruppe empfing.

Kurz entschlossen stand sie auf, nahm den Notizblock und den Stift und machte sich auf den Weg zur Landtagsbibliothek im Untergeschoss. Vielleicht würde sie dort auf etwas stoßen.

Einen Versuch war es wert, entschied sie.

22

München, Maximilianeum, Landtagsgaststätte, 12:30 Uhr

Sowohl der als Gartensaal bezeichnete vordere Abschnitt als auch der etwas ruhigere, den Abgeordneten vorbehaltene und durch eine Glastür abgetrennte hintere Bereich waren bereits gut besetzt, als Stefan Huber und Dorothee Multerer die Landtagsgaststätte betraten. Helle Holztische und moderne weiße Lampenschirme bildeten einen auffallenden, aber stimmigen Kontrast zu den hohen, altehrwürdigen Räumen. Stefan und Dorothee wurden sofort von Lärm umfangen. Offensichtlich war gerade eine Besuchergruppe zum Mittagessen eingetroffen, und die Gäste unterhielten sich angeregt an den Tischen, an denen sich die Abgeordneten auf dem Weg zum ruhigeren Bereich vorbeizwängen mussten.

Das Geschirr klapperte, und die fleißigen Beschäftigten der Gaststätte schwirrten durch die Gänge, um die Getränkebestellungen aufzunehmen und gleichzeitig die Vorspeise zu servieren. Ein Kollege ging gerade durch die Tischreihen und hieß seine Gäste willkommen, bevor er sich an einen freien Platz setzte, um das Neueste aus dem heimischen Stimmkreis zu erfahren oder über die Fußballeuropameisterschaft zu diskutieren, die in den verschiedensten Stadien über ganz Europa verteilt stattfand.

Auch im Rückbereich herrschte Hochbetrieb an den Tischen und in den vier lichtdurchfluteten Gesprächsnischen, die mit einem beeindruckenden Blick auf die Maximilianstraße aufwarten konnten. Immer wieder öffnete sich die Tür zum Bayernzimmer, einem holzvertäfelten Eckzimmer, das für Sitzungen des Landtagspräsidiums, des Ältestenrates oder für Empfänge von besonderen Gästen genutzt wurde. Dorothee erspähte in der hinteren Ecke einen kleinen Tisch, der für zwei Platz bot, und marschierte zielgerichtet darauf zu. Stefan folgte ihr und grüßte die zahlreichen in Gespräche vertieften Kollegen, bevor er sich ihr gegenüber auf den Stuhl zwängte. Er atmete durch.

»Wahrscheinlich bilde ich mir das jetzt ein, aber alle schauen mich so komisch an, Doro.«

Diese lachte kurz auf, während sie die Tageskarte studierte. Da sie, wie in den meisten Fällen, nicht viel Zeit hatten, würden sie eines der Tagesgerichte bestellen. Diese wurden schnell serviert.

»Ja, das kann schon sein. Es hat sich schon ein wenig rumgesprochen, dass du einen etwas ungewöhnlichen Start in den Tag hattest. Nun spann mich aber nicht auf die Folter und erzähl mir, was los ist. Dann kann ich nachher alle Gerüchte auch gleich ausräumen.« Sie blinzelte ihm fröhlich zu und winkte gleichzeitig der Bedienung, um zwei Wasser für sie zu bestellen.

Stefan holte kurz Luft, sah auf seine Uhr und begann den Ablauf des Tages zu rekapitulieren. Just in dem Moment, als er von seiner ersten Begegnung mit dem Ermittlerteam der Münchner Kripo berichtete, wurde er unterbrochen. Ein Kollege vom Nachbartisch tippte ihn an die Schulter und zeigte auf die Durchgangstür zum Gartensaal: »Stefan, ich glaube, die Präsidentin möchte dich sprechen.«

Stefan drehte sich um, und in der Tat stand die groß gewachsene, schlanke Landtagspräsidentin Johanna Schmidberger an der Tür und nickte ihm zu. »Entschuldige mich kurz«, sagte er erstaunt zu Doro, stand auf und drückte sich an den Tischen vorbei, um Schmidberger die Hand zu schütteln.

»Grüß dich, Stefan. Lass uns bitte unter vier Augen reden.« Sie zog ihn durch die Glastür, und sie gingen gemeinsam die repräsentative Rote Treppe Richtung Plenarsaal hoch. Vor dem Steinernen Saal öffnete sich der weitläufige Kreuzgang mit mehreren Tischen und Sitzgelegenheiten, an denen sich um diese Zeit noch wenige Besucher aufhielten.

Schmidberger wies auf einen der freien Stühle, setzte sich

und begann ohne Umschweife: »Mein Amtschef hat mich gerade informiert, dass die Kripo im Landtagsamt vorstellig wurde. Sie ermitteln wegen eines Todesfalls heute Morgen an der Isar. Ein Arbeiter auf unserer Baustelle, meinten sie. Und sie sagten, dass du ein wichtiger Zeuge bist und sie dich befragen wollen.«

Stefan nickte. »Ja, so ist es. Das haben sie übrigens schon. Sie waren vorhin während der Fraktionssitzung bei mir. Ich habe den Toten gefunden. Kein schöner Tagesanfang, das kannst du mir glauben.«

Schmidberger sah ihm direkt in die Augen. »Das kann ich mir vorstellen. Gut, dann ist das erledigt. Ich habe ihnen gesagt, dass sie dich nur als Zeugen befragen dürfen. Alles Weitere, also Ermittlungen gegen dich, müssen sie anmelden«, fuhr sie fort. »Ich habe ihnen auch genehmigt, dass sie sich hier im Haus, also vor allem im Keller, umsehen dürfen. Hoffen wir, dass sie die Umstände bald aufklären und den Täter finden. Geht es dir gut nach dem Erlebnis? Kommst du mit nach Schleißheim, oder wird es dir zu viel?«

»Selbstverständlich komme ich, das lasse ich mir nicht entgehen, Frau Präsidentin. Meine Gäste von zu Hause, die ich eingeladen habe, freuen sich schon«, antwortete Stefan, und zum ersten Mal an diesem Tag lächelte er kurz.

»Sehr schön, dann melde dich einfach, wenn du etwas mitbekommst. Es ist im Interesse des Hohen Hauses, dass der Fall bald geklärt wird. Für die Presse sind heute Berlin und unser Sommerempfang Nummer eins. Aber spätestens morgen wird das auch für sie interessant werden«, antwortete Schmidberger und blickte auf ihre Armbanduhr. »Oh, schon kurz vor eins. Ich muss ins Plenum und die Sitzung eröffnen. Du bist ja der zweite Redner, wenn ich es richtig gesehen habe.« Schmidberger erhob sich.

Stefan zuckte zusammen. Sie hatte recht! Er war einer der ersten Redner für die Regierungsfraktion und kam gleich nach dem Staatssekretär, der den Gesetzentwurf vorstellte. Seinen

Plan, das Redemanuskript noch einmal durchzuarbeiten, musste er wohl oder übel hintanstellen. Aber zumindest es kurz zu überfliegen würde er noch schaffen.

Dann jedoch erschrak er ein zweites Mal. Als er in seine Tasche neben dem Stuhl fassen wollte, griff seine Hand ins Leere. Wo war seine Tasche?

Fieberhaft überlegte Stefan, bis es ihm wieder einfiel. Er hatte sie sicher in der Landtagsgaststätte zurückgelassen.

Er sprang auf und hastete die Stufen nach unten, wich den Abgeordneten und Mitarbeitern aus, die zum Sitzungsbeginn nach oben strebten, und ging durch die Gaststätte zum Tisch, an dem sie vorhin gesessen hatten. Leer. Weder seine Kollegin noch die Tasche konnte er finden. Ein Anflug von Panik ergriff ihn, als er die Uhr über dem Eingang sah. »12:59« zeigte sie an. Nur noch eine Minute, und sein Manuskript war verschwunden! Nun gut, im schlimmsten Fall musste er aus dem Stegreif sprechen. Er war ja eigentlich gut vorbereitet, aber durch das Durcheinander heute Vormittag war die Erinnerung an seine Argumente verwischt.

Hilft nichts, das wird schon, beruhigte er sich. Noch peinlicher wäre, wenn ich nicht da wäre! Er sprintete die Stufen hinauf zum Steinernen Saal, um noch rechtzeitig in den Plenarsaal zu kommen. Hastig ergriff er die kleine Ledertasche mit den Stimmkarten im Scheckkartenformat, die ihm der Offiziant bereits entgegenhielt, unterschrieb auf der Anwesenheitsliste und betrat außer Atem den Plenarsaal.

Als er sich nach einem Platz umsah, hielt ihm Dorothee grinsend seine Aktentasche vor die Nase. »Suchst du etwa die? Ich dachte schon, dass du deine Rede vermisst. Ein wenig kenne ich dich ja nun schon.« Sie lachte herzhaft, als sie sein erleichtertes Gesicht sah.

Stefan ergriff dankbar die Tasche und stellte sie an einen seiner Stammplätze in der letzten Sitzreihe des Halbrundes, das sich um das Rednerpult in der Mitte des neuen Plenarsaales erstreckte.

Vor etwas mehr als einem Jahrzehnt war der Saal runderneuert und mit hellen Holztischen und dunkelroten Sitzen ausgestattet worden. Hatten bis zur letzten Wahl noch sämtliche Abgeordneten jeweils einen fest zugewiesenen Platz mit »ihrer« Nummer, so war diese strikte Sitzordnung mittlerweile aufgehoben worden, und die Abgeordneten füllten die Reihen nach vorn auf oder suchten sich bewusst einen Platz in der letzten Reihe, wenn sie den Saal häufiger verlassen mussten. Stefan mochte die letzte oder vorletzte Reihe. Von hier aus hatte er einen besseren Überblick und konnte während der teilweise zehn- bis zwölfstündigen Sitzungen Arbeiten am Laptop erledigen. Die Bezeichnung des Hinterbänklers hatte er ohnehin nie als ehrabschneidend empfunden.

Mit einem erleichterten Seufzen zog er das Redemanuskript aus der Tasche, breitete es vor sich aus und versuchte, sowohl seine Atmung als auch seine Nerven zu beruhigen. Einige Minuten bis zu seiner Feuertaufe als Redner würden ihm noch bleiben. Die Präsidentin rief als ersten Redner den Innenstaatssekretär als Vertreter der Staatsregierung auf.

Gleich danach war er an der Reihe.

23

Hohenkammer, Frühjahr zwei Jahre zuvor

»Achim! Komm doch mal bitte!«

Achim Kurz bastelte gerade an seinem neuesten Projekt, einem futuristischen Vogelhäuschen aus Metall und Holz, als ihn der Ruf seiner Frau aus der Konzentration riss. Entnervt sah er hoch, hasste er es doch, während der Arbeit gestört zu werden. Seit er im Ruhestand war, machte dem gelernten Schlosser das Werkeln an Baustoffen erst wieder so richtig Freude, hatte er festgestellt.

Nach Jahrzehnten auf unterschiedlichsten Baustellen hatte er zunächst von alldem nichts mehr wissen wollen und genoss den ruhigen Garten im Hinterhof ihres Einfamilienhäuschens in Hohenkammer. Es machte einen Unterschied, etwas freiwillig tun zu können und nicht zu müssen. Diese Erfahrung teilte er mit vielen anderen Rentnern.

Und dazu boten die Stunden im Holzschuppen, den er sich im hintersten Eck des Gartens eingerichtet hatte, eine willkommene Gelegenheit. So schön es war, den Lebensabend zu zweit zu genießen, ein wenig Freiraum für jeden schadete nicht, das war die unausgesprochene Übereinkunft mit seiner Gattin. Was für Gisela der Obst- und Gartenverein war, war für ihn eben die Werkstatt.

»Ich komme gleich«, rief er über die Schulter, putzte sich die ölverschmierten Hände an einem Lappen ab und stapfte über den Steinplattenweg durch den sauber gemähten Rasen zur Vorderseite des Häuschens. Dort winkte ihm bereits Gisela, die im Gespräch mit einem drahtigen Mann von Anfang bis Mitte fünfzig war.

»Na endlich, Schatz«, sagte sie mit tadelnder Stimme. »Der Herr hier ist von der Presse. Er möchte mit dir sprechen und ein Interview zu deinem Fund machen.« Der Stolz in ihrer Stimme schwang erkennbar mit.

Achim Kurz hob die Augenbrauen und schüttelte dem Journalisten mit Schnurrbart und Kurzhaarfrisur erstaunt die Hand.

»Holger Uhrmacher mein Name, Münchner Kurier. Ich schreibe eine Reportage zum zwanzigjährigen Jubiläum Ihres bedeutenden Fundes im Bayerischen Landtag. Haben Sie vielleicht einige Minuten Zeit für mich?«, fragte er freundlich.

Schlagartig änderte sich Kurz' Stimmung. »Ach, die Sache mit dem Grundstein meinen Sie? Das freut mich aber, dass da mal jemand an mich denkt.« Bislang war es ihm ähnlich wie dem zweiten Mann auf dem Mond, Buzz Aldrin, oder dem zweiten Besteiger des Mount Everest, Tenzing Norgay, ergangen. Während jeder Neil Armstrong oder Edmund Hillary kannte, interessierte sich kaum jemand für die Zweitplatzierten.

Dies galt auch für Achim Kurz. Während jeder Berichterstatter beim Fund des Grundsteins im Maximilianeum 1998 Jacek Pedosek erwähnte, war sonst nur von einem weiteren namenlosen Schlosser die Rede.

»Mein Mann hat ebenso großen Anteil am Fund wie Jacek Pedosek. Es wird wirklich Zeit, dass das einmal jemand erwähnt«, beeilte sich Gisela auch gleich eifrig zu sagen und öffnete das Gartentor.

»Gisela, übertreib nicht«, beschwichtigte Kurz. »Wie sind Sie denn auf mich gekommen?«, fragte er neugierig.

»Ich arbeite gerade an einem Rückblick auf die Ereignisse von damals, und da würden mich die genauen Umstände des Fundes interessieren. Ihr Kollege hat mir Ihre Adresse gegeben«, erklärte Uhrmacher. »Wenn Sie eine halbe Stunde Zeit haben, dann könnten wir uns vielleicht in Ruhe unterhalten?«

»Sehr gerne. Gehen wir in das Gartenhäuschen. Da ist es ruhig und schattig. Gisela, wärst du so lieb und bringst uns etwas zu trinken?«, erwiderte Kurz und zeigte zum Garten.

Der Journalist folgte ihm, und sie setzten sich in die gemütliche Sitzecke, über die sich Wein rankte und Schatten spendete.

»Sehr schön haben Sie es hier«, sagte Uhrmacher anerkennend.

»Vielen Dank. Ja, ein angenehmes Plätzchen, um den Ruhestand zu genießen. Unsere Kinder wohnen nicht weit von hier, und die Nachbarn sind freundlich und kommen gerne vorbei. Aber nicht allzu oft, Sie verstehen schon.« Kurz lachte verschmitzt.

Sein Gegenüber legte ein großes und offensichtlich nagelneues sowie ein kleines, abgewetztes Notizbuch vorsichtig nebeneinander auf den Tisch und zückte einen Kugelschreiber. »Es stört Sie doch nicht, wenn ich mitschreibe?«, fragte er.

Angeregt unterhielten sie sich über die Umstände der damaligen Baustelle und wie Achim Kurz zu dem Job gekommen war. »Es war schon eine spannende Zeit damals. Und das an Fasching«, erinnerte er sich.

»Sie haben recht zufällig den Grundstein bei Bauarbeiten gefunden und zunächst den Fund gar nicht so ernst genommen, ist das richtig?«, fragte Uhrmacher.

Kurz lachte auf. »Ja, wir waren so beschäftigt, weil wir die Arbeiten für die Rolltreppe voranbringen sollten. Am nächsten Tag ging dann aber die Aufregung los«, erzählte er, und Uhrmacher schrieb akribisch mit. Als Kurz zu den Gegenständen des Fundes kam, hakte er ein.

»Es war ja ein ganzes Sammelsurium, das Sie gemeinsam mit der berühmten Lokomotive da gefunden haben. Ein Metallzylinder, Baupläne, die Urkunde zur Grundsteinlegung, silberne Geschichtstaler, Geldmünzen und Golddukaten sowie zwei Porzellantafeln, richtig?«

Achim Kurz nickte.

»War das wirklich alles? Oder gab es vielleicht noch irgendetwas, was Ihnen erst später auffiel?«

»Nein, nicht dass ich wüsste«, entgegnete Kurz.

Uhrmacher ließ jedoch nicht locker. Unvermittelt änderte

sich die Stimmung des Gesprächs, und eine Spur von Aggressivität lag in der Luft.

»Nicht so schnell. Denken Sie es bitte noch einmal durch. Ist Ihnen sonst gar nichts aufgefallen, oder haben Sie noch etwas gefunden? Ihr Kollege Pedosek deutete an, dass Sie vielleicht mehr wüssten. Wissen Sie, es wäre sehr spannend für die Geschichte, wenn wir da ganz neue Aspekte hineinbringen könnten.«

Achim Kurz behagte die Situation nicht mehr, und er fühlte sich eher wie in einem Verhör denn wie in einem Interview. Daher war er erleichtert, als Gisela, ein Tablett mit Kaffeetassen, einer Kaffeekanne, mehreren Tellern sowie einem halben Kuchen balancierend, zu ihnen stieß.

»So, hier kommt eine kleine Stärkung«, sagte sie lächelnd, und Kurz bedankte sich überschwänglich bei ihr.

Als sie sich setzen wollte, verzog Uhrmacher das Gesicht. »Macht es Ihnen was aus, wenn wir noch ein wenig unter vier Augen plaudern? Dann können wir uns besser konzentrieren, wissen Sie?«

»Na gut, wenn es der Sache dient.« Sie erhob sich sichtlich enttäuscht. »Zum Foto holen Sie mich aber dazu, versprochen?«, sagte sie und ging ins Haus zurück.

»Also noch mal zurück«, begann Uhrmacher erneut. »Denken Sie bitte nach. Sonst ergibt die ganze Story keinen Sinn.«

Kurz runzelte die Stirn. »Ich weiß wirklich nicht, was Jacek damit gemeint haben könnte. Ich habe ihn seit Jahren nicht mehr gesehen.«

***

Arthur Streicher merkte, wie Zorn und Enttäuschung in ihm hochkamen. Seit Jahren dachte er über die Sätze seines Großvaters in seinem Notizbüchlein nach. Er hatte Bücher gewälzt und im Internet recherchiert und war davon überzeugt, dass im Grundstein einer der entscheidenden Schlüssel lag, um Antworten auf seine Fragen zu finden.

Erst vor wenigen Wochen hatte er geglaubt, den gesuchten Hinweis in der Hand zu haben, als er die Kopien der Baupläne des Grundsteinfunds im Archiv des Bayerischen Landtages heimlich nachts entwendet hatte. Damals musste er einen Freudenschrei unterdrücken, als er noch an Ort und Stelle voller Aufregung die Pläne durchsah und das Emblem eines blauen Sterns entdeckte.

Das muss es sein!, hatte er im ersten Moment gedacht. Aber ein letztes, entscheidendes Puzzleteil fehlte noch, und daher hatte er so große Hoffnungen zunächst in Pedosek und nun in Kurz gesetzt.

Aber beide hatten ihn enttäuscht, tief enttäuscht. Der Ärger wuchs in ihm, seine Augen begannen nervös zu zucken, und der Kugelschreiber zitterte in seiner Hand. Er sah sich um, und die Wände der weinumrankten Gartenlaube rückten immer näher. Das Vogelgezwitscher aus den Obstbäumen wurde schriller, bis es sich wie Kinderschreie anhörte.

Achim Kurz hatte alles: ein Haus, eine Frau, gesunde Kinder und ein erfülltes Leben mit Nachbarn, mit Freunden. Und er? Er hatte nichts. Wie unverschämt war es da, dass er ihm nicht einmal mit einem kleinen Hinweis weiterhelfen konnte oder noch schlimmer: wollte!

Streicher konnte sich nicht mehr zurückhalten, und seine Maske als Journalist fiel ab.

***

Schlagartig verfinsterte sich Uhrmachers Gesichtsausdruck, und er blickte Kurz finster in die Augen.

»Ich gebe Ihnen noch eine letzte Chance! Sagen Sie mir, was Sie gesehen haben. Geben Sie mir, was Sie mitgenommen haben, oder Sie werden es bitter bereuen.«

Jetzt wurde es Achim Kurz dann doch zu bunt. Er hatte

zwar nicht viel Erfahrung mit der Presse, aber das war eindeutig kein angemessenes Vorgehen. Er erhob sich. »Nicht in diesem Ton, mein Herr. Entweder Sie mäßigen sich, oder Sie verlassen sofort mein Grundstück. Und zeigen Sie mir bitte einmal Ihren Presseausweis!«, sagte er mit bebender Stimme.

Uhrmacher erhob sich so ruckartig, dass das Geschirr klapperte und eine Kaffeetasse umfiel. Er setzte ihm drohend den Zeigefinger auf die Brust, steckte seine Notizbücher ein und ging wortlos über den Rasen zum Gartentor, das er scheppernd hinter sich zuwarf.

※※※

Gisela, die die Szene offenbar aus dem Küchenfenster beobachtet hatte, eilte neugierig nach draußen. Als sie zu ihrem verdatterten Mann stieß, der auf der Sitzbank in der Gartenlaube zurückgeblieben war, schüttelte dieser ungläubig den Kopf.

»Was war denn los?«, fragte sie.

»Ich kann es dir nicht erklären«, sagte Kurz. »Er ist plötzlich ausgeflippt, als ich ihm nichts Neues sagen konnte. Er hatte wohl gehofft, dass ich damals etwas gefunden oder unterschlagen hätte oder so.« Kurz rieb sein Kinn und ging ins Haus, um sein Telefonbuch zu suchen. Er wählte die Nummer von Jacek Pedosek.

Niemand hob ab.

Kurz entschlossen suchte er die Nummer der Redaktion des Münchner Kuriers heraus. Ein Holger Uhrmacher war dort jedoch nicht bekannt. »Vielleicht einer unserer freien Mitarbeiter, davon haben wir viele«, überlegte die Sekretärin. Doch auch von einer geplanten Reportage zum Grundsteinfund im Maximilianeum wusste keiner in der Redaktion etwas.

※※※

Arthur Streicher saß zwei Seitenstraßen entfernt in seinem Wagen und prüfte im Rückspiegel den Sitz seines angeklebten Schnurrbartes. Zwei graue Augen mit dunklen Ringen starrten ihm trüb entgegen. Früher einmal waren sie doch strahlend graublau. Scharf und klar war sein Blick immer gewesen. Aber das war lange her. War das ausgemergelte Gesicht mit den eingefallenen Wangen im Spiegel wirklich seines? Die Fingerknöchel schimmerten weiß, so fest umklammerte er jetzt das Lenkrad.

Er sah auf die Uhr. Nicht mehr lange bis Sonnenuntergang, und dann würde er im Schutz der Dunkelheit zurückkommen. Lautlos. Schnell. Erbarmungslos.

24

München, Institut für Rechtsmedizin der LMU München, 12:30 Uhr

Noch während sie einen Parkplatz vor dem rechtsmedizinischen Institut suchten, läutete Lena Schwartz' Mobiltelefon. »Der Obduktionsbericht ist bereits fertig, und sie schicken ihn uns rüber. Wir müssen gar nicht mehr hinein«, berichtete sie.

Bergmann, der gerade einen freien Platz erspäht hatte, stöhnte auf. »Jetzt haben wir endlich einen Parkplatz. Sag ihnen, wir kommen trotzdem kurz«, entschied er. »Wer hat die Autopsie durchgeführt?«

»Dr. Branninger. Ich gebe Bescheid, dass wir noch persönlich die Aufwartung machen«, sagte Schwartz.

»Dr. Ursula Branninger. Ausgerechnet.« Harald Bergmann verdrehte die Augen. »Die hat mir ja gerade noch gefehlt heute. Wir hatten gewisse, nun ja, Differenzen zu ihrer Diagnose bei unserem letzten Fall.«

»Danke für den Hinweis«, erwiderte Schwartz mit hochgezogenen Augenbrauen. Dass er nicht gerade den größten Fanclub aller Ermittler hatte, wusste sie ja. Aber jetzt hatte sie den Eindruck, dass es ihm unangenehm war, auf die Ärztin zu treffen. »Wenn es dir recht ist, versuche ich es dann von Frau zu Frau, damit wir hier nicht zu viel Zeit verlieren, okay?« Vor einigen Wochen hätte sie sich diesen Vorschlag noch nicht zugetraut. Aber heute war die Zeit dafür reif.

Bergmann blickte etwas überrascht, seufzte auf und ließ ihr etwas theatralisch den Vortritt in den Eingangsbereich.

Im Gebäude prallten sie dann fast mit der dunkelhaarigen Gerichtsmedizinerin zusammen, die gerade mit einer Gruppe Studierender auf dem Weg zum Mittagessen war. Dr. Branninger, die Bergmann schon erkannt hatte, ließ demonstrativ die Hände in den Seitentaschen ihres Arztkittels und begrüßte sie stattdessen mit einem abschätzigen Blick.

»Hat Sie die Zentrale nicht erreicht? Der Bericht ist fertig und liegt schon in Ihrem Postfach im Kommissariat. Lesen können Sie ja, und Ihre Korrekturen können Sie mir dann zurückfaxen«, sagte sie mit sarkastischem Unterton, der ihre Begleiter schmunzeln ließ.

»Darf ich mich vorstellen, Lena Schwartz, ich bin neu im Kommissariat, und wir kennen uns noch nicht«, ergriff Schwartz das Wort und überspielte die unverschämte Bemerkung der Ärztin. »Die Zentrale hat uns zwar informiert, dass der Bericht da ist, aber mein Kollege meinte, dass es für mich als Neuling ein großer Gewinn wäre, direkt mit Ihnen zu sprechen. Daher hat er darauf bestanden, dass ich Sie als absolute Koryphäe unbedingt kennenlerne. Es würde mich sehr freuen, wenn Sie fünf Minuten Zeit hätten. Ich habe schon viel von Ihnen gehört«, schloss Schwartz mit entwaffnendem Lächeln.

»Ist das so?«, fragte die Mittvierzigerin etwas verblüfft. Das hatte sie offenbar nicht erwartet und war doch sichtlich geschmeichelt. Schwartz wusste, dass sich die Gerichtsmediziner allzu oft wie reine Zulieferer für die Ermittler fühlten. Ihre Wertschätzung traf den richtigen Nerv. »Na gut, dann gehen wir kurz in mein Büro. Ich komme zum Essen nach«, sagte sie zu ihren Begleitern.

Bergmann warf Schwartz einen Blick zu und schürzte anerkennend die Lippen, während sie der Pathologin in ihr Büro folgten.

In ihrem Arztzimmer weckte Branninger den PC aus dem Schlafmodus auf und gab ihr Passwort ein.

»Ich drucke Ihnen den Bericht aus«, sagte sie gönnerisch zu Lena Schwartz. Bergmann ignorierte sie nach wie vor geflissentlich. »Also, ich fasse möglichst prägnant zusammen: Das Opfer weist gleich mehrere Hämatome am Kopf auf. Verstorben ist es an einer Schädelfraktur infolge von Gewalteinwirkung auf den Hinterkopf.«

»Können Sie sagen, ob es Gewalteinwirkung durch einen Täter, von hinten beispielsweise, war?«, fragte Schwartz.

»Die Einwirkung erfolgte durch einen spitzen Gegenstand, etwa einen scharfzackigen Stein.«

»Wäre ein Ziegelstein möglich?«

»Sogar sehr wahrscheinlich«, erwiderte Dr. Branninger. »Die Proben, die wir genommen haben, weisen auf einen typischen, bei uns verwendeten Bau- oder Ziegelstein hin. Ob die Fraktur durch einen gezielten Schlag von hinten oder einen Aufprall am Boden erfolgte, kann ich nicht abschätzen. Aber aufgrund der weiteren Verletzungen wie Quetschungen an der Brust und aufgeschlagene Knie schließe ich auf einen Sturz mit anschließendem Kampf.«

»Wie kommen Sie darauf?«, fragte Schwartz verblüfft und erntete dafür ein etwas spöttisches Grinsen.

»Sie haben bei der forensischen Spurenanalytik wohl nicht so aufgepasst? Spaß beiseite. Wir haben unter den Fingernägeln des Opfers gleich zweimal Fremdmaterial gefunden. Derzeit klären wir ab, wem die Epithelzellspuren gehören könnten. Wenn wir genug Material haben, können wir mit etwas Glück ein DNA-Profil erstellen. Es dauert noch ein wenig, aber wir werden es dann durch die Datenbanken laufen lassen. Und die Kollegen der Spurensicherung haben vielleicht auch bei den Fingerabdrücken noch was erreicht, aber das wissen Sie ja besser als ich«, fügte sie hinzu. »Und noch etwas ist interessant, was Sie dann auch im Bericht nachlesen und mit Herrn Bergmann ausgiebig diskutieren können.«

»Lassen Sie uns doch gleich jetzt an Ihrer Weisheit teilhaben, dann haben Sie sofort wieder Ihre Ruhe vor uns«, platzte es aus Bergmann heraus, dem Dr. Branningers herablassende Art offenbar gewaltig gegen den Strich ging.

»Na, das sind doch gute Aussichten, Herr Bergmann. Also: Wir haben im Blut des Opfers Chloroform feststellen können. Genauer gesagt handelt es sich um Chloroform-D1 in einer Zusammensetzung, die seit Jahrzehnten nicht mehr hergestellt wird.« Sie blickte auf ihre Uhr. »So, und jetzt muss ich mich leider verabschieden. Mein nächster Termin wartet, und ich würde dann doch gerne zumindest etwas Kleines essen.«

Sie standen auf, und Harald Bergmann konnte gar nicht schnell genug zum Auto kommen, so zügig ging er voran.

Dr. Branninger schaute ihm amüsiert nach und flüsterte Schwartz zu: »Lassen Sie sich nicht unterkriegen. Sie machen das schon. Und bei Nachfragen melden Sie sich einfach direkt bei mir«, raunte sie verschwörerisch.

Lena Schwartz lachte leise auf. »Eine Frage hätte ich da noch. Haben Sie einen Tipp, wer so eine Form des Chloroforms verwenden könnte?«

Dr. Branninger legte die Stirn in Falten und überlegte. »Schwer zu sagen. Es wurde früher bei Spezialeinsätzen von Bundeswehr und Polizei hergenommen. Aber das ist lange her.«

Als Schwartz die Beifahrertür öffnete und einstieg, wartete Bergmann bereits ungeduldig. »Na, habt ihr die Verschwesterung abgeschlossen?«, empfing er sie mit mürrischem Ton, den er aber wohl nur halb ernst meinte.

»Ja, wir Amazonen müssen schon zusammenhalten, Herr Kollege«, sagte sie augenzwinkernd.

»Im Ernst: Nicht übel, wie du die arrogante Frau Doktor eingefangen und für unseren Fall das Beste herausgeholt hast. Jetzt schauen wir, was die Spurensicherung ergeben hat. Also auf ins Büro!« Er startete den Motor, während sie ein Grinsen nicht unterdrücken konnte.

25

München, Maximilianeum, Landtagsbibliothek, 13:30 Uhr

Tina war berufsbedingt Stammgast in der Bibliothek des Bayerischen Landtages, die sich im Untergeschoss, ein Stockwerk unterhalb der Landtagsgaststätte, befand. Sie genoss es, in Pausen oder freien Zeiten den Gang zur Bibliothek und zum Archiv zu nehmen, der ebenso wie die Bibliothek selbst im Herbst 2013 modernisiert worden war. Eine große Auswahl an Publikationen zur Politik, Geschichte und Kultur Bayerns und zu weiteren Sachthemen war dort ebenso zu finden wie eine umfassende Sammlung aller Parlamentsdokumente.

Wer beispielsweise nachschlagen wollte, welcher Abgeordnete in welcher Plenarsitzung was gesagt hatte, der war hier genau richtig. Aber nicht nur bei Anfragen der Fraktionen und Mitarbeiter, sondern auch für so manche Seminar- oder Doktorarbeit in Geschichte, Politikwissenschaften oder Jura waren die Mitarbeiterinnen und Mitarbeiter des Archivs begehrte Ansprechpartner.

Die Parlamentsbibliothek umfasste zudem nicht nur rund sechzigtausend Bände und hielt etwa dreihundertfünfzig Zeitschriften sowie alle wichtigen deutschsprachigen sowie alle bayerischen Regionalzeitungen vor, sondern konnte auch selbst auf eine über zweihundertjährige Geschichte zurückblicken.

Für Tina war es echter Luxus, sich in den ruhigen, mit hellem Holz gestalteten Leseraum zurückzuziehen und in historischen Zeitschriften zu lesen oder sich in der Regionalausgabe ihrer Lokalzeitung zu informieren. Nicht nur einmal hatte sie ihren Schulfreund Stefan Huber mit gespielter Empörung mit dem neuesten Aufreger in der Heimat konfrontiert, was er denn »nun wieder angestellt« hatte.

Dieses Mal hatte sie jedoch weder für die Bilderausstellung, die im sehenswerten Gang zur Bibliothek die Geschichte der Maximilianstraße und des Architekten Friedrich Bürklein dokumentierte, noch für die Tageszeitungen einen Blick, die fein sortiert in Drehständern am Eingang zur Bibliothek aufgereiht waren.

Sie grüßte zwei Abgeordnete, die in roten Drehsesseln in einer kleinen Leseecke beim Eingang saßen und dort in der Ausgabe ihrer örtlichen Zeitungen blätterten. Kurz ließ Tina den Blick über den kleinen Lesesaal schweifen und ging dann zielstrebig zur jungen Mitarbeiterin an der Buchausleihe.

Auch wenn ein ansehnlicher Teil der Bücher im Freihandbestand in den offenen Regalen der Bibliothek ausgestellt war, so wurde der Großteil nach wie vor über die Informationsstelle ausgegeben. Hier liefen die virtuellen und persönlichen Anfragen zusammen.

»Hallo, Christina, welch schöne Überraschung«, grüßte die Archivmitarbeiterin Julia Schmid freundlich. Mit der fast gleichaltrigen Bibliothekarin verabredete sich Tina regelmäßig zum Mittagessen in der Landtagskantine, die den Mitarbeitern vorbehalten war und praktischerweise genau gegenüber am anderen Ende des Zugangs zur Landtagsbibliothek lag. Mit ihrem Interesse für Geschichte und Bücher hatten sie von Anfang an einen guten Draht zueinander.

»Brauchst du etwas Bestimmtes?«, fragte Julia.

Tina holte aus. »Ja, wir hatten vor einiger Zeit für die Landtagshomepage und die Infoflyer doch auch die Hintergrundinfos zur Grundsteinlegung und so weiter recherchiert. Ich würde da gerne noch etwas nachlesen, also zum Bau und zur Geschichte des Kellers im Besonderen. Auch zum Fund des Grundsteins 1998 würde ich mir gerne ansehen, was wir im Archiv haben. Und ich brauche es am besten gleich, wenn es dir nichts ausmacht.«

»Klar, kein Problem. Du hast Glück, heute ist nicht besonders viel los. Sind wohl alle schon im Sommerfestmodus«, sagte Julia lächelnd. »Ich sehe gleich mal nach.« Sie tippte die Suchbegriffe ein. Nach einigen Momenten blickte sie auf, und der Drucker hinter ihr ratterte. »So, ich hole dir erst mal das Überblickswerk und etwas zur Baugeschichte. Das dürfte dir am ehesten weiterhelfen.«

Tina bedankte sich, doch als Julia bereits aufgestanden war, ergänzte sie: »Ach, könntest du bitte noch nachsehen, ob zu den Grundsteinfunden an sich etwas Genaueres da ist?«

»Manches wie das Lokomotivmodell ist ja oben im Steinernen Saal ausgestellt, und anderes wurde wieder eingemauert. Aber ich sehe gerne nach«, bot Julia an, hielt dann jedoch kurz inne und drehte sich um. »Oder komm doch gleich mit ins Archiv, dann geht es schneller.« Sie machte eine einladende Handbewegung zur kleinen Wendeltreppe in den darunterliegenden Archivbereich.

Hier war sie seit Längerem nicht mehr gewesen, und Tina sah sich staunend in den langen Reihen um. Immer wieder beeindruckte sie die Würde und Gelassenheit, die das gesammelte Wissen in Archiven ausstrahlte. Vollkommene Stille umgab sie in den niedrigen Räumen, die zur optimalen Haltbarkeit der archivierten Werke konstant bei einer Luftfeuchtigkeit von etwa fünfundvierzig Prozent und einer Zimmertemperatur von sechzehn bis achtzehn Grad gehalten werden mussten.

»Jetzt verstehe ich, wieso du mich mitgenommen hast«, sagte Tina lachend. »Die Ruhe und die Kühle hier sind eine echte Wohltat.«

»So ist es. Augen auf bei der Berufswahl, nicht wahr?«, witzelte Julia. Sie ging zielstrebig auf ein Regal zu, zog zwei dicke Bände zur Baugeschichte heraus und lud sie auf Tinas ausgestreckten Armen ab. »Und das ist der zweite Grund, warum ich dich mitgenommen habe: Ich spare mir dank deiner Hilfe das Tragen!«

Tina stöhnte theatralisch auf und schleppte die Bände zu einem kleinen Lesetisch an der Seitenwand. Julia reichte ihr noch zwei weitere Überblicksbände zum Haus und verschwand dann im hinteren Bereich.

Tina hatte sich bereits in die bayerische Geschichte in der Mitte des 19. Jahrhunderts vertieft und notierte sich gerade etwas, als Julia zurückkam und eine große braune Ledermappe auf ihren Lesestapel legte. Tina blickte auf und griff neugierig nach der Mappe. »Was ist das?«

»Das sind die Kopien der Baupläne und der Urkunde über die Grundsteinlegung, die damals gefunden wurden. Die Originale wurden mit dem neuen Grundstein, den der Landtagspräsident im Sommer 1998 setzen ließ, wieder eingemauert. Sei bitte vorsichtig mit dem Papier, ich glaube, wir haben sie noch nicht digitalisiert.«

Tina löste den Einband, öffnete die Klappe und sah hinein. Nach einer Sekunde des Schweigens sagte sie: »Ich wäre ja gern vorsichtig, aber das wird schwierig. Hier ist nur die Urkunde. Sonst nichts!« Sie hielt die Mappe hoch.

»Das gibt es ja nicht!« Verblüfft riss Julia die Augen auf. Hastig nahm sie Tina die Mappe aus der Hand. »Da muss ich gleich nachfragen, ob die Kollegen etwas wissen«, sagte sie kopfschüttelnd.

26

München, Maximilianeum, Plenarsaal, 14:30 Uhr

Erleichtert sank Stefan auf den weinroten Lederstuhl in der letzten Sitzreihe des Plenarsaals. Er hatte nicht nur seine Rede fast fehlerfrei überstanden, sondern auch die Zwischenbemerkungen und Nachfragen während der anschließenden Debatte ganz gut parieren können.

»Gut gekontert!« Anerkennend klopfte ihm der Ausschussvorsitzende Eberhard Kuchler auf die Schulter. »›Wer meint, dass es Ehrenamtlichen ums Geld geht, der hat entweder keine Ahnung oder hat sich selbst noch keine Sekunde engagiert!‹«, wiederholte er Stefans spontane Antwort bei einer Zwischenintervention, in der die Opposition Vergütung für alle Tätigkeiten gefordert hatte. »Das hat gesessen, genau richtig!«

Auch die Kolleginnen und Kollegen neben ihm beglückwünschten ihn zu seiner Premiere im Parlament.

»Respekt vor deiner Rede und dass du frei gesprochen hast. Die anderen haben den Begriff erste Lesung ja eher wörtlich genommen«, rief ihm ein junger Kollege aus der Oberpfalz zu, der einige Plätze weiter saß. »Aber dein letzter Konter war etwas blass. Genau wie du heute. Welche Laus ist dir denn über die Leber gelaufen?«, legte er lachend nach.

Dorothee Multerer verdrehte die Augen. »Gerhard, du und deine Wortwitze. Etwas unpassend, findest du nicht?«

Stefan winkte ab, lehnte sich im Stuhl ein Stück zurück und verfolgte nun entspannt die laufende Plenardebatte, bei der bereits der nächste Tagesordnungspunkt aufgerufen worden war. Nach der öffentlichen Debatte in der ersten Lesung des Gesetzentwurfs würden nun Diskussionen in den federführenden Ausschüssen wie dem Innenausschuss und den mitberatenden Gremien folgen. Zur Abschlussberatung würde man sich dann in einigen Monaten in der Vollversammlung im Plenum nochmals miteinander auseinandersetzen. Erst dann würde das Gesetz beschlossen.

Wieso trotz des Begriffs »Vollversammlung« beileibe nicht alle Abgeordneten gleichzeitig im Saal seien, diese Frage wurde ihm häufig von Besuchergruppen gestellt. Nachdem seine als Spaß gemeinte Antwort, dass die abwesenden Kollegen wohl alle auch gerade mit Besuchergruppen diskutierten, nicht immer gut ankam, erklärte Stefan meist: »Die allermeisten sind selbstverständlich im Haus, aber es gibt zahlreiche Besprechungen und Sitzungen am Rande, um die Plenarsitzung vorzubereiten.«

»Ich habe dir ein Foto von dir am Rednerpult geschickt«, flüsterte ihm Dorothee zu.

»Danke, heute bin ich dir wirklich was schuldig«, sagte Stefan und rutschte im Sessel nach vorn. Er griff in die Jackentasche seines Anzugs und holte sein Smartphone heraus, um das Bild zu speichern und es später bei Facebook zu posten. Selbstvermarktung, sei es über Pressemitteilungen oder über Social Media, gehörte dazu. Auch das hatte er gelernt.

Oje, fünf Anrufe aus dem Büro, sah er beim Blick auf das Display. Nicht besser sah es bei den E-Mails aus. Allein dreißig neue Nachrichten seit heute Mittag, die er abrufen musste. Stefan seufzte und stand auf, um den Plenarsaal zu verlassen, in dem Essen und Trinken ebenso wie Telefonieren untersagt waren. An Letzteres hielt sich zwar nicht jeder Abgeordnete, wie ihm aufgefallen war, aber er zog es vor, seine Gespräche in den weitläufigen Arkaden, zu denen man über den Akademiesaal gelangte, zu führen. Dort hatte man nicht nur einen atemberaubenden Blick über die gesamte Stadt, sondern konnte auch frische Luft schnappen. Bei Rauchern war dieser Zufluchtsort daher mindestens ebenso beliebt.

Stefan wählte die Nummer seines Büros, lief an den äußersten Rand und streckte sich durch. »Na endlich, wir haben schon die ganze Zeit versucht, dich zu erreichen«, begrüßte ihn Elfriede Adelholzener, seine Sekretärin. »Wie ist deine

Rede gelaufen? Bevor ich es vergesse, deine Gäste zum Sommerempfang reisen selbst an und treffen dich um halb sieben auf der großen Treppe. Der Kreisbrandrat mit Gattin und der Rettungsdienstleiter mit Begleitung, nur zur Erinnerung.«

Sie beeilte sich, wollte sie doch das Wichtigste sofort bei ihrem Chef anbringen. An Plenartagen, das kannte sie bereits, wusste man nie, wie lange man reden konnte. Nicht nur einmal waren sie durch kurzfristige Besprechungen oder Abstimmungen im Plenum unterbrochen worden, auf die eine weithin hörbare Durchsage im gesamten Gebäude hinwies.

Die Gäste heute Abend hätte er glatt vergessen, stellte Stefan dankbar fest.

»Die Rede lief ganz gut, danke. Aber du glaubst nicht, was heute schon alles passiert ist!« In wenigen Worten berichtete er ihr, was ihm widerfahren war. »Alles Weitere aber morgen. Ich sollte jetzt wieder hineingehen, wenn es zu den Mails nichts Besonderes zu besprechen gibt.«

»Alles klar, dann aber morgen in aller Ruhe, okay?«, antwortete Adelholzener.

»Versprochen!« Stefan stützte sich auf der Steinbrüstung ab und ließ den Blick über die Stadtsilhouette schweifen. Die knapp hundert Meter hohen Türme der Frauenkirche stellten seit einem Bürgerentscheid 2004 eine imaginäre Grenze dar, die sich seitdem kein Investor und Planer mehr zu überschreiten traute. Kein Gebäude in der Stadt sollte die Kirchtürme überragen. Wie das zu den Forderungen nach geringerem Flächenverbrauch passte, war angesichts des weiter massiv steigenden Bedarfs an Wohnraum in der Landeshauptstadt unklar. Hier musste sich etwas ändern, sollten die Kirchtürme der Frauenkirche nicht zum Sinnbild des »Kirchturmdenkens« werden, dachte Stefan und machte sich zurück auf den Weg zum Plenarsaal.

Kaum hatte er Platz genommen, leuchtete sein Handy vor ihm auf.

> Hallo, Stefan, Lust auf einen Kaffee? LG Tina

Offenbar hatte sie etwas herausgefunden. Neugierig tippte er sofort seine Antwort.

> Gerne, in 5 min Steinerner Saal. ☺

Wenige Momente später lehnte Stefan mit verschränkten Armen am Fensterbrett und beobachtete das Treiben im zentralen Raum des Maximilianeums, der nach dem Empfangs- und Festraum im Schloss Nymphenburg benannt war und die Mitte zwischen dem jetzigen Plenarsaal auf der Südseite und dem früheren Senatssaal auf der Nordseite bildete.

Links von ihm waren die Mitarbeiter von Plenum.TV damit beschäftigt, für die über ganz Bayern verteilten Regionalsender Interviews mit Abgeordneten aller Fraktionen zu führen. Rechts von ihm war eine Gruppe von Kollegen in ein Gespräch mit Journalisten vertieft, in dem von der Koalitionsfrage in Berlin bis zu der Trainerfrage bei der Fußballnationalmannschaft und dem heutigen Halbfinalspiel im Wembley-Stadion in London munter zwischen allen möglichen Themen hin- und hergesprungen wurde. Über ihnen hingen zwei imposante Kristalllüster, die ihn an manchen Abenden mehr an Ufos als an Lampen erinnerten.

Stefan gähnte, war es doch ein aufregender Tag gewesen, und nachdem der Druck der Plenarrede von ihm abgefallen war, spürte er, wie er müde wurde. Dies änderte sich, als er Tina erspähte, die mit federndem Schritt die Rote Treppe hinaufkam und dann lächelnd schnurstracks den Saal durchquerte. Unwillkürlich musste auch er lächeln, als sie in ihrem eleganten Hosenanzug auf ihn zukam.

Sie hatten sich schon in der Schulzeit gut verstanden, über dieselben Scherze gelacht und hatten nun sogar denselben Arbeitsort. Er betrachtete sie eher als gute und alte Freundin. An mehr dachte er bislang nicht, auch weil sie stets in festen

Händen war. Aber das hatte sich offenbar geändert. Schlug deshalb sein Herz immer schneller, je näher sie ihm kam?, fragte er sich in dem Augenblick, als sie ihm in die Augen schaute und ihn mit dem Ellenbogen anstieß.

»Na, hast du alles gut überstanden? Ich bin ja schon beruhigt, dass die Kripo dich nicht mitgenommen hat, nach allem, was du getextet hattest.«

Er räusperte sich und berichtete ihr von der erfolgreichen Rede und seiner Begegnung mit den Ermittlern.

»Glückwunsch, das freut mich«, sagte sie. »Und zur Kripo: Gut gemacht, lass dir nicht alles gefallen. Durchsetzungsstarke Männer sind übrigens erfolgreich und attraktiv«, kommentierte sie mit leicht ironischem Unterton.

»Schon gut.« Er rollte die Augen. »Hast du etwas herausgefunden, oder wolltest du nur Kaffee trinken?«

»Beides. Gehen wir zu den Stehtischen hinüber.« Sie stupste ihn an und zeigte auf den Vorraum zum Senatssaal, der an Plenartagen als Bistro eingerichtet war.

»Cappuccino?«, fragte Stefan und trat kurz darauf mit zwei Tassen an den Stehtisch, auf dem Tina bereits zwei handbeschriebene Zettel ausgebreitet hatte. Geheimnisvoll blickte sie ihn an.

»Na, du machst es aber spannend!« Stefan rührte neugierig in seiner Tasse.

Tina holte kurz Luft und beugte sich vor. »So richtig viel habe ich nicht. Eigentlich sind es nur zwei Geschichten und noch mehr große Fragezeichen.«

»Na, das ist doch schon etwas.«

Sie rückte etwas näher an ihn und erzählte. »Nun gut, es ist ein Anfang. Uns interessiert ja der Keller ganz besonders, und wir wissen, dass das Opfer dort unten gearbeitet hat. Also habe ich mich gefragt, was da denn so Interessantes sein könnte. Ich bin auf zwei Punkte gestoßen: den Bau mit der Grundsteinlegung 1857 und die Zerstörungen im Zweiten Weltkrieg.«

»Okay, und weiter?«

»Dort draußen in der Glasvitrine liegen Fundstücke vom Grundstein, der vor über zwanzig Jahren wieder aufgetaucht ist«, fuhr Tina fort. »Übrigens damals auch von einem Arbeiter bei Bauarbeiten im Keller gefunden. Interessante Parallele. Als der Grundstein eingemauert wurde, war nirgends die Rede davon, was neben dieser kindischen Lokomotive noch dabei war. Nirgends. Und da fragt man sich doch, wieso davon nichts erwähnt wurde.«

Stefan wiederholte: »Die Fundstücke sind also draußen ausgestellt.«

»Ja, das schon, aber eben nicht alle, mein Lieber«, unterbrach ihn Tina.

Stefan runzelte die Stirn.

»Die vorzeigbaren Stücke wie die Lokomotive oder der vergoldete Zylinder kamen in die Vitrine, und der Rest wie die Urkunden und Baupläne wurde mit dem neuen Grundstein wieder eingemauert.«

»Was heißt ›wieder eingemauert‹?«, hakte Stefan nach.

»Im Sommer 1998 haben der damalige Landtagspräsident und der Vorstand der Stiftung Maximilianeum einen neuen Grundstein mit einem neuen Eisenbahnmodell, aktuellen Münzen und Briefmarken und so weiter gelegt. Und dazu eben auch die Originalbaupläne und die Originalurkunde aus dem alten Grundstein«, erklärte Tina. »Die Kopien davon waren im Archiv eingelagert. Mit Betonung auf ›waren‹. Ich war vorhin unten, und die Baupläne sind weg. Und niemand weiß, wo sie nun sind. Bislang hatten sich allerdings auch nicht viele damit beschäftigt.«

»Einer scheint sich nun dafür interessiert zu haben, der es ganz für sich haben wollte«, überlegte Stefan. »Nun gut. Wir haben also einen etwas mysteriösen Grundsteinfund, von dem ein Teil jetzt verschwunden oder zumindest einbetoniert ist.« Mit einem Blick auf die Uhr fragte er: »Und was hast du zum Zweiten Weltkrieg herausgefunden?«

»Ach ja, das. Da bin ich noch nicht so weit gekommen, wie ich mir erhofft hatte. Hier im Haus waren in der Historischen Galerie einmal dreißig Gemälde ausgestellt, von denen ungefähr die Hälfte verloren ging. Die andere Hälfte hängt vor allem im Südbau, in den Räumen der Studienstiftung. Auch weitere, zum Teil ziemlich wertvolle Bilder sind weg. In manchen Quellen wird aber davon gesprochen, dass Gemälde im Keller des Maximilianeums in Sicherheit gebracht werden sollten. Welche, wie viele und ob es überhaupt stimmt, dazu habe ich auf die Schnelle noch nichts recherchieren können. Ebenso wenig Genaues habe ich zu diesem Geheimgang oder Geheimtunnel gefunden, über den letztes Jahr in der Zeitung berichtet wurde. Bei uns in den Unterlagen ist nichts. Deswegen wären die Originalpläne ja so spannend gewesen«, seufzte Tina.

»Geheimtunnel? Ist das dein Ernst?« Verblüfft sah Stefan sie an.

»Ja, ich denke mir das doch nicht aus. War doch groß in der Presse. Aber sonst nichts. Und in unseren Broschüren und Unterlagen findet sich nach wie vor gar nichts dazu.« Tina zuckte mit den Schultern.

Sie schwiegen einen Moment und dachten nach.

»Das sind wirklich einige rätselhafte Punkte«, sagte Stefan dann. »Und immer landen wir beim Keller. Zum zweiten Wort des Toten, ›Ring‹, hast du noch nichts ausfindig gemacht?«

Tina schüttelte den Kopf. »Nein, bislang nicht. Mir ist auch kein Siegelring oder Ähnliches untergekommen. Und schon gar kein Trauring. Da hätte ich aber auch keine Erfahrung, genau wie du.« Sie grinste.

»Noch nicht, aber das kommt schon noch, bei uns beiden«, sagte Stefan schnell und brachte Tina damit zum Lachen.

»Wie meinst du das jetzt?«

Verlegen blickten sie sich an, und Stefan spürte, wie er rot wurde. Schließlich unterbrach Tina die Stille. »Auf jeden Fall bleibe ich dran. War jetzt nicht so ganz konkret, das alles. Um drei Uhr habe ich eine Führung, ich muss leider los. Wir sehen uns ja auf jeden Fall um halb sechs zur Abfahrt nach Schleißheim, dann können wir im Bus weiterreden.« Tina tätschelte Stefan freundschaftlich den Arm.

»Gut, so machen wir es. Ach, hier ist schon mal meine Begleitkarte für dich. Nicht dass ich sie noch verliere. Ich habe heute schon mein Redemanuskript gesucht, zwei Minuten vor der Rede, weißt du?«

»Typisch.« Sie rollte mit den Augen.

***

Im Steinernen Saal blieben sie kurz an der Glasvitrine stehen, in der die Grundsteinfundstücke ausgestellt waren.

»Die könnte sofort wieder bei der Deutschen Bahn eingesetzt werden«, witzelte Tina und deutete auf die fast sechzig Zentimeter lange Lokomotive. »Ein Modell der englischen Patentee-Lokomotiven, die für die ersten deutschen Bahnstrecken wie Nürnberg–Fürth oder München–Augsburg beschafft wurden«, erklärte sie. »Das älteste erhaltene Modell in ganz Deutschland. Und ursprünglich sogar funktionstüchtig.«

Stefan pfiff anerkennend durch die Zähne. »Na, ob sie wohl auch München–Prag gefahren ist? Die Bahn braucht auf der Strecke heute noch so lange wie vor hundert Jahren!«

Auf beiden Seiten wurde die Lokomotive von Gold- und Silbermünzen eingerahmt, während der vergoldete Zylinder eher stiefmütterlich unterhalb der Lok ausgestellt war.

»Damals wurden sämtliche Münzen beigegeben, die in Umlauf waren. Vom Goldukaten bis zum Heller«, erläuterte Tina, ganz in ihrer Rolle als Historikerin.

Stefan nickte und blieb mit dem Blick an einer Goldmünze hängen. »Was ist dann das für eine? Das ist auf jeden Fall keine deutsche Inschrift.« Er tippte an die Glasscheibe und zeigte auf eine goldene Münze mit einem männlichen Profilbild. »Sieht eher griechisch aus«, überlegte er.

Tina beugte sich, so nah sie konnte, an die Glasscheibe und kniff die Augen zusammen. »In der Tat, du hast recht. Das ist griechisch. Ist mir bislang noch gar nicht aufgefallen. Das könnte eine Zwanzig-Drachmen-Goldmünze sein. Und nach der Jahreszahl 1833 müsste das König Otto I. von Griechenland sein«, kombinierte sie.

»König Otto von Griechenland? Was ergibt denn das für einen Sinn?«, fragte Stefan verwirrt nach.

»Das ist der Bruder von unserem König Maximilian II., dem wir das schöne Gebäude hier zu verdanken haben und dessen Porträt dort drüben hängt. Es wissen gar nicht so viele, dass einmal ein Bayer Griechenland regierte. Seine Aussichten als zweitgeborener Sohn waren zunächst auch nicht gut gewesen, überhaupt einmal ein Land zu regieren. Als die Mächte Europas für Griechenland, das sich gerade erst die Unabhängigkeit vom Osmanischen Reich erkämpft hatte, einen europäischen Fürsten als Regenten suchten, ergriff sein Vater die Chance für ihn. Und weil das Königreich Bayern als eine der ersten europäischen Mächte den Freiheitskampf der Griechen unterstützt hatte, kam es dazu, dass ein bayerischer Prinz zum griechischen König aufstieg.«

Tina zeigte auf ein Wandgemälde hinter ihnen und sah auf ihre Uhr. »Im Übrigen wollte Maximilian das Gebäude hier zunächst Athenäum nennen«, ergänzte sie. »Darüber muss ich noch mal nachdenken. Jetzt wird die Geschichtsstunde aber leider unterbrochen, mein Lieber. Ich komme zu spät zur nächsten Gruppe. Wir sehen uns nachher im Bus!«

Tina trippelte die Stufen zu ihrem Büro hinunter, während Stefan noch einen Moment an der Glasvitrine stehen blieb und nachdenklich die Goldmünze mit dem Profil, von griechischen Schriftzeichen umrandet, betrachtete.

27

München, Kriminalkommissariat, 16:00 Uhr

Langsam wurde Kriminalhauptkommissar Harald Bergmann ungeduldig. »Wie lange brauchen die bei der Spurensicherung denn heute?« Er trommelte auf die Tischplatte, dann stand er auf. »Was machst du da eigentlich?«, fragte er Lena Schwartz, die an einem Flipchart an der Wand hantierte.

»Ich fasse die Gesamtsituation zusammen, Herr Kollege«, antwortete sie über die Schulter, während sie ihren Kenntnisstand an der Tafel per Filzstift notierte. »Aber keine Angst. Ich bin nicht mit der Gesamtsituation unzufrieden!«, scherzte sie und spielte damit auf den »Schuh des Manitu« an, eine bayerische Filmkomödie, die sich zum Kassenschlager gemausert hatte.

Bergmann lachte kurz auf. »Das klingt für mich eher so, als ob du zu viele CSI-Filme gesehen hättest«, witzelte er ebenfalls, ging dann aber doch zum Chart neben sie, verschränkte die Arme und brummte nachdenklich. »Spaß beiseite. Wir haben weder ein Motiv noch einen handfesten Anhaltspunkt. Die Fahndung nach dem Täter ist draußen, aber bei den wenigen Daten werden wir uns schwertun.«

Das Telefon klingelte, und das Display zeigte »K 92« an. »Das ist die Spurensicherung«, sagte Schwartz.

»Na endlich!« Bergmann stürzte an den Schreibtisch und hob ab. »Das wird aber auch Zeit, dass ihr euch meldet!«, begrüßte er den Kollegen am anderen Ende der Leitung mit überschaubarer Freundlichkeit. Er hörte zu, legte die Stirn in Falten und winkte Schwartz zu sich. »Warte, Hans-Jürgen, wir schalten den Apparat auf laut.«

Es dauerte einen kurzen Moment, bis Lena Schwartz seinen fragenden Blick richtig deutete und grinsend den entsprechenden Knopf auf der Telefonanlage drückte. »So, du kannst jetzt auflegen«, flüsterte sie Bergmann zu, als es in der Leitung knackte.

»Hört ihr mich beide?«, plärrte die Stimme von Kriminaloberkommissar Hans-Jürgen Schweizer aus dem etwas altersschwachen Lautsprecher.

»Ja, schieß los!« Bergmann lehnte sich vor.

»Gut, also dann der Reihe nach. In der Wohnung im Maxwerk haben wir leider nur die Fingerabdrücke des Opfers gefunden. Auf dem Bett, am Fenster und so weiter. Sonst nichts Verwertbares. Unser Täter hat nichts hinterlassen.«

Bergmann und Schwartz wechselten enttäuschte Blicke.

»Nicht so viel wie erwartet, ich weiß. Aber jetzt kommt das Interessante. Der erste Abstrich der Epithelzellspuren von Dr. Branninger gab zwar leider nichts her, aber der zweite hatte es dafür in sich. Wir haben uns gerade besprochen. Sie haben das Material durch die Datenbanken gejagt, und es gab einen Treffer!« Schweizer holte Luft. »Erinnert ihr euch an den Doppelmord an dem Rentnerehepaar vor ein paar Jahren in Hohenkammer? Achim und Gisela Kurz. Er war schrecklich zugerichtet, als ob er von der Mafia verhört worden wäre. Sie hat der Täter oder die Täterin nicht angerührt. Getötet wurden beide dann offenbar mit einem professionellen Kopfschuss.«

»Ja, ich erinnere mich«, sagte Bergmann. »Da waren die Kollegen vom PP Oberbayern Nord dran, glaube ich. Nichts gestohlen, keine Auffälligkeiten vorher und nachher.«

»Genau«, bestätigte Schweizer. »Auch damals keine verwertbaren Fingerabdrücke, aber wir konnten einige Gewebeproben sicherstellen, und deren DNA stimmt mit dem Material von heute überein. Der Täter von damals könnte unser Mann von heute Morgen sein!«

Bergmann und Schwartz sahen sich verblüfft an. »Das ist ja ein Ding! Wir sollten uns mit den Kollegen des PP Nord abstimmen«, meinte Bergmann, und Schwartz nickte, schwang sich um den Tisch zu ihrem Schreibtischstuhl und loggte sich in den PC ein. Sie hämmerte auf die Tastatur und klickte sich durch die Akte.

»Gerhard Weber war damals zuständig. Na, wie das passt, er ist derzeit im Präsidium in Ingolstadt eingesetzt«, rief Schwartz quer über den Tisch. »Wir rufen ihn gleich an.«

Der Lautsprecher rauschte. »Wir schicken euch die Ergebnisse rüber, aber ich denke, das war es fürs Erste von uns.« Der Kollege von der Spurensicherung verabschiedete sich und legte auf.

Kriminalhauptkommissar Gerhard Weber reagierte mindestens ebenso überrascht wie Bergmann und Schwartz einige Minuten zuvor. Monatelang hatte er sich damals mit seinem Team in die Ermittlungen verbissen, aber sie hatten keinerlei Anhaltspunkte gefunden und den Fall zurückstellen müssen. Nichts hatte damals zusammengepasst, weder ein Motiv noch eine konkrete Spur gab es. Lediglich einen mysteriösen Anruf des kurz darauf ermordeten Rentners bei der Lokalredaktion einer Münchner Zeitung.

»Nur diesen Anhaltspunkt hatten wir«, erklärte Weber. »Dabei gab es diesen Journalisten und sein angebliches Interview zu zwanzig Jahren Grundsteinfund im Landtag überhaupt nicht!«

»Grundsteinfund im Landtag?«, unterbrach ihn Harald Bergmann.

»Ja, irgendjemand, vielleicht unser Täter, täuschte wohl eine Interviewanfrage vor, weil das Opfer ja damals diesen verlorenen Grundstein im Maximilianeum gefunden hatte. Es war eine Masche, um an ihn ranzukommen, haben wir vermutet«, antwortete Weber.

Als Bergmann auflegte, sagte er zunächst nur einen Satz: »Das glaubst du nicht!« Er nahm den Filzstift, unterstrich »Keller im Landtag« auf dem Flipchart und schrieb »Grundstein« daneben.

Vor wenigen Minuten tappten sie noch im Dunkeln. Aber jetzt hatten sie eine Spur. Und diese führte ins Maximilianeum.

28

München, Maximilianeum, 17:00 Uhr

Zum x-ten Mal blickte er auf seine Uhr, und endlich neigte sich seine Schicht dem Ende zu. Sein Kollege Hans Michler hatte ihn wie erwartet nach der Mittagspause in ein Gespräch über Gartenarbeit verwickelt, und er hatte ihm eine improvisierte Geschichte aufgetischt, wie er sich mit einem Spaten an einem Gemüsebeet versucht hatte. Sie war zwar etwas holprig, aber immerhin hatte er das Zittern seiner Hand damit erklären können, und Michler war offenkundig zufrieden mit dem Small Talk. Er konnte es jetzt nicht auch noch brauchen, dass dieser misstrauisch wurde.

Streicher ließ sich sogar auf eine Diskussion zum Fußballspiel heute Abend ein, wobei sie weniger über das Spiel an sich, sondern mehr über die Stadien debattierten. Während Michler felsenfest davon überzeugt war, dass das Wembley-Stadion die Arena mit dem meisten Flair war, sprach sich Streicher für das Münchner Olympiastadion aus. Da er kein ausgewiesener Fußballfan war, fiel ihm nur dieses Stadion ein, das er in das Gespräch einbringen konnte. Nicht gerade hochgeistig, aber es überbrückte die Zeit.

Langsam nahm die Zahl derjenigen zu, die sich mit fröhlichem Winken verabschiedeten und auf den Nachhauseweg machten. Mit dem heutigen kurzen Plenartag und dem Sommerfest auf Schloss Schleißheim am frühen Abend würde sich das Haus schneller als sonst leeren.

Am späten Nachmittag bekamen sie an der Pforte Verstärkung, als der Kollege der Spätschicht eintraf. Hans Michler bezog ihn, redselig wie immer, in die Fußballdiskussion ein, und Streicher nutzte einen unbeobachteten Moment, um einen kleinen, flachen USB-Stick an der Rückseite des

Monitors, der Livebilder vom Zugang zur Tiefgarage zeigte, anzustecken.

Michler war in seinem Element und erklärte dem neuen Kollegen den Ablauf der nächsten Stunden. »Ab jetzt stehen die ersten Busse hier direkt vor der Pforte, die die Abgeordneten und weiteren Gäste im Zehn-Minuten-Takt zum Sommerempfang bringen. Bis achtzehn Uhr sind die meisten dann ausgeflogen. Zurück kommen die ersten Busse dann ab dreiundzwanzig Uhr dreißig«, führte Michler gerade aus, als Arthur Streicher die beiden Gestalten, die sich dem Landtag von der anderen Straßenseite näherten, erblickte. Sofort erkannte er sie und zuckte fast unmerklich zusammen.

Die Ermittler von heute Vormittag. Schon wieder! Das war kein gutes Zeichen. Sein Instinkt sagte ihm, dass er es besser vermeiden sollte, ein zweites Mal auf sie zu treffen. »Hans, ich checke kurz die Sicherheitsschleusen im Besucherbereich, drehe eine Runde durch das Haus und stemple dann aus. Die Ablösung ist ja schon da.« Er hob die Hand zum Gruß und zog sich in den Besucherbereich hinter der Pforte zurück.

»Gute Idee, Arti. Bei uns ist ja alles klar. Dann einen schönen Feierabend, und nicht vergessen: Daumen drücken fürs Spiel!«, gab Michler ihm mit auf den Weg.

Streicher ließ sich bei der Überprüfung der Kontrollschleusen, die er nur vorgeschoben hatte, überlang Zeit und beobachtete, wie sich die beiden Ermittler den Drehkreuzen näherten und ihre Dienstausweise hochhielten. Als sie durch die Seitentür in die Pforte eintraten, drückte sich Streicher zur Sicherheit an die Rückseite der Zwischenwand, um nicht gesehen zu werden, und lauschte dem Gespräch.

»Kriminalhauptkommissar Bergmann und Kriminalkommissarin Schwartz, wir waren heute Vormittag schon hier. Wir wollen uns im Gebäude noch einmal umsehen. Melden Sie uns bitte beim Landtagsdirektor an. Er müsste noch im Haus sein«, hörte Streicher die Stimme des Kommissars.

Michler hob den Telefonhörer ab, tippte eine Nummer ein

und informierte nach einem kurzen Telefonat die Kriminalbeamten: »Der Herr Landtagsdirektor ist gerade auf dem Sprung nach Schleißheim, aber Sie können ihn gerne noch sprechen, er wartet auf Sie. Sie wissen, wo es langgeht?«

Die beiden Ermittler nickten und verließen die Pforte zielstrebig Richtung Altbau.

Streicher atmete durch und ordnete seine Gedanken. Offensichtlich hatten sie einen Anlass, der sie bewog, nochmals ins Maximilianeum zu kommen, überlegte er. Ganz ruhig bleiben. Sie haben weder nach dir gefragt, noch sind weitere Einsatzkräfte dabei. Bleib bei deinem Plan!

Er holte sein Smartphone aus der Hosentasche und tippte eine kurze Nachricht ein:

Go. AS

Es dauerte nur einige Sekunden, und die Antwort leuchtete auf:

OP okay. A und B platziert. Treffen 1900 ein.

Er wartete noch einige Sekunden ab, bis die Ermittler außer Sichtweite waren, und ging dann über den Hof zum Lieferanteneingang. Vorsichtig schloss er die Tür hinter sich, schritt über den gekachelten Boden ein paar Stufen hinauf und verschwand im Gewirr aus Gängen, Stiegen und kleinen Gewölben im Bauch des Maximilianeums.

Zielsicher fand er den Weg durch die verwinkelten Gänge, bis er vor einer schweren Eisentür stand. Er sah sich um und hielt kurz inne. Als er sich vergewissert hatte, dass er allein war, nestelte er einen kleinen Schlüssel aus seiner Hosentasche und drehte ihn vorsichtig in dem verrosteten Schloss. Die altersschwache schwere Tür öffnete sich mit leisem Quietschen einen Spalt. Er zwängte sich hindurch und verschwand im niedrigen, dunklen Gang dahinter.

Mit geübten Bewegungen stieg er über heruntergestürzte Holzbalken, zerbrochene Ziegelsteine und verstaubte Kisten. Dutzende Male war er in den vergangenen Monaten durch das Labyrinth geirrt. Er bückte sich, um sich durch einen halbhohen Durchgang zu quetschen, und ertastete dahinter eine schwarze Ledertasche, in der Handschuhe, Taschenlampen und Werkzeug versteckt waren. Es hatte ihn große Mühe und unzählige Versuche gekostet, diesen Weg zu den Katakomben unterhalb des Südflügels zu finden.

Der verschüttete Zugang über die Seiteneingänge bei der Tiefgarage wäre zwar viel kürzer und direkter gewesen, aber diesen unauffällig freizuräumen hatte sich als unmöglich herausgestellt. Umso glücklicher war er gewesen, als er den Weg von hinten gefunden hatte. Nun waren die Bauarbeiter mit ihren Aufräumarbeiten gefährlich nahe gerückt, schneller als gedacht, und sie waren drauf und dran, die letzten Hindernisse wegzubringen und womöglich das zu entdecken, was er seit Jahren suchte.

Streicher knipste die Taschenlampe an und zog das kleine Notizbuch hervor, das zum Mittelpunkt seines Denkens, seines Lebens geworden war. Er klappte es vorsichtig auf und nahm die gefaltete Kopie einer Karte heraus. Immer wieder hatte er sie betrachtet und Strecken abgemessen, aber sie war zu ungenau. Den Steinboden, die Backsteinwände und Deckengewölbe im gesamten Bereich hatte er über Monate abgesucht, um das Gebiet einzugrenzen. Bis er endlich fündig wurde.

Und heute Morgen hatte er gerade die letzten Vorbereitungen getroffen, als der Bauarbeiter durch den Durchgang getreten und ihm in die Quere gekommen war.

29

München, Max-Planck-Straße, 17:10 Uhr

Heilfroh stellte Stefan seine Aktentasche neben den kleinen Schreibtisch in seinem Apartment. Die letzte Stunde hatte er ohne neue Überraschungen, Ereignisse oder Katastrophen überstanden. Nachdem das Plenum wie geplant vor einigen Minuten beendet worden war, hatte er sich wie der Großteil der Kollegen aufgemacht, um sich für den Abendempfang umzuziehen. Während die meisten als Begleitung ihren Ehepartner oder Lebensgefährten mitnahmen, hatte er bis heute Morgen noch geplant, allein auf den Sommerempfang zu gehen und den Abend mit den Gästen aus dem Stimmkreis, die er als Landtagsabgeordneter hinzuladen durfte, zu verbringen.

Aber nun hatte er mit Tina auch eine Begleiterin. Oder war es ein Date? Auf jeden Fall fühlte es sich plötzlich ein wenig so an, denn er spürte trotz allen Trubels des Tages Vorfreude, seine Schulfreundin gleich wiederzusehen. Stefan versuchte, die Gedanken an ihre unwirsche Reaktion am Morgen auf seine Nachfrage zu Carsten abzuschütteln. Das leise Gefühl, dass da mehr als nur Freundschaft sein könnte, wurde er aber nicht los. Oder war es nur die Aufregung, was sie zu den Rätseln in der Glasvitrine im Steinernen Saal denn Neues berichten könnte?

Prüfend stand er vor dem Kleiderschrank und nahm den schwarzen, sportlich geschnittenen Anzug heraus, den er gestern erst frisch aus der Reinigung geholt hatte. Na, dann wollen wir hoffen, dass der Sport der letzten Wochen etwas gebracht hat!, sagte er sich, knöpfte das gestärkte weiße Hemd bis zum Kragen zu und band umständlich die dunkle Fliege. Trug er schon kaum Krawatten, so traf dies noch seltener auf Fliegen zu. Daher dauerte es einige Minuten, und er benötigte mehrere Versuche, bis er ihren Sitz halbwegs zufrieden im Spiegel betrachten konnte. Jetzt wurde es ernst, und er zog vorsorglich den Bauch ein Stück ein, aber die Anzugjacke passte nach wie vor, stellte er beruhigt fest.

Ich bin ja gespannt, welches Kleid sie wohl tragen wird, ertappte sich Stefan erneut beim Gedanken an seine Begleiterin, während er das weiße Einstecktuch umständlich gerade rückte und auf seine Uhr blickte. Er war gut in der Zeit. Seine Gäste hatten ihm per SMS schon signalisiert, dass sie im Anflug auf das Schlossgelände waren. Erfahrungsgemäß dauerte die Fahrt mit dem Bus ab Maximilianeum etwa eine halbe Stunde, sodass er sie rechtzeitig beim verabredeten Treffpunkt begrüßen könnte. Was der Rest des Abends dann brächte, würde sich zeigen. Auf jeden Fall freute er sich auf die Aussicht, mit Tina durch den weitläufigen Garten des Schlosses zu flanieren und den Sommerempfang trotz aller Umstände des Tages zu genießen.

Der grausige Fund vom Morgen, die unangenehmen Gespräche mit der Kripo und auch der Druck der Plenarrede – alles war plötzlich weit weg, und Stefan lief fast übermütig die Treppe nach unten und ging auf dem Gehsteig in Richtung der Transferbusse, die in Sichtweite vor der Ostpforte des Maximilianeums warteten.

Stefan grüßte die Mitfahrer freundlich und sah sich um. Noch war Tina nicht zu sehen, aber ein paar Minuten hatten sie ja noch Zeit. Da die Reihen bereits gut gefüllt waren, entschied er sich, Plätze für sie zu reservieren, sodass sie nebeneinandersitzen konnten, und stieg ein. Im hinteren Bereich erspähte er auch gleich zwei freie Plätze und nahm diese in Beschlag.

> Ich bin im Bus und halte uns einen Platz frei. LG ☺

Frauen und Pünktlichkeit … Er schüttelte schmunzelnd den Kopf, als sein Handy vibrierte und ihr Name auf dem Display auftauchte. Sofort hob er ab.

»Ich reserviere dir hier unter größtem Aufwand einen der besten Plätze«, scherzte er zur Begrüßung. »Wann kommst du?«

»Hallo, mein Lieber, ich bin quasi fertig, muss nur noch den Hosenanzug gegen das Abendkleid tauschen. Aber mir lässt unsere griechische Entdeckung von vorhin keine Ruhe, die Münze, du weißt schon. Es ist sehr ungewöhnlich, dass man ausländische Münzen in einen Grundstein mit aufnimmt. Hier passt irgendwas nicht zusammen, und da will ich noch einmal ins Archiv in den Keller, sonst bin ich den ganzen Abend unleidlich und denke darüber nach.«

»Aha, was passt denn nicht zusammen?«, fragte Stefan neugierig nach.

»Du weißt ja, dass der Bruder unseres Königs Max II. König in Griechenland war, König Otto I. von Griechenland. Bei der Grundsteinlegung waren beide zeitgleich Könige, Otto hatte damals aber gewaltige Probleme mit den Griechen, und später musste er auch ins Exil gehen, natürlich nach Bayern.«

»Unschöne Sache, ja. Und was hat das mit uns hier zu tun?«, hakte er verwirrt nach.

»Das versuche ich ja gerade herauszufinden. Auf jeden Fall war er ab 1863 im Exil in der fürstbischöflichen Residenz in Bamberg und wollte unbedingt seinen Bruder treffen. Der jedoch starb im Frühling 1864 ganz überraschend an einer mysteriösen Krankheit«, führte Tina weiter aus, und Aufregung schwang in ihrer Stimme mit. »Ich weiß, du wirst denken, da geht die Historikerin mit ihr durch. Aber das interessiert mich jetzt«, fügte sie entschuldigend hinzu.

Stefan merkte, dass er ein wenig enttäuscht war, hatte er sich doch auf die gemeinsame Busfahrt gefreut. »Soll ich auf dich warten? Wäre kein Problem«, schlug er vor.

»Nein, du musst ja deine Gäste von daheim empfangen. Ich komme so bald wie möglich nach, spätestens um halb sieben bin ich da und melde mich dann. Halte mir doch einen Sitzplatz neben dir am Tisch frei.«

Stefan legte auf und rutschte ans Fenster. Tina war hartnäckig, hatte ihren eigenen Kopf und engagierte sich. Das imponierte ihm.

Die Türen schlossen sich, und der Bus, besetzt mit Gästen voller Vorfreude auf eines der schönsten Sommerfeste Bayerns, setzte sich in Bewegung in Richtung Münchner Norden.

30

München, Maximilianeum, 17:30 Uhr

Tina legte auf und blickte auf die Notizen vor ihr. Es ergab keinen Sinn. Die Grundsteinlegung 1857, die Verbindung zum Bruder des Königs, der überraschende Tod von König Maximilian, die verschollenen Gemälde im Zweiten Weltkrieg. »Wo ist der Zusammenhang, Dr. Watson?«, fragte sie ein imaginäres Gegenüber vor ihrem Schreibtisch und stand auf.

»Du musst noch ein paar Minuten warten«, rief sie ihrem langen dunkelblauen Abendkleid zu, das an einem Kleiderhaken an der Wand bereithing. Dann schlüpfte sie durch die Tür und lief eilig die Treppen zur Landtagsbibliothek hinunter. Bereits als sie die Bildergalerie im Übergang passierte, erkannte sie von Weitem, dass die Räume der Bibliothek dunkel waren.

»Mist, geschlossen. Das hätte ich mir denken können«, fluchte Tina mit Blick auf ihre Uhr. Sie lugte durch die Glasscheiben der Eingangstür in der Hoffnung, ihre Freundin Julia noch erspähen zu können, aber die Bibliothek war ebenso wie das Archiv leer. Sowohl der Lesesaal als auch die Ausgabestelle waren verwaist. Enttäuscht drehte sie sich um und ging über den roten Teppich zurück Richtung Treppenhaus.

Als sie rechts zu den Aufzügen abbiegen wollte, blieb ihr Blick an einer eingerahmten Zeichnung hängen, die einen Querschnitt des Maximilianeums zeigte. In feinen Strichen war die Komplexität des eindrucksvollen Gebäudes mit seinen Bögen und Arkaden vom Keller bis zu den vierzehn Viktorien auf dem Dach, die symmetrisch gestaffelt die monumentale griechische Siegesgöttin Nike mit ihren Flügeln und dem Lorbeerkranz einrahmten, eingefangen.

Tina blieb stehen, kniff die Augen zusammen und betrachtete das Bild nachdenklich. Nach der Münze tauchte hier erneut Griechenland auf, dieses Mal mit Figuren aus der griechischen Mythologie, die über München thronten. Was ihr Interesse aber noch mehr weckte, lag deutlich tiefer. Neben der Auffahrt zur jetzigen Westpforte waren gleich mehrere Ebenen an Unterbauten angedeutet. Sie versuchte sich zu erinnern, was sie zuvor in den Unterlagen zur Baugeschichte des Hauses gelesen hatte. So waren aufwendige Erdarbeiten und Substruktionen notwendig gewesen, die den Bau nicht nur verzögert, sondern auch erheblich verteuert hatten.

Was konnte in den Bauplänen aus dem Grundstein so Wichtiges enthalten sein, um deren Kopien zu stehlen? Da sich die Pläne der Aufbauten in den folgenden Jahren noch mehrfach geändert hatten, mussten es Hinweise auf die ersten Unterbauten und Kellergewölbe sein, schlussfolgerte Tina.

Die offiziellen Baupläne gaben wenig Anhaltspunkte auf die realen Gegebenheiten im Untergrund, wie die überraschende Entdeckung des Geheimtunnels gezeigt hatte. Auch diese Fluchtröhre war in keinem der vorhandenen Pläne eingezeichnet. Umso spannender wäre ein Blick darauf gewesen, welche Pläne dem Grundstein von 1857 beigelegt worden waren.

»Was verbirgt sich in dir noch alles, Maximilianeum?« Tina tippte mit dem Finger auf die Zeichnung, trat einen Schritt zurück und ging dann nachdenklich zum Treppenhaus. Da die Aufzugtür offen stand, zuckte sie mit den Schultern und trat ein. Soeben wollte sie den Knopf für die dritte Ebene drücken, als sie innehielt und es sich anders überlegte. Kurz entschlossen wählte sie »K« für das Kellergeschoss.

Dort trat sie in den von Neonlicht erleuchteten Flur und fuhr die Rolltreppe hinunter. Unzählige Male war sie bereits den Gang mit den Backsteinwänden entlanggelaufen, aber zum ersten Mal blieb sie an den beiden Schildern mit der Aufschrift »Grundstein« und den Erläuterungen zum Grundsteinfund 1998 stehen und sah sich um.

Nur der Motor der Rolltreppe hinter ihr war zu hören. Als dieser nach einigen Sekunden verstummte, fiel es ihr auf. Leises Rascheln, Klopfen und Ächzen schien durch die Ziegelwand zu dringen. Was war das? Sie lauschte und trat näher an die Wand. Unregelmäßig hörte sie die Geräusche nun wieder, konnte aber deren Ursprung nicht einordnen.

Tina ging einige Schritte weiter bis zum Übergang zur Tiefgarage und hielt noch einmal inne. Sie drehte den Kopf zwischen den beiden seitlichen Metalltüren, die in die Katakomben führten. Es kam von links, entschied sie und öffnete langsam die angelehnte Eisentür und schlüpfte hindurch.

Sie blinzelte, und es dauerte etwas, bis sich ihre Augen an das Halbdunkel vor ihr gewöhnt hatten. Da sie keine Taschenlampe dabeihatte, nutzte Tina das Licht ihres Handys, um die Gänge und Gewölbe notdürftig auszuleuchten, die vor ihr lagen. Sie musste all ihren Mut zusammennehmen, um nicht sofort wieder zurückzugehen. Es gab angenehmere und freundlichere Orte, an denen man sich aufhalten wollte.

War sie wirklich allein? Es knackte und raschelte wieder, einige Gewölbe vor ihr. Sie kniff die Augen zusammen, konnte jedoch nichts erkennen. Ihr Herz klopfte ihr bis zum Hals, aber Neugier und Entdeckungslust überwogen, und sie arbeitete sich Schritt für Schritt voran, bis sie schon befürchtete, den Rückweg nicht mehr zu finden.

Na, das wäre jetzt aber absolut peinlich, wenn ich mich hier verlaufe und deshalb den Empfang versäume!, ging ihr durch den Kopf, als sie das Aufblitzen einer Taschenlampe sah. Sie hielt den Atem an, schaltete das Licht ihres Smartphones aus und duckte sich. Unheimlich schien das Licht immer wieder zwischen den Balken und Ziegelsteinen auf. Schemenhaft konnte sie eine Gestalt erkennen, die sich auf dem Boden an etwas abmühte. Sie sollte schleunigst verschwinden, hämmerte es in ihrem Kopf. Jetzt.

Langsam drehte sie sich um und versuchte, entlang der Wände den Weg zurück zu ertasten. Das gestaltete sich ohne

Hilfe der Handylampe jedoch deutlich schwieriger als zuvor, und als Tina an einen herumliegenden Balken stieß, verlor sie das Gleichgewicht und drohte zu Boden zu stürzen. Gerade noch rechtzeitig konnte sie sich an einem Ziegelstein festhalten.

Tina atmete erleichtert auf, freute sich jedoch zu früh, denn plötzlich löste sich der gelockerte Stein aus der Wand und entglitt ihr. Laut krachte er auf den Steinboden, und weitere Ziegel folgten ihm. Der Aufprall kam ihr ohrenbetäubend laut vor, und sie wurde von einer Welle der Furcht durchflutet.

Hinter ihr rumpelte es, als ob sich jemand durch den Schutt zu ihr durcharbeitete. Hektisch suchte sie ihr Handy, schaltete die Lampenfunktion ein und leuchtete durch den Raum. Das Licht flackerte durch die Staubwolke und die Wände entlang. Urplötzlich tauchte eine wutverzerrte, staubige Fratze direkt vor ihr auf. Tina schrie.

Dann ging es schnell. In Sekundenbruchteilen wurde ihr das Smartphone weggeschlagen, während sich ein Handschuh auf ihren Mund presste und ihren Hilferuf mit Gewalt unterdrückte. Sie zappelte und versuchte, um sich zu schlagen, aber der stahlharte Griff um ihren Mund und ihren Hals wurde immer fester. Das war es jetzt!, war ihr letzter Gedanke, als es schwarz um sie wurde.

31

München, Maximilianeum, Katakomben, 17:50 Uhr

Der Schweiß tropfte ihm von der Stirn, als er die Frau über den Schutthaufen schleifte. Gerade noch rechtzeitig hatte er sie bemerkt und überwältigen können. Ein Fauxpas wie an diesem Morgen durfte ihm kein zweites Mal passieren. Nicht so kurz vor dem Ziel. Das Einfachste wäre gewesen, es schnell zu beenden. Nahe dran war er gewesen, als er seinen Arm um ihren Hals gelegt hatte.

Eine gezielte Bewegung, und sie würde niemandem etwas verraten können. Doch da waren ihre Augen. Solche Augen, voller Todesangst und Verzweiflung, hatte er damals in Afghanistan zur Genüge gesehen. Bei so vielen Mädchen, die ihr Leben lassen mussten und die er nicht hatte retten können. Und die ihn bis jetzt verfolgten. Er konnte sie daher nicht töten, so einfach es für ihn auch gewesen wäre. Nun würde es anders gehen müssen, entschied er.

Endlich hatte er die Bewusstlose in das niedrige Gewölbe gezogen und konnte sie schwer atmend absetzen. Er durchsuchte die Ledertasche und nahm ein kleines Bündel mit Kabelbindern heraus. Mit geübten Handgriffen fesselte er Hand- und Fußgelenke der Frau aneinander und knebelte sie mit einem Lappen.

Er drückte den Knopf auf seiner Uhr. »17:58« zeigte sie an. Noch zwei Minuten, dann würde es losgehen. Er holte tief Luft und hob mit ganzer Kraft die Luke vor ihm an.

32

München, Maximilianeum, Büro des Landtagsdirektors, 17:30 Uhr

Landtagsdirektor Ullrich Löwenthal stand schon in seiner Tür, als Bergmann und Schwartz die Treppe im Altbau des Maximilianeums hinaufstiegen.

»Sosehr es mich freut, Sie wiederzusehen, ich muss davon ausgehen, dass es kein gutes Zeichen ist, dass dies so bald passiert«, empfing er sie mit sorgenvoller Miene.

Harald Bergmann schüttelte ihm müde die Hand, ebenso wie Lena Schwartz.

Löwenthal wies auf die ihnen bereits bekannten Sitzplätze und ließ Kaffee und Wasser bringen. »Sie sehen erschöpft aus, wenn ich mir die Bemerkung erlauben darf. Was führt Sie zu mir?«

»Herr Löwenthal, vielen Dank, dass Sie Ihre Abfahrt zum Sommerempfang verschoben haben. Wir wissen, dass Sie es eilig haben. Aber wir müssen Dringendes mit Ihnen besprechen und brauchen Ihre Kooperation«, erklärte Harald Bergmann. In kurzen Worten brachte er den Landtagsdirektor auf den neuesten Stand ihrer Ermittlungen.

»Wir gehen davon aus, dass ein Mordverdächtiger eine Verbindung zu Ihrem Haus hat. Daher müssen wir alle Möglichkeiten in Erwägung ziehen. Auch die naheliegende, die DNA aller Beschäftigten und im nächsten Schritt aller Abgeordneten zu untersuchen. Mit der vorliegenden Übereinstimmung haben wir eine konkrete Spur, um nicht nur den Vorfall von heute Morgen, sondern auch einen Doppelmord vor einigen Jahren aufzuklären«, berichtete er dem verdutzten Amtschef.

Ullrich Löwenthal atmete tief durch. »Das wird eine gewaltige Aufgabe. Aber ich verstehe die Notwendigkeit. Wir werden gleich morgen mit den Listen der Personen beginnen, die Zutritt zum Haus haben, und mit der Frage, wie wir die Analysen organisieren. Wie wir mit den Abgeordneten verfahren, das muss ich jedoch mit dem Präsidium besprechen. Hier bitte ich um Ihr Verständnis«, antwortete er mit besorgtem Blick.

»Selbstverständlich.« Bergmann nickte.

Lena Schwartz meldete sich zu Wort. »Noch eines: Sie sprachen heute Mittag von ungewöhnlichen Geräuschen, die dem Hausmeister auffielen. Haben Sie hier bereits Näheres für uns?«

»Oh ja, in der Tat. Wenn Sie wollen, kann er Sie gerne zu dem Ort führen, an dem die Geräusche aufgetreten sind. Er müsste noch im Haus sein.« Löwenthal griff zu seinem Telefon und wählte eine Nummer. »Herr Luger, hier Direktor Löwenthal, kommen Sie doch bitte in mein Büro. Die Kriminalpolizei ist bereits da.« Er legte auf und sagte: »Er ist sofort bei uns. Ach, und noch etwas. Hier habe ich einen Übersichtsplan des Gebäudes für Sie. Sie hatten mich ja danach gefragt.« Löwenthal nahm einen gefalteten Lageplan aus einer Ablage.

»Danke.« Bergmann betrachtete ihn nachdenklich und schob ihn in seine Hosentasche.

Leise klopfte es an der Tür, und ein Mann in Jeans und Arbeitshemd blickte in das Amtszimmer, offenbar der Hausmeister.

»Ah, Herr Luger, kommen Sie doch herein«, sagte Löwenthal. »Das hier sind die beiden Ermittler der Kripo, von denen ich Ihnen berichtet hatte. Wären Sie bitte so gut und zeigen den beiden, wo Sie die Geräusche gehört haben?«

Luger nickte, und Bergmann und Schwartz standen auf.

»Ich muss mich leider verabschieden«, fuhr Löwenthal fort. »Der Empfang beginnt in wenigen Minuten. Die Präsidentin steht schon zum Defilee bereit. Heute haben sich knapp dreitausendfünfhundert Personen angesagt, drücken Sie die Daumen, dass alles gut geht«, sagte der Amtschef.

»In Ordnung«, erwiderte Bergmann. »Vielen Dank für heute. Unsere Abteilung nimmt dann spätestens morgen mit Ihrem Büro Kontakt auf, und ich denke, wir werden uns am Vormittag wiedersehen.«

»Jetzt schieben wir hier aber erst einmal Überstunden, während woanders gefeiert wird«, kommentierte Lena Schwartz süffisant, und sie verließen das Büro gemeinsam mit dem Hausmeister.

»Welche Geräusche waren es denn, die aufgetreten sind?«, fragte sie ihn auf dem Weg zum Aufzug.

»Es war eine Mischung aus Klopfen und Schaben, so als ob etwas die Wand absuchte. Ich hatte ein Tier in Verdacht, das eingesperrt war, aber wir haben nichts gefunden. Über Wochen ging das so. Und vor allem nachts«, antwortete Luger bereitwillig und führte sie an die Auffahrt zur Westpforte, die ähnlich wie der Innenhof zu einer Baustelle geworden war. »Hier hatten Arbeiter auch tagsüber einmal etwas gehört. Vor allem trat es in der Empfangshalle der Westpforte und den anschließenden Büros auf. Am häufigsten jedoch beim Übergang vom Kellergeschoss in die Katakomben.«

Bergmann horchte auf. »Ich glaube, dort waren wir heute schon einmal. Gehen wir doch dahin, Herr Luger.«

So weit kamen sie allerdings nicht. Auf dem Weg zu den Kellergewölben blinkte bei beiden Ermittlern nahezu zeitgleich das Diensthandy auf. Während Lena Schwartz noch die Nachricht lesen wollte, läutete parallel das Telefon ihres Kollegen. Erschrocken sah er sie an. »Wir müssen los. Es gibt Terroralarm.«

33

Oberschleißheim, Neues Schloss Schleißheim, 18:10 Uhr

»In ein paar Minuten sind wir da«, informierte der Busfahrer über das Mikrofon seine Fahrgäste.

Stefan reckte sich und öffnete die Augen. Er war wohl kurz eingedöst, was bei dem ständigen Ruckeln des Busses, der im Stop-and-go des Feierabendverkehrs nur langsam vorankam, kein Wunder war. Die Schlossanlage Schleißheim lag zwar nur etwas mehr als zwanzig Kilometer nördlich des Maximilianeums, aber sie hatten nun doch fast eine Dreiviertelstunde gebraucht, wie er bei einem Blick auf sein Smartphone feststellte. Sie passierten gerade die Zufahrt über das Brunnhaus und den Maschinenbach und reihten sich in die Schlange an Fahrzeugen ein, die sich den Weg zu den Parkplätzen der weitläufigen Schlossanlage suchten.

Zwar gehörte Neuschwanstein unter den vielen bayerischen Schlössern zu den weltweit bekanntesten Attraktionen des Landes und lockte jährlich Millionen Besucherinnen und Besucher bis aus den entlegensten Provinzen Chinas an. Die Anlage Schleißheim mit seinen drei Schlossbauten aus dem 17. und 18. Jahrhundert war gemeinsam mit Schloss Nymphenburg jedoch eine der größten und bedeutendsten Barockanlagen in ganz Europa und suchte ihresgleichen.

»Einen schöneren Platz für das Sommerfest des Landtags kann es doch gar nicht geben«, kommentierte ein Sitznachbar auf der rechten Seite des Busses, als sie auf den Vorplatz des dreihundert Meter breiten Neuen Schlosses kamen. Stefan ließ seinen Blick über den beeindruckenden Residenzbau nach französischem Vorbild schweifen, der von Kurfürst Max Emanuel Ende des 17. Jahrhunderts in Auftrag gegeben worden war und sich wie so manch anderes Prunkschloss in

Mitteleuropa an Versailles orientieren sollte. Ähnlich wie auf Herrenchiemsee wurde jedoch nur der Hauptbau beendet. Von seinen Herrschern bewohnt wurde die Sommerresidenz ebenfalls nur einige wenige Tage.

Dennoch war die Gesamtanlage mit dem Alten Schloss gegenüber, dem Neuen Schloss in der Mitte sowie dem filigranen Schlösschen Lustheim am anderen Ende des riesigen Parks in ihrer Gesamtheit ein überwältigendes Erlebnis, und die monumentalen Treppenhäuser, Säle und Galerien begeisterten Besucher aus aller Welt.

»Stell dir vor, man würde heutzutage so etwas bauen wollen. Der Bau- und der Haushaltsausschuss würden im Dreieck springen«, erwiderte ein Kollege von hinten. »Ganz zu schweigen davon, dass man heutzutage nicht dreißig Jahre bauen, sondern dreißig Jahre auf die Baugenehmigung warten müsste.«

Stefan lachte kurz auf, während er die zahlreichen Gäste beobachtete, die bereits aus den Bussen und den Autos strömten und sich brav in Warteschlangen vor den provisorisch aufgebauten Zelten vor dem Eingang des Schlosses aufreihten.

Hier wurden die Eintrittskarten und die Personalien kontrolliert, bis sich die Gäste durch das Hauptgebäude zur eigentlichen Attraktion des Abends aufmachten, dem weitläufigen Hofgarten mit seinen Blumenanlagen, Hecken und Springbrunnen, in dem sich die Feierlichkeiten abspielten. Mit der Fassade des Neuen Schlosses im Hintergrund und dem Schlösschen Lustheim am Horizont bot der Park ein einmaliges Ambiente für den Empfang, der sich in den vergangenen Jahren mehr und mehr zu einem großen Bürgerfest entwickelt hatte.

Dies zu organisieren war nicht nur eine logistische Meisterleistung, sondern stellte auch den Wettergott vor Herausforderungen. So war Regen unerwünscht, und in jedem Jahr wurden Stoßgebete für gutes Wetter gen Himmel gesandt. In den letzten zehn Jahren waren diese stets erhört worden, und der strahlend blaue Himmel verhieß auch jetzt beste Voraussetzungen für einen ausgelassenen Abend.

Stefan drückte auf den Home-Button seines Smartphones, und zwei Nachrichten leuchteten auf. Die Gäste aus dem Heimatlandkreis waren bereits angekommen und warteten wie vereinbart bei der großen Treppe auf ihn. Seine Finger flogen über den Bildschirm, und er antwortete dem Kreisbrandrat und dem Rettungsdienstleiter, dass er gleich bei ihnen sein würde. Weitere Nachrichten sah er nicht. Auch Tina hatte sich noch nicht gemeldet, stellte er enttäuscht fest. Er tippte:

> Hallo, Tina, ich bin am Schloss. Treffe jetzt meine Gäste und bin dann auf Rundgang. Wann kommst du? LG

Bei einem Blick auf die Häkchen hinter seiner WhatsApp-Nachricht runzelte er kurz die Stirn. Nur ein einzelnes graues Häkchen bedeutete, dass die Nachricht nicht angekommen war. Bestimmt war sie gerade dabei, sich umzuziehen, und würde dann spätestens um halb acht am Schloss sein, beruhigte er sich.

Die Bustüren öffneten sich zischend, und die Gäste drängten erwartungsfroh zum Ausgang. Nachdem sie eine Dreiviertelstunde von der Klimaanlage verwöhnt worden waren, kam Stefan die um fast zwanzig Grad heißere Außenluft so vor, als ob sie nicht aus einem Bus aus-, sondern vielmehr in einen Backofen einsteigen würden. Er stöhnte auf und nestelte neben seiner Eintrittskarte eine Sonnenbrille aus der Innentasche seiner Anzugjacke.

Vor den obligatorischen Kontrollschleusen hatten sich bereits lange Schlangen gebildet, und so freundlich und eifrig die Mitarbeiterinnen und Mitarbeiter am Eingang auch waren, etwas Wartezeit mussten die vielen Gäste einplanen. Auch wenn der Kreis an Eingeladenen sich mit vielen ehrenamtlich Engagierten in den vergangenen Jahren mehr als verdoppelt hatte, so blieben die Karten begehrt wie eh und je.

Sehen und gesehen werden: Politiker, Schauspieler, Medienstars und -sternchen, Wirtschaftsbosse oder auch Kulturschaffende – wer in Bayern und darüber hinaus etwas auf sich hielt, der musste hier dabei sein. Hingegen zugeben müssen, dass man keine Einladung erhalten hatte, wollte niemand. Und wer eine hatte, der kam. Vom Ministerpräsidenten und Konzernchef bis hin zum Leiter der Wasserwacht, den der Abgeordnete vor Ort eingeladen hatte. Die Vielfalt machte den Reiz des Festes aus, und dementsprechend groß war der Andrang wenige Minuten vor der offiziellen Eröffnung.

»Meine Begleitung kommt nach.« Stefan übergab dem freundlich lächelnden, aber bereits sichtbar schwitzenden Mitarbeiter seine Einladung und kündigte Christina Oerding an. »Meine Begleitung Tina«, an den Satz könnte er sich gewöhnen … Nach wenigen weiteren Metern im aufgeheizten Zelt erreichten die Neuankömmlinge den angenehm kühlen Seiteneingang des Schlosses, und allgemeines Aufatmen war zu hören. Dennoch fächelten sich die Damen in eleganten Abendkleidern Luft zu.

Vor ihnen teilte sich die Schlange nun in zwei Linien auf. Während sich ein Teil rechter Hand in das Defilee einreihte, um an dessen Ende der Landtagspräsidentin persönlich die Hand zur Begrüßung zu schütteln, ging es links direkt in das großzügige Treppenhaus und die Eingangshalle, durch die man zu den Feierlichkeiten im Hofgarten gelangte.

Plötzlich zuckte Stefan vor Schmerz zusammen, als ihm ein Finger an sein rechtes Ohr schnipste. Er drehte sich um und sah in die frech blitzenden Augen seiner Kollegin Dorothee.

»Na, da bist du ja. Ich warte immer noch auf dein Dankesschreiben für deine Tasche heute Mittag. Stattdessen ignorierst du mich vorhin an der Pforte und steigst in den vorderen Bus ein.« Sie knuffte ihm in die Seite. Er wusste, dass es Spaß war, aber ein klein wenig Verärgerung klang dann doch mit. Oder war es Eifersucht?

»Wo ist denn deine Begleiterin?«, fragte Dorothee und sah sich um.

Okay, eindeutig Eifersucht, schmunzelte Stefan in sich hinein und antwortete: »Entschuldige, ich war vorhin wohl in Gedanken und habe dich nicht bemerkt. Tina kommt nach, sie musste noch etwas erledigen.«

»Na, wenn das so ist, dann helfe ich dir eben noch einmal aus der Patsche. Komm, wir nehmen die Überholspur!« Kurz entschlossen griff Dorothee seinen Arm, hakte sich ein und steuerte mit ihm am Defilee vorbei Richtung Eingangshalle. Dort wartete der Fotograf bereits auf die eintreffenden Paare und deutete ihnen an, dass sie lächeln sollten. Wie auf Kommando schmiegte sich Dorothee an ihn und lachte in die Kamera. »Gute Laune auf Knopfdruck. Wenn wir Politiker eins können, dann das«, alberte sie.

Na, das ging ja gut los. Hoffentlich würde Tina das Foto nicht sehen, dachte sich Stefan, der das Bild lieber mit ihr als mit Dorothee gemacht hätte. Aber auch das würden sie später noch nachholen können, nahm er sich vor, als sie durch die hohen, weit geöffneten Schwingtüren auf die Schlossterrasse traten.

Ihnen bot sich ein atemberaubendes Bild. Der weitläufige Hofgarten mit dem großen Wasserkanal in der Mitte, eingerahmt von Brunnenanlagen, Gartenparterres und Blumenbeeten, war gesäumt von einer Vielzahl an weißen Pavillons und Hunderten festlich gedeckten Tischen, an denen sich bereits zahlreiche Gäste tummelten. Die gesamte barocke Gartenanlage schien in Bewegung, da viele der neu eingetroffenen Besucher den anbrechenden Abend dazu nutzten, um an den Wasserflächen und Fontänen vorbei durch den Garten zu flanieren und sich einen Sitzplatz zu sichern.

Stefan blieb auf der Terrasse stehen und genoss den Ausblick. Neben ihm hatte die Band, die musikalisch durch den Abend führen würde, soeben zu spielen begonnen. Im vergangenen Jahr war es noch eine Gruppe aus seiner Heimat gewesen, die die Präsidentin zufällig bei einer Hochzeit kennengelernt hatte und der sie eine Chance gab, beim »schönsten Bürgerfest Deutschlands«, wie sie es nannte, auftreten zu dürfen. Auch in diesem Jahr bekamen Nachwuchskräfte ihre Chance, erkannte Stefan und winkte ihnen freundlich zu.

»Wen suchst du denn?«, fragte Dorothee.

»Meine Gäste aus der Heimat. Wir haben uns hier verabredet«, erklärte Stefan und kniff die Augen zusammen. In der Menge an schwatzenden Gästen, die zwischen den Ehrengästen vorbehaltenen runden Tischen kleine Grüppchen gebildet hatten, hob sich eine Hand, und Stefan winkte zurück.

»Ah, da sind sie ja«, stellte er erleichtert fest und ging zielstrebig die Treppenstufen hinab, Dorothee immer noch im Schlepptau.

»Servus, Karl, servus, Rudi«, begrüßte er den Rettungsdienstleiter Karl Roider und den Kreisbrandrat Rudolf Schindler freundlich. »Da darf zu Hause nichts passieren, wenn ihr beide gemeinsam hier seid«, witzelte Stefan und schüttelte den Gästen die Hand. »Darf ich vorstellen? Meine Kollegin Dorothee Multerer. Ihr habe ich heute viel zu verdanken. Übrigens haben wir das Ehrenamtsgesetz beraten und in den Landtag eingebracht. Mit den Punkten, die wir vor Kurzem gemeinsam besprochen hatten, natürlich.« Schon hatte er ein Gesprächsthema gefunden.

Nebenbei holte er sein Smartphone aus der Hosentasche und warf einen unauffälligen Blick darauf. Geknickt stellte er fest, dass Tina immer noch nicht geantwortet hatte. War es möglich, dass sie so lange brauchte? Immerhin war es schon halb sieben vorbei. Er checkte seine Nachrichten noch einmal genauer und wurde unruhig. Immer noch nur ein Häkchen hinter seinem Text. Sie hatte sie nicht erhalten und war seit siebzehn Uhr neunundvierzig nicht mehr online gewesen.

Beunruhigt steckte er das Smartphone wieder ein und wandte sich seinen Gästen zu. Aber es gelang ihm nur schwer, sich zu konzentrieren, und er plante, Tina so bald wie möglich anzurufen, um sich zu vergewissern, dass es ihr gut ging.

Täuschte er sich, oder wurde das Getuschel um sie herum lauter? Immer mehr Gäste zogen ihr Telefon aus der Tasche und blickten darauf, zeigten es sogar in die Runde. Fragend sah er Karl und Rudi an und holte gleichzeitig sein Smartphone wieder heraus.

Noch bevor er die Frage formulierte, verstand er den Auslöser für die Unruhe. Sein Display zeigte zwar erneut kein Lebenszeichen von Tina an, aber in großen Lettern leuchtete ihm die Schlagzeile eines Nachrichtendienstes entgegen: »BREAKING NEWS: BOMBENALARM IN MÜNCHEN!«

34

München, Olympiapark, 18:15 Uhr

Der unscheinbare Kleinwagen, der seit der Mittagszeit auf einem der hinteren Stellplätze auf dem Parkplatz des Münchner Olympiaparks – wegen seiner Schleifen auch Olympiaharfe genannt – abgestellt war, zerbarst binnen Sekundenbruchteilen. Die Wucht der Explosion ließ die Fensterscheiben der nächsten Autos zerplatzen und schleuderte eine Gruppe von Fußballfans, die zufällig vorbeigingen, zu Boden.

So laut war der Knall der Autobombe, dass er noch im angrenzenden Olympiastadion zu hören war, in dem gerade die Vorbereitungen für das Public Viewing des Spiels anliefen. Hunderte Fußballbegeisterte hatten sich, mit Tröten, Schals und Fahnen ausgestattet, bereits die besten Plätze im Stadionrund gesucht. Auf dem weitläufigen Gelände der Spiele von 1972 waren ebenfalls bereits Tausende von Schaulustigen unterwegs, die entweder das Fußballspiel auf einer der Großleinwände verfolgen oder die Atmosphäre im Olympiapark mit der auch nach fünfzig Jahren noch futuristischen Zeltdacharchitektur des Stadions, den Grünanlagen und dem glitzernden Wasser im Olympiasee genießen wollten.

Die Olympischen Spiele in München lagen zwar bereits fast ein halbes Jahrhundert zurück, von seiner Faszination hatte der Park mit den Olympiahallen, den Sportanlagen oder auch dem Olympiaturm im Hintergrund nichts eingebüßt. Mit Events wie dem heutigen Public Viewing lockte er Tausende Münchner an, die sich auf einen ausgelassenen Abend freuten. Zunächst dachten die meisten Besucher bei dem Knall wohl an einen verunglückten Werbegag, doch spätestens als das schrille Konzert der Autoalarmanlagen im Umkreis der Explosion begann, war jedem klar, dass dies kein Spaß war.

Mühsam rappelte sich die Fangruppe, die von der Druckwelle zu Boden geworfen worden war, wieder auf. Wie durch ein Wunder war niemand ernsthaft verletzt worden. Ein Parkplatz voller Glasscheiben, herumfliegende Metallteile, eine heftige Detonation – all das weckte nur wenige hundert Meter vom Olympischen Dorf entfernt unschöne Erinnerungen an das Attentat palästinensischer Terroristen, bei dem elf israelische Sportler getötet wurden und das die vormals »heiteren Spiele« von 1972 überschattete.

※※※

Wenige Kilometer entfernt zoomte Tarek Beslic das Satellitenbild auf seinem Laptop näher heran und grinste anerkennend. »Heftige Explosion. Das hat man gehört, Wassili. Fast hättest du der Olympiaharfe eine Saite weggesprengt!« Er hob den Daumen.

Über Actionfilme, in denen Attentäter mit Fernglas in der Nähe des Tatortes standen und sich der Gefahr aussetzten, erwischt zu werden, konnte er nur schmunzeln. Mit der richtigen Ausrüstung und dem nötigen Know-how konnte man sich an jeden Fleck der Erde zuschalten und die »Show«, wie er es nannte, vom sicheren Hotel aus beobachten. Beslic hatte seine Ausrüstung in zahlreichen Einsätzen erprobt. Entspannt lehnte er sich zurück und verschränkte die Arme hinter seinem Kopf.

Eigentlich wäre er jetzt mit seiner Familie im Kurzurlaub in seiner Heimat in Mostar, aber sowohl die weltbekannte Alte Brücke und die Altstadt als auch seine Großeltern mussten noch einige Wochen auf seinen Besuch warten. Dafür war das Angebot ihres Freundes Arthur zu verlockend gewesen. Hunderttausend Euro für eine Woche Vorbereitung und zwei bis drei Tage, bis das Geschäft nach der Operation heute abgeschlossen wäre, das konnte sich sehen lassen. Das waren für ihn hunderttausend gute Gründe, um den Heimatbesuch eine Weile zu verschieben.

Mit Ondrapow arbeitete Beslic häufig zusammen. Während sein fünfzehn Jahre älterer Kompagnon eher der Mann fürs Grobe war, hatte sich Beslic mit seinen Informatikkenntnissen auf die technische Komponente spezialisiert. Als Söldner verdienten sie zwar ansehnlich und deutlich mehr, als es ihre Armee ihnen jemals hätte bieten können. Einem lukrativen Nebenjob, wie ihn Arthur vor einigen Wochen überraschend angeboten hatte, waren beide jedoch nicht abgeneigt.

»Der Zeitschalter hat perfekt funktioniert. Wie lange wird es dauern, bis die ersten Videos online sind und die Nachrichtenagenturen darauf anspringen? Sagen wir, zehn Minuten, wetten?« Beslic schaute erst auf seine Armbanduhr und dann zu Ondrapow, der gerade seine Ausrüstung in einer schwarzen Tasche überprüfte.

Ondrapow blickte kurz auf. »Ich gebe ihnen fünfzehn Minuten. Die Wette gilt, mein Freund.«

In der Tat dauerte es nur wenige Sekunden, bis sich die ersten Handykameras auf das vollständig zerstörte Auto richteten und Selfies vor dem rauchenden Schrotthaufen gemacht wurden. Noch bevor das Telefon in der Einsatzzentrale der Münchner Polizei klingelte, verbreiteten sich die Videos und Fotos in den sozialen Medien bereits wie ein Lauffeuer. So dauerte es nur wenige Minuten, bis die erste Agentur die Nachrichten aufgriff und Bombenalarm in München meldete.

Triumphierend hielt Beslic sein Handy hoch, als auf dem Display die »Breaking News«-Überschrift aufpoppte. »Genau zehn Minuten!«

»Dann schauen wir mal, wie sie auf Nummer zwei reagieren. Knapp fünf Minuten sind es noch«, erwiderte Ondrapow. Mit Schwung warf er Beslic den Dienstausweis zu. »Mach dich fertig. Um sieben Uhr treffen wir Arthur im Landtag.«

35

München, Einsatzzentrale des Polizeipräsidiums, 18:15 Uhr

Bereits nach dem zweiten Anruf war den Beamten klar, dass es sich um keinen Scherz handelte. Nur wenige Minuten nachdem ein Passant einen Bombenanschlag auf dem Parkplatz des Olympiaparks gemeldet hatte, war die erste Streife vor Ort und begann mit der Sicherung des Geländes. »Notarzt und Rettungsdienst sind informiert. Weitere Einsatzkräfte sind unterwegs«, berichtete der diensthabende Polizeibeamte dem Vizepräsidenten Karl Stellhuber, der sich in seinem Büro durch die lichter werdenden Haare fuhr.

»Ausgerechnet heute, das hat uns gerade noch gefehlt«, seufzte er und hob seinen Telefonhörer ab. Er war an diesem Tag auserkoren worden, die Stellung im Präsidium zu halten und die Einsätze angesichts mehrerer Großereignisse zu koordinieren.

Seit dem Amoklauf eines Achtzehnjährigen in einem Münchner Einkaufszentrum und dem Terroranschlag auf eine Synagoge in Halle waren die Sicherheitskonzepte und die Ausrüstung der Polizei in der Landeshauptstadt auf den neuesten Stand gebracht worden. So waren nicht nur schusssichere Helme und kugelsichere Westen angeschafft, sondern auch die Einsatzfahrzeuge und vor allem die Abläufe modernisiert worden. Streifenpolizisten wie SEK-Kräfte waren gemeinsam darauf trainiert worden, bei unvorhergesehenen Katastrophenfällen blitzschnell eingreifen zu können. Die Stadt war grundsätzlich gut vorbereitet auf derartige Vorfälle.

»Mit dem Sommerempfang in Schleißheim und dem Public Viewing sind wir personell bereits am Anschlag«, stöhnte Stellhuber, als er den Krisenstab zusammentrommelte. »Jeder verfügbare Beamte wird gebraucht. Alle aktivieren!«, rief er seinem Mitarbeiter zu, der über den neu eingerichteten Messengerdienst in Echtzeit sämtliche Kräfte, die hinzugezogen werden konnten, informierte. SEK, Kripo, Bereitschaftspolizei, Rettungsdienste, Feuerwehr, Krankenhäuser – sie wurden im Zuge des Notfallplans in Alarmbereitschaft versetzt. Der Einsatzbereich wurde festgelegt, Spezialisten machten sich auf den Weg, um die Polizei vor Ort baldmöglichst zu unterstützen. Auch die öffentliche Begleitung über den Pressestab wurde organisiert.

»Stellen Sie mich sofort zum Präsidenten durch. Und zum Innenminister«, rief der Vizepräsident seiner Sekretärin zu. »Wo ist er gerade?«

»Er müsste bereits beim Sommerempfang in Schleißheim sein. Mit dem Innenminister übrigens!«, antwortete sie aus dem Vorzimmer. In diesem Moment stürmte ein Mitarbeiter des Krisenstabes in das Büro des Vizepräsidenten.

»Eine zweite Explosion, Herr Vizepräsident! Auf dem Parkplatz des Flughafens Oberschleißheim!«

»Um Himmels willen. Einen knappen Kilometer vom Schloss Schleißheim entfernt!« Fassungslos wischte sich Vizepräsident Stellhuber über die schweißbedeckte Stirn.

36

München, Maximilianeum, Katakomben, 18:35 Uhr

Langsam öffnete Tina die Augen und blinzelte. Wo war sie? In der Dunkelheit konnte sie nichts erkennen. Sie lag auf einem Steinboden, die Hände auf den Rücken gefesselt, die Füße ebenfalls zusammengezurrt. Mühsam versuchte sie, sich aufzurichten, und stöhnte. Der um ihr Gesicht gewickelte Lappen, der sie knebelte, schnitt in ihre Mundwinkel, und sie bekam kaum mehr als ein dumpfes Ächzen heraus. Hinter ihr spürte sie eine kühle Lehmwand, ein stechender Schmerz durchzog ihren Hinterkopf und ihren Nacken. Ihre Schulter brannte höllisch, als sie versuchte, sich zu bewegen.

Was war passiert? Das Letzte, an das sie sich erinnern konnte, war, dass sie in den Kellergewölben etwas bemerkt hatte, das dann blitzschnell auf sie zugesprungen war und sie überwältigt hatte. Und nun lag sie offenbar in einem Kellerloch. Langsam gewöhnten sich ihre Augen an die Dunkelheit. Da war etwas! Auf der anderen Seite des Raumes nahm sie Bewegungen wahr. Sie war nicht allein!

Jemand arbeitete sich ihr gegenüber an der Wand ab. Ein Lichtkegel, offenbar von einer Stirnlampe, funzelte auf und ab, und sie hörte jemanden vor Anstrengung keuchen. Tina kniff die Augen zusammen, konnte aber nur Schemen erkennen. Sie zuckte, als die Geräusche lauter wurden. Erst war ohrenbetäubendes Rattern einer Schlagbohrmaschine zu hören, das dann durch lautes Hämmern abgelöst wurde, und schließlich meinte sie, das Kratzen eines Stemmeisens zu erkennen.

Vorsichtig richtete sie sich auf und bemerkte, dass sie sich in keinem Gang, sondern zwischen mehreren Gegenständen befand, die auf beiden Seiten des Gewölbes vor ihr aufgerichtet waren.

Gegenüber krachte es, und die Gestalt riss etwas aus der Wand. Weitere Steine fielen lautstark zu Boden. War das ein Freudenschrei, den sie hörte? Sie war sich nicht sicher und hielt inne. Auf jeden Fall war es besser, sich ruhig zu verhalten, entschied sie, als die Gestalt nur wenige Meter vor ihr auf eine Kiste stieg und sich mühsam nach oben zog.

Als sie das laute Scheppern eines Holzdeckels über ihr hörte und sie in vollkommener Dunkelheit zurückgelassen wurde, ergriff sie Panik. Sie zerrte an den Fesseln, doch diese schnitten dadurch nur umso fester in ihre Hand- und Fußgelenke ein. Sie war hier gefangen, ohne eine Möglichkeit, sich bemerkbar zu machen, und konnte nichts tun, als auf Hilfe zu hoffen. Todesangst kroch in ihr hoch.

37

München, Maximilianeum, Katakomben, 18:45 Uhr

Als die schwere Bodenluke zufiel, blieb Arthur Streicher einen Moment stehen und lauschte in die Dunkelheit hinein. Keine Reaktion. Nichts war zu hören, stellte er erleichtert fest. Offenbar war der Lärm seiner Arbeiten, wie er gehofft hatte, in der Tiefe des Kellers verhallt. Streicher atmete tief durch und umfasste die Schatulle, die er soeben aus der Wand herausgelöst hatte, mit festem Griff. Er verstaute sie in der dunklen Ledertasche unter einem Holzbalken an der Wand. Die Digitalanzeige seiner Armbanduhr verriet ihm, dass es Zeit war, aufzubrechen.

Nun kam einer der knifflichsten Momente des Tages: Er musste kurz zurück ins Erdgeschoss, um sein Mobiltelefon benutzen zu können. Eine knappe Viertelstunde hatte er noch, bis seine beiden Unterstützer eintreffen würden. Hastig zwängte er sich durch den engen Durchgang, den der Schutthaufen frei ließ, und leuchtete die Stelle ab, an der er vor einer Stunde die Frau überwältigt hatte. Seine Taschenlampe wanderte über den steinbedeckten Boden, und endlich wurde er fündig: Das Smartphone, das er seinem Opfer aus der Hand geschlagen hatte, ragte eingeklemmt zwischen zwei am Boden liegenden Backsteinen hervor.

Sofort ging er auf die Knie und zog es vorsichtig heraus. Mit prüfendem Blick wischte er den Staub weg und vergewisserte sich, dass es noch funktionierte, bevor er es in der Ledertasche neben der Schatulle deponierte. Erneut hielt er inne und horchte, aber der gesamte Bau lag still da.

Entschlossen drehte Streicher sich um und machte sich auf den verwinkelten Weg durch die Gänge und Kellergewölbe zurück zur schweren Eisentür. Wenig später stand er im hinteren Bereich des Lieferanteneingangs des Maximilianeums, den Blick auf sein Smartphone gerichtet. Endlich zeigte es Empfang an.

Perfektes Timing, dachte er. Sieben Minuten blieben ihm noch.

38

München, Pension in der Stadtmitte, 18:55 Uhr

Aufmerksam betrachtete Beslic den sorgsam und mit Liebe zum Detail gearbeiteten Dienstausweis der Münchner Kriminalpolizei. Lichtbild, Wappen und sogar Wasserzeichen waren perfekt gefälscht worden. Ihr alter Bekannter in Berlin hatte ganze Arbeit geleistet. Nur mit dem Namen war er nicht einverstanden.

»Josef Meierhuber!« Tarek Beslic rümpfte die Nase. »Das passt ja gar nicht.«

Ondrapow schüttelte den Kopf und drückte aufs Tempo. »Nun zeig mal. Wie sehen die Reaktionen aus?« Er klopfte Beslic, der noch auf dem Stuhl vor dem kleinen Schreibtisch in ihrem Hotelzimmer saß, auf die Schulter.

Beslic klickte sich durch verschiedene Fenster auf seinem Bildschirm und zeigte Ondrapow Echtzeitbilder über Satellit vom Flughafen in Schleißheim, auf denen ein beachtliches Aufgebot an Polizei und anderen Einsatzkräften, eingerahmt von blinkendem Blaulicht, zu sehen war. Auch die Nachrichtenagenturen hatten die beiden Bombenanschläge bereits aufgegriffen und versuchten, sich in Superlativen und effektheischenden Zuspitzungen zu übertreffen. Von »Terror in München« über »München von Bomben erschüttert« bis hin zu »Bombenalarm in der Stadt« reichten die Schlagzeilen.

Ondrapow nickte zufrieden. »Es funktioniert. Sie sind ausreichend beschäftigt mit dem Chaos. Wir sollten nun aber los!«

Beslic sah auf die Uhr und klappte den Laptop zu, ließ ihn in der Umhängetasche verschwinden und stand auf. Ondrapow trat ans Fenster ihres Doppelzimmers in der unscheinbaren Pension einen Katzensprung vom Bayerischen Landtag entfernt und beobachtete den Verkehr und die Fußgänger auf der Straße unter ihnen. Währenddessen zog er langsam die Handschuhe aus, die sie getragen hatten, um keine Fingerabdrücke zu hinterlassen.

»Sieht alles gut aus. Geh voraus, ich komme dann in drei Minuten nach«, rief er Beslic zu.

»Alles klar, wir treffen uns auf dem Steg an der Praterinsel«, antwortete der Bosnier und nahm die Tasche. Die Koffer mit Alltagskleidung und gefälschten Ausweisen, mit denen sie in der Pension eingecheckt hatten, ließen sie zurück. Etwas Verwertbares würde die Polizei unter diesen Sachen nicht finden. Dafür hatten sie gesorgt.

Mit federnden Schritten lief Beslic das Treppenhaus hinunter und verließ das Gebäude unauffällig durch den Hinterausgang. Durch zwei Seitenstraßen schlängelte er sich zur Isar, in deren Mitte die Praterinsel mit Bürogebäuden, Museen und sogar einer Strandbar lag.

Über einen kleinen Steg sowie eine Brücke konnte man nicht nur die Insel, sondern auch die Maximiliansanlagen aus südlicher Richtung erreichen. Beslic lehnte sich an das Geländer und genoss das Panorama des Wehrstegs und der im 19. Jahrhundert erbauten evangelisch-lutherischen Pfarrkirche St. Lukas, während fröhlich schwatzende Menschen und Jogger an ihm vorbeiliefen. Die Aufregung, die an anderen Stellen der Stadt pulsierte, war bei ihnen noch nicht angekommen.

Als Ondrapow zu ihm stieß, setzten sie sich wortlos in Bewegung und überquerten gemeinsam den Rest der kleinen Brücke, den Kabelsteg, über die Isar, bis sie auf der anderen Seite das Waldstück mit den Fuß- und Radwegen erreichten. Diese mündeten, am Fluss und an einem Seitenarm, dem Auer Mühlbach, vorbei, schließlich nach einem kurzen Anstieg in eine Parkbucht für Busse und im Anschluss in den großen Kinderspielplatz gegenüber der Ostpforte des Maximilianeums. Dort prüften die beiden Söldner im Schatten der

Bäume noch einmal ihre Ausrüstung und Kleidung – festes Schuhwerk, Jeanshosen, dunkle Hemden sowie praktische Umhängetaschen – und gingen dann schnurstracks auf den Eingang zu.

Selbstbewusst zog Beslic seinen Dienstausweis aus der Hosentasche und zeigte ihn bereits von Weitem. Der Pförtner winkte ihm freundlich durch die Fensterscheibe und öffnete die gläserne Seitentür. »Diese Sorte Ausweis sehe ich ja wirklich häufig heute«, begrüßte er sie jovial. »Ihre beiden Kollegen haben Sie um nur ein paar Minuten verpasst. Sie hatten wohl einen Einsatz, so eilig, wie sie verschwunden sind. Kommen Sie nur herein. Soll ich Sie bei jemandem anmelden?«

»Meierhuber mein Name. Und mein Kollege hier heißt Schmidt«, erwiderte Beslic und versuchte, etwas bayerischen Klang in seine Stimme zu bekommen. »Danke für das Angebot. Aber wir müssen nur im Innenhof etwas überprüfen. Wir finden den Weg.« Beslic zeigte auf den Lieferanteneingang gegenüber.

»Sehr gerne, Sie haben alle Zeit der Welt. Es ist ruhig geworden hier.« Der Pförtner zwinkerte ihnen zu und ließ sie durch das Drehkreuz passieren.

Die akribische Vorbereitung der vergangenen Tage, an denen sie Karten des Geländes studiert und verinnerlicht hatten, zahlte sich nun aus. Zielstrebig gingen sie über den Innenhof zum Lieferanteneingang, öffneten eine Tür und traten ein. Während sie sich orientierten, nahmen sie eine Bewegung im hinteren Bereich des Eingangs wahr. Angespannt blieben sie stehen und beobachteten die Umgebung, jederzeit bereit, einen Angreifer zu überwältigen. Doch als die Gestalt näher kam und beschwichtigend die Arme hob, erkannte Beslic ihren Kameraden Arthur Streicher, der sein Handy in die Hosentasche schob. Sie begrüßten sich wortlos per Handschlag.

»Alles planmäßig?«, fragte Streicher leise.

»Alles perfekt bislang«, bestätigte Ondrapow.

»Gut, dann folgt mir. Wir haben noch etwas Arbeit vor uns«, antwortete Streicher geheimnisvoll und ging voran, öffnete die schwere Eisentür und führte Beslic und Ondrapow in das Labyrinth unterhalb des Maximilianeums.

39

München, Redaktion Münchner Morgenpost, 18:45 Uhr

Der junge Redakteur rieb sich müde die Augen. So hatte sich Thorben Meyer die Arbeit als Journalist nicht vorgestellt, als er sich vor fünf Jahren für ein Volontariat bei einer der größten Münchner Tageszeitungen entschieden hatte. Seine Vorstellung war gewesen, spannende und relevante Themen zu liefern, auf die seine Leser bereits neugierig warteten. Aber anstatt für die Münchner Morgenpost vor Ort zu recherchieren und Hintergründe aufzudecken, war er seit Monaten der Onlineredaktion zugeordnet, bei der es vor allem um das Bearbeiten von vorbereiteten Texten und Verwerten von Nachrichten ging. Schnelligkeit und Schlagzeilen, das zählte mehr als Inhalte.

Die Krise der klassischen Zeitungen war auch an seinem Verlagshaus nicht spurlos vorübergegangen, und so versuchte es ebenso wie die Konkurrenz, Leser online zu gewinnen. Möglichst exklusiv und reißerisch sollten daher die Nachrichten sein, so die Ansage der Chefredaktion. Vom verklärten Bild eines Journalisten, sei es die rasende Reporterin Karla Kolumna aus den Benjamin-Blümchen-Geschichten oder Bob Woodward, der für die Washington Post Verschwörungen wie die Watergate-Affäre aufgedeckt hatte, war Thorben Meyer meilenweit entfernt, wie er sich eingestehen musste.

Er hatte sich schon darauf eingestellt, dass es heute wieder einmal ein langer Abend werden würde, da er mit einer Kollegin für den Liveblog zum Fußballspiel eingeteilt war. Neben den Fakten, Aufstellungen und Taktiken nahm auch beim Sport der Boulevard immer größeren Raum ein. So stießen die Frisuren der Stars oder Klatsch und Tratsch zu deren weiblichen Begleitungen auf mindestens ebenso großes Interesse. Dafür war seine Kollegin Nina Seiler-Köpf zuständig, die einen besseren Draht in die Münchner Society hatte als er.

Die Nachrichten von den Autobomben beim Olympiapark und am Flugplatz Oberschleißheim hatten bei seiner Zeitung ebenfalls wie eine Bombe eingeschlagen. In Windeseile hatte der Chef eine Redaktionskonferenz zusammengetrommelt, und die Arbeit war auf das kleine Team, das um diese Uhrzeit noch anwesend war, verteilt worden.

»Online muss sofort rein, Thorben. Alle fünf Minuten ein neuer Header, bleib da einfach dran. Und parallel alles bei Facebook und Twitter rausballern! Wir müssen hautnah dran sein! Und vergiss nicht, den Twitter-Account der Münchner Polizei zu verfolgen«, hatte ihm der Chefredakteur zugerufen.

Während zwei Kollegen zu den beiden Tatorten ausschwärmen durften, musste er mit Nina die Stellung halten und die Nachrichtenlage unter einen Hut bringen.

Er war gerade dabei, die Schlagzeile auf der Homepage zu aktualisieren, als sein Telefon klingelte. Thorben hob ab und klemmte sich den Telefonhörer zwischen Schulter und Ohr. »Onlineredaktion Morgenpost, Meyer«, meldete er sich.

Zunächst war nur Rauschen und Knacken zu hören, doch als er schon auflegen wollte, begann eine dumpfe und leise Stimme zu sprechen, die sofort seine volle Aufmerksamkeit erhielt.

»Hören Sie genau zu. Nehmen Sie einen Stift und schreiben Sie mit. Hier sprechen die Attentäter, die beide Bomben gezündet haben. Das war der Anfang. In Srebrenica haben Sie weggeschaut, jetzt hören Sie uns zu. Sehen Sie in den Briefkasten. Sie haben Post. Roter Umschlag.« Eine kurze Pause entstand. »Haben Sie alles notiert?«, fragte die leise Stimme.

Der Stift zitterte in seiner Hand, und mit belegter Stimme brachte Thorben mit Mühe ein »Ja« heraus.

»Halten Sie sich bereit. Sie hören noch von uns.«

Als er Luft geholt hatte und nachhaken wollte, vernahm er bereits das Klicken in der Leitung. Der Anrufer hatte aufgelegt.

Einen Moment lang blieb Thorben kerzengerade sitzen und sammelte sich. Dann sprang er so plötzlich von seinem Schreibtischstuhl auf, dass sich Nina erschrocken umdrehte. Blitzschnell lief er durch das Großraumbüro, riss die Tür auf und hechtete das Treppenhaus zum Eingang hinunter. Die Mitarbeiterin am Empfang wollte soeben in den Feierabend entschwinden, und er fing sie gerade noch am Ausgang ab.

»Ist Post gekommen? Ein roter Umschlag?«, rief er ihr außer Atem zu. Sie hob überrascht die Augenbrauen.

»Ja, vorhin hat ein Bote etwas gebracht. Ich dachte, es reicht, es euch morgen früh hochzugeben.« Sie ging zurück hinter die Theke und fischte einen roten Brief aus dem Eingangsfach auf ihrem Schreibtisch.

Aufgeregt riss Thorben ihn ihr aus der Hand und sprintete ebenso schnell, wie er gekommen war, zurück an seinen Arbeitsplatz.

»Was war denn mit dir gerade los?«, empfing Nina ihn mit fragendem Blick.

Anstatt ihr zu antworten, hob er nur den roten Umschlag hoch und setzte sich, vor Anstrengung und Aufregung keuchend, an seinen Schreibtisch.

Vorsichtig drehte und wendete er den Umschlag. Er trug keinen Absender und war lediglich mit »Redaktion Münchner Morgenpost« bedruckt. Eigentlich sollte er den Brief sofort zum Chef bringen. Aber er wusste, was dann passieren würde. Er würde mit dem Brief auch die Story abgeben und wieder zurück an seinen Arbeitsplatz geschickt werden. Der Anruf und der Brief in seinen Händen waren vielleicht seine Chance, den Durchbruch zu schaffen.

Nach einigen Sekunden des Hin-und-her-Überlegens entschied er sich: Der Anrufer war bei ihm gelandet, und daher war es auch sein Recht, den Brief als Erster zu öffnen und dann zu entscheiden, was an der Sache überhaupt dran war. Und es sah nach einer großen Story aus.

Thorben beugte sich nach vorn und zog den Brieföffner aus

der Ablage. Seine Hand zitterte immer noch vor Aufregung, und so dauerte es einen Moment, bis er das Innere herausholen konnte. Es war ein einzelner, ausgedruckter Brief in Großbuchstaben. Sorgfältig faltete Thorben das Blatt vor ihm auf.

IN SREBRENICA HAT DIE WELTGEMEINSCHAFT WEGGESCHAUT.
ÜBER ZWEI MILLIONEN VON UNS WURDEN VERTRIEBEN.
SEIT KRIEGSENDE STERBEN IMMER NOCH MENSCHEN DURCH BOMBEN UND MINEN.
EUCH INTERESSIERT ES NICHT.
JETZT TRAGEN WIR DIE BOMBEN ZU EUCH.
OLYMPIAPARK UND FLUGHAFEN OBERSCHLEISSHEIM WAREN DER ANFANG.
JETZT KOMMT SCHLOSS SCHLEISSHEIM.
FÜR UNSERE BOSNISCHEN BRÜDER UND SCHWESTERN.

»Um Himmels willen«, entfuhr es Nina, die sich neugierig hinter ihn gestellt und den Text mitgelesen hatte. »Damit müssen wir zum Chef!«

»Ja, ist schon klar. Der Attentäter hat mich angerufen vorhin. Also berichte ich ihm!«, sagte Thorben entschlossen, nahm den Zettel und ging schnellen Schrittes zum Besprechungsraum. Er klopfte und trat, ohne eine Antwort abzuwarten, ein. Der Journalist am Kopfende des Tischs blickte erstaunt und etwas verärgert über die unerwartete Störung auf.

»Chef, das müssen Sie sich ansehen!«, rief Thorben und hielt ihm den Brief vor die Nase.

40

München, Frankfurter Ring, 18:40 Uhr

Wütend schlug Harald Bergmann auf das Lenkrad und hupte. Trotz des Blaulichts auf ihrem Dienstwagen kamen sie nur schleppend voran. »Was für ein Tag! Nicht nur die Geschichte an der Isar heute Morgen. Jetzt auch noch zwei Anschläge!« Er verzog das Gesicht. »Und wenn das so weitergeht, kommen wir als Letzte an!«

Nachdem die zweite Bombe am Flugplatz Schleißheim hochgegangen war, hatte der Krisenstab die beiden Einsatzgebiete am Olympiapark und am Flugplatz eingegrenzt, und Bergmann und Schwartz waren zur Verstärkung nach Oberschleißheim weitergeschickt worden. Die Neuigkeiten überschlugen sich. Alle verfügbaren Kräfte, Rettungsdienste plus Feuerwehren waren mobilisiert worden.

Die Verunsicherung, die durch die Berichterstattung in den Medien und vor allem in den sozialen Medien im Internet geschürt wurde, brachte noch so manchen Verkehrsteilnehmer zusätzlich auf die Straße und trug dazu bei, dass der ohnehin stockende Feierabendverkehr fast völlig zum Erliegen kam.

Lena Schwartz saß neben ihm auf dem Beifahrersitz. Abwechselnd telefonierte sie mit der Einsatzzentrale und surfte über ihr Smartphone im Internet, um auf dem Laufenden zu bleiben. Es war erschreckend, wie Nachrichten sich nicht nur in Echtzeit wie ein Lauffeuer verbreiteten. Darüber hinaus waren im Nu wildeste Verschwörungstheorien und Falschnachrichten im Umlauf.

Die Münchner Polizei war zwar führend auf dem Gebiet der sozialen Medien und versuchte, auf Twitter und Facebook den Ton zu bestimmen. Gegen Tausende eigenständiger Sender, die bewusst oder unbewusst falsche Informationen in

Umlauf brachten, glich dies jedoch einem Kampf gegen Windmühlen. So war, obwohl bislang lediglich zwei Leichtverletzte gemeldet wurden, bereits von einer Vielzahl von Toten und in einem Post sogar von einem Massaker die Rede.

Schwartz hielt das Display hoch. »SPRENGTE SICH ASIATISCHE SEKTE IN MÜNCHEN IN DIE LUFT?«, stand dort zu lesen. Bergmann schüttelte genervt den Kopf. Das machte ihre Arbeit in den vergangenen Jahren zunehmend schwieriger. Sie waren zwar in vielen Fällen auf die Unterstützung der Öffentlichkeit angewiesen, aber in Zeiten, in denen die Grenzen zwischen Wahrheit und Fake News bis zur Unkenntlichkeit verschwammen, war seriöse Ermittlungsarbeit immer schwieriger geworden. In Ausnahmefällen wie heute noch dazu.

»Sind schon viele Ausnahmezustände heute. Morgen müssen wir unbedingt mit der Spur zum Doppelmord weitermachen«, meinte Bergmann, der ungern einen Fall zur Seite legte. Er musste sich zusammenreißen, um nicht zu gähnen. Die Belastung der letzten vierundzwanzig Stunden machte sich bemerkbar. »Ist schon klar, wie man mit dem Sommerempfang umgeht?«, fragte er Schwartz.

»Nein, sie diskutieren, ob sie ihn evakuieren sollen. Die Kräfte dort werden gerade zur Sicherheit verstärkt. Aber bei dem Verkehrschaos ist es sowieso fraglich, wie schnell eine Evakuierung möglich wäre. Um neunzehn Uhr, also in ein paar Minuten, ist offizielle Eröffnung. Alles, was Rang und Namen hat, ist da schon versammelt.«

»Alles, was Rang und Namen hat«, wiederholte Bergmann nachdenklich und legte besorgt die Stirn in Falten.

»Harald, zum Flugplatz Oberschleißheim hätten wir hier abbiegen müssen!«, sagte Lena Schwartz.

»Planänderung: Wir fahren nicht zum Flugplatz, sondern zum Schloss Schleißheim. Ich habe so ein Gefühl, dass wir dort mehr gebraucht werden«, erklärte Bergmann kurzerhand und setzte auf der Landstraße zum Überholen an.

41

Oberschleißheim, Neues Schloss Schleißheim, 18:55 Uhr

Die Neuigkeiten zur Autobombe im Olympiapark waren Gesprächsthema Nummer eins unter den Gästen des Sommerempfangs. Als das Gerücht von einer zweiten Explosion nicht weit entfernt die Runde machte, ging ein Raunen durch die Tischreihen, die auf den weitläufigen Gängen der Parkanlage aufgestellt waren. Nachrichten wurden vorgelesen, Displays mit Meldungen herumgezeigt, und als sich der Innenminister und der Polizeipräsident in einen Seitengang zur Beratung zurückzogen, wurde die Unruhe noch größer.

In wenigen Minuten stand die offizielle Begrüßung durch die Landtagspräsidentin an, und die Menschentraube vor der Terrassentreppe wurde größer. Stefan schaute immer wieder auf sein Smartphone, aber er hatte noch keine Nachricht von Tina erhalten. Wo war sie nur? Er entschuldigte sich bei seinen Gästen, die gerade lautstark die Einsatzpläne bei Katastrophenfällen diskutierten, und suchte sich einen ungestörten Platz hinter einem Verpflegungspavillon.

Nervös wählte er die Nummer seiner Schulfreundin und wartete vergeblich auf das Freizeichen. Eine andere Frauenstimme als die erwartete war zu hören: »*The person you have called is temporarily not available.*«

Ihr Telefon war ausgeschaltet, oder sie hatte keinen Empfang, überlegte er zunehmend nervös. War das Netz wegen der Bombenanschläge überlastet? Oder war ihr etwas zugestoßen? Er hätte sie davon abhalten sollen zurückzubleiben, schalt er sich. Vor allem an einem Tag wie heute. Das Gefühl, dass etwas Furchtbares passiert war, ließ ihn nicht los, und er drückte beunruhigt die Wiederwahltaste. Aber erneut kam das gleiche enttäuschende Signal. Tina war nicht erreichbar.

Tief in Gedanken versunken blieb er stehen und beobachtete von der Seite die beeindruckende Kulisse des Schlosses und des festlich geschmückten Hofgartens. Alles war für ein rauschendes Bürgerfest vorbereitet, doch die Stimmung war angespannt, und die Nachrichten hatten sich wie dunkle Wolken über die Schlossanlage gelegt. Wer genau hinsah, erkannte die deutlich verstärkte Polizeipräsenz auf dem Gelände. Unauffällig, aber dennoch immer zahlreicher waren Angehörige der Bereitschaftspolizei postiert worden, verstärkt durch Sicherheitskräfte, Spezialeinheiten und die Personenschützer des Ministerpräsidenten und des Innenministers, die wachsam die Szenerie beobachteten.

Tapfer ergriff die Landtagspräsidentin Johanna Schmidberger auf der Terrasse das Wort und tat das einzig Richtige in dieser Situation. Sie informierte in kurzen Worten über die Ereignisse der vergangenen Stunde, die glücklicherweise keine schwereren Verletzungen und Todesopfer gefordert hatten, und begrüßte die zahlreichen Gäste aus allen Winkeln des Freistaates – insbesondere die ehrenamtlich Tätigen. Der Dank an sie sollte heute einmal mehr im Vordergrund stehen. Zunächst erhob sich spontaner Zwischenapplaus, in den auch Stefan einstimmte. Das ist das richtige Signal, wir wollen und werden uns unsere Demokratie und unser freiheitliches Leben nicht von Terroristen kaputtmachen lassen, dachte er ermutigt.

Urplötzlich brach der Applaus jedoch ab, und erschrockene Rufe waren zu hören. Was ist geschehen?, überlegte Stefan verwirrt. Erneut wurden Handys in die Runde gezeigt, und auch Stefan griff zu seinem Smartphone. »Münchner Tageszeitung meldet exklusiv: Bekennerschreiben von bosnischen Terroristen aufgetaucht. Anschlag auf Schloss Schleißheim angedroht!«, las er zu seinem Entsetzen.

Unruhe erfasste die Menge. Schmidberger unterbrach ihre Rede, erkundigte sich bei den Umstehenden, was die Reaktion unter den Gästen ausgelöst hatte, und zeigte sich ebenso schockiert. Das waren keine Fake News aus irgendwelchen

Echokammern, sondern die Meldung einer bekannten Münchner Tageszeitung.

Hektische Betriebsamkeit machte sich breit, und Stefan konnte aus der Entfernung erkennen, wie sich Schmidberger mit ihrem Stab und den Sicherheitskräften beriet. Nach einer kurzen Pause wandte sie sich nochmals an die Gäste und bat darum, Ruhe zu bewahren.

Der Polizeipräsident trat aus dem Hintergrund und informierte: »Wir haben keine Anhaltspunkte für einen konkreten Anschlag. Dennoch nehmen wir die Berichte und die Drohung sehr ernst. Wir werden daher das Gelände evakuieren«, sagte er so ruhig wie möglich mit seiner sonoren Stimme. Die Polizei- und Rettungskräfte, die nun offen sichtbar im Hofgarten aufmarschierten, und das Knattern von Helikopterflügeln über ihren Köpfen trugen jedoch nicht zur Beruhigung bei, sondern verstärkten die Panik sogar noch. Paare suchten sich, Menschen liefen verängstigt durcheinander, und aus verschiedenen Ecken waren Angstschreie zu hören.

Wie konnte es sein, dass die Polizei von der Terrorwarnung derart überrascht wurde? Wieso wusste die Presse als Erste Bescheid?, überlegte Stefan, als er auf einem Seitenweg zwei bekannte Gesichter entdeckte, die er hier nicht erwartet hätte. Die beiden Ermittler Bergmann und Schwartz gingen zügig und mit ernstem Blick an der Schlossfassade entlang. Noch vor einigen Stunden hätte er gut darauf verzichten können, sie wiederzutreffen, aber vielleicht hatten sie einen Hinweis darauf, was mit Tina geschehen sein konnte.

Kurz entschlossen sprintete Stefan die kleine grasbewachsene Anhöhe hoch und fing die beiden Kriminalbeamten ab.

»Der Abgeordnete Huber, so schnell sieht man sich wieder«, begrüßte ihn Harald Bergmann mit schiefem Grinsen.

Stefan schüttelte den beiden Ermittlern die Hand.

»Was für ein Chaos! Alles, was wir hier wissen, haben wir aus dem Internet.«

»Ob Sie es glauben oder nicht«, antwortete Bergmann, »uns

ging es bis eben genauso. Die Presse hatte die Informationen vor uns, auch das Bekennerschreiben zu den Anschlägen und die neue Bombendrohung für den Sommerempfang. Gerade jetzt ist wohl ein zweites Schreiben beim Büroleiter der Landtagspräsidentin abgegeben worden.«

»Wahrscheinlich das gleiche, das die Münchner Morgenpost erhalten hat. Unsere Attentäter legen besonderen Wert auf Öffentlichkeitsarbeit«, ergänzte Schwartz sarkastisch.

»Jetzt müssen wir aber zur Einsatzleitung, wir reden morgen noch mal«, sagte Bergmann, doch Stefan hielt ihn auf.

»Warten Sie bitte, eine Minute nur. Meine Freundin, nun ja, also nicht meine, sondern besser gesagt eine Freundin, die mich begleitet hätte, erreiche ich nicht. Ich habe ihr von den Vorfällen von heute früh erzählt, und sie wollte im Archiv im Landtag noch etwas nachsehen.«

Bergmann warf Schwartz einen Blick zu. »Okay, mit ihr sollten wir uns morgen wohl auch unterhalten. Sie haben sie nicht sprechen können, sagen Sie?«

»Nein, seit einer Stunde ist ihr Handy aus oder hat keinen Empfang«, antwortete Stefan.

Bergmann überlegte und zückte sein Diensthandy. »Darum können wir uns morgen erst kümmern, aber ich frage zur Sicherheit an der Pforte nach, ob etwas gemeldet wurde.«

Die Pforte! Darauf hätte ich auch kommen können!, ärgerte sich Stefan, während der Ermittler wählte und sich zur Ostpforte im Maximilianeum durchstellen ließ.

Bereits nach dem zweiten Läuten hob ein gut gelaunter Pförtner namens Hans Michler ab. »Ah, guten Tag, Herr Bergmann. Ja selbstverständlich erinnere ich mich an Sie. Sie waren vorhin schon einmal hier, richtig?«

»Ja. Sagen Sie, ist bei Ihnen etwas Auffälliges vorgefallen in der letzten Stunde? Der Herr Abgeordnete Stefan Huber hier neben mir vermisst seine Begleitung, eine Frau Oerding. Sie ist nicht bei Ihnen vorbeigekommen?«, fragte Bergmann.

»Nein, mir ist nichts aufgefallen, und ich war durchgehend

hier, Herr Kriminalhauptkommissar«, antwortete Michler eifrig. »Aber vielleicht fragen Sie Ihre beiden Kollegen, die gerade vorhin eingetroffen sind. Die wollten sich sowieso auf dem Gelände umsehen.«

Bergmann stockte und blickte Schwartz und Stefan verblüfft an. »Meine Kollegen? Jetzt gerade bei Ihnen im Landtag?«

»Ja, sie haben mir auch ihre Ausweise gezeigt. Von der Kripo, sie sahen genau wie bei Ihnen aus«, erwiderte Michler, nun etwas verunsichert.

»Bleiben Sie am besten, wo Sie sind, und machen Sie keinem Kriminalbeamten die Tür auf. Oder noch besser: Öffnen Sie gar keinem. Wir melden uns so bald wie möglich«, wies ihn Bergmann schnell an und legte auf. »Lena, ruf bitte in der Zentrale an, ob Kollegen der Kripo ins Maximilianeum geschickt wurden. Ich kann es mir überhaupt nicht vorstellen, da ja alle Kräfte abgezogen wurden.«

Sofort wählte Schwartz und schüttelte nach wenigen Sekunden den Kopf. »Niemand wurde hingeschickt.«

»Dann sind es Fakes. Da kein Fasching ist, haben sich offensichtlich gerade zwei Männer mit falschen Ausweisen Zugang zum Bayerischen Landtag verschafft!« Harald Bergmann sah in die Runde.

»In den Landtag? Da ist sonst doch jetzt niemand mehr!«, sagte Stefan beunruhigt.

Einen Augenblick trat Schweigen ein, während das Durcheinander um sie herum immer größer wurde.

»Weißt du, was ein Rope-a-dope ist?«, sagte Bergmann urplötzlich. Als Schwartz Luft holte, winkte er ab. »Das erkläre ich dir im Auto. Wir müssen zurück ins Maximilianeum. Jetzt!« Er drehte sich auf dem Absatz um.

»Wir halten Sie auf dem Laufenden, Herr Huber«, rief Bergmann Stefan zu, den ihn verdutzt ansah.

Einen Moment blieb Stefan unschlüssig stehen. Dann gab er sich einen Ruck und folgte den beiden Ermittlern.

42

München, Maximilianeum, Katakomben, 19:20 Uhr

»Wir vertrauen dir, ohne dich finden wir hier nämlich nicht mehr heraus«, scherzte Tarek Beslic, als sie Arthur Streicher durch die verwirrende Abfolge an Gängen, Abzweigungen und Gewölben immer tiefer in die Katakomben des Maximilianeums folgten.

Zielsicher stapfte Streicher voran und führte sie, mit der Taschenlampe auf Stolperfallen zeigend, zur Kammer im Südbau, die er vor wenigen Tagen entdeckt hatte. Vorsichtig sah er sich um, ob ihnen jemand gefolgt war, aber alles war unverändert. Auch die schwarze Ledertasche in der Ecke, die er abgestellt hatte, war noch da, stellte er zufrieden fest. Nur kurz musste er den Steinboden mit der Lampe absuchen, dann leuchtete er auf einen in den Boden eingelassenen Eisenring.

»Helft mir, es ist verdammt schwer«, forderte er seine Begleiter auf, und mit vereinten Kräften zogen sie an dem Ring und mit ihm eine große Bodenluke aus Holz auf. Quietschend öffnete sie sich, und modriger Geruch stieg ihnen in die Nasen, bevor sie neugierig mit Taschenlampen in den Raum darunter leuchteten.

»Es sind insgesamt vierzehn Stück. Holen wir sie erst hoch, und dann tragen wir sie zum Wagen«, erklärte Streicher mit Blick in das vollgestellte Gewölbe unter ihnen. »Vergesst nicht, die Sicherheitshandschuhe anzuziehen, und seid vorsichtig. Nicht dass jetzt noch ein Gemälde beschädigt wird. Wassili, bleib du hier oben, Tarek und ich geben sie dir hoch«, kommandierte er im Stil eines Einsatzleiters.

Ohne eine Antwort abzuwarten, stieg Streicher über die kleine Kiste in das Gewölbe. Wenige Augenblicke später folgte ihm Tarek Beslic. Er schnupperte. »Das riecht wie in einem dieser Keller in Sarajevo. Hier ist schon einmal jemand gestorben«, sagte er zu sich, bevor ihn Streicher mit einem Klaps auf die Schulter zur Eile antrieb. Mit behandschuhten Händen tasteten sie vorsichtig die mit Leinentüchern überdeckten Gemälde ab und hoben eines nach dem anderen durch die Luke nach oben. Immer wieder blitzten das Gold verschnörkelter Rahmen und die farbenprächtigen Szenen der Bilder auf, wenn der Stoff verrutschte. Ondrapow nahm sie Stück für Stück in Empfang und stellte sie an den Seitenwänden ab.

Nachdem sie etwa die Hälfte der Gemälde hinaufgehievt hatten, bat Ondrapow um eine kurze Pause. »Gebt mir eine Minute, ich muss nur schnell Platz schaffen hier oben«, rief er nach unten.

»Wahrscheinlich wirft er die Luke zu und lässt uns hier unten versauern«, sagte Tarek Beslic und wollte sich an der Wand zum Verschnaufen abstützen, als er mit seinen Füßen an ein dunkles Bündel stieß, das sofort ein leises Wimmern von sich gab. Erschrocken machte Beslic einen Satz zurück und krachte dabei an die Bilderrahmen hinter ihm.

»Achtung!«, ermahnte ihn Streicher mit scharfem Zischen.

»Was ist denn das da?« Beslic zeigte mit ausgestrecktem Zeigefinger auf den sich windenden schwarzen Sack vor ihnen.

»Oh, die hätte ich ja fast vergessen. Eine Mitarbeiterin aus dem Landtag. Sie hätte mich vorhin fast erwischt, da musste ich sie ruhigstellen. Wir nehmen sie nachher zur Absicherung mit und lassen sie später raus«, erklärte Streicher seinem verblüfften Komplizen. Nach oben rief er: »Wir können weitermachen. Und wir haben noch ein Paket mit dabei.«

Es war für Streicher schon schwierig genug gewesen, sie allein hier in das Gewölbe zu stoßen und in die Ecke zu ziehen. Sie, so unförmig sie mit gefesselten Armen und Beinen war, hochzustemmen erwies sich auch zu zweit als große Herausforderung. Die Frau, mittlerweile wieder zu Bewusstsein gekommen, dachte nämlich nicht daran, es ohne Gegenwehr mit sich geschehen zu lassen, sondern strampelte und stieß nach Kräften in alle Richtungen. Sie erwischte Tarek Beslic mit einem Tritt derart fest im Gesicht, dass dieser zurücktaumelte und später mit einem blauen Auge gezeichnet durch die Luke krabbelte.

Nach einigen erfolglosen Anläufen schafften sie es dann aber doch, die Gefesselte durch die Luke in den Steingang zu bringen, und die drei Söldner standen sich schwer atmend und schwitzend gegenüber.

»Diese Planänderung hätte es nicht gebraucht, und du hättest es uns zumindest sagen sollen, Arthur«, tadelte ihn Wassili mit ernstem Blick.

Streicher winkte ab, unwillig, sich auf eine weitere Diskussion einzulassen, und deutete auf den halb abgetragenen Steinhaufen vor ihnen. »Hier müssen wir so viel zur Seite räumen, dass wir die Bilder, ohne anzustoßen, hindurchtragen können. Das gilt dann auch für den restlichen Weg bis zur Tiefgarage. Wir müssen aufpassen, dass sie möglichst wenig Schrammen und Dellen bekommen. Allein die Rahmen sind Zehntausende Euro wert. Die Bilder ein Zigfaches«, sagte er ernst.

Sie nickten und begannen eilig, die Steine und den Schutt wegzuschaffen, und nach kurzer Zeit war ein ausreichend breiter Durchgang entstanden.

Streicher schnappte sich eine Taschenlampe und ging voran, während die beiden Bosnier gemeinsam ein Gemälde hochhoben und ihm durch die dunklen Gänge folgten. Sie waren selbst überrascht, dass sie nun schon nach einigen wenigen Minuten an einer Eisentür ankamen, die direkt in den hohen Vorraum zu den Sicherheitsschleusen der Tiefgarage führte.

Streicher hatte die Tür bereits einen Spalt geöffnet und lugte um die Ecke. Niemand war zu sehen. Das gesamte Gebäude lag verlassen da, waren doch die meisten nach Feierabend entweder nach Hause gegangen oder zum Sommerempfang auf Schloss Schleißheim aufgebrochen. Lediglich auf die Pförtner und den Wachdienst mussten sie ein Auge haben. Alles funktioniert reibungslos, freute sich Streicher, als er in den leeren Gang sah und die Tür für seine schwer bepackten Begleiter öffnete.

Schnell sprang er die wenigen Stufen der kleinen Rolltreppe vor ihnen hinab und drückte die Klinke der großen Glastür links neben den Drehtüren, die für Rollstuhlfahrer oder Lieferanten eingebaut worden war. Er hielt sie auf und deutete seinen beiden Komplizen mit einer Kopfbewegung an, dass sie hindurchgehen sollten.

»Keine Sorge, der Kollege an der Pforte sieht gerade die Aufnahme der Nacht von Sonntag auf Montag.« Er zwinkerte Ondrapow und Beslic zu, die etwas sorgenvoll auf die Überwachungskamera über ihnen blickten. Vergnügt ging Streicher durch die fast leere Tiefgarage voran und sperrte einen blauen Lieferwagen mit dem Aufdruck des Bayerischen Rundfunks auf, der auf einem Stellplatz in der Ecke am Ende der Ebene stand.

Bei der Vielzahl von Journalisten, Fernsehteams und Reportern, die heute im Landtag zu Gast gewesen waren, war ein typischer Technikbus der größten Fernsehanstalt des Landes die beste Tarnung, um einen Transporter hier in der Tiefgarage des Maximilianeums unauffällig abzustellen. Noch dazu war die hellblaue Lackierung als BR-Bus bestens geeignet, um mit den abgeklebten Seiten- und Heckscheiben neugierige Augen davon abzuhalten, einen Blick ins Innere des Fahrzeuges zu werfen.

Streicher zog die Schiebetür mit Schwung auf, öffnete die Hecktüren und sprang hinein. Im geräumigen Laderaum waren bereits Plastikplanen und Haltegurte zum Schutz der wertvollen Fracht vorbereitet, die sie nun Stück für Stück abstellten und festzurrten.

»Macht schnell, in zwanzig Minuten sollten wir fertig sein. Ich bin sicher, dass meine Kollegen an der Pforte das Fußballspiel anschauen, weiß aber nicht, wann sie sich doch einmal für einen Rundgang losreißen«, rief er seinen beiden

Unterstützern zu, die in leichtem Trab zurück zur geöffneten Zugangstür liefen, um das nächste wertvolle Fundstück aus den Katakomben herauszutragen.

Nachdem sie mehrfach über das zappelnde Bündel am Boden gestolpert waren, beugte sich Streicher darüber und hantierte an den Fesseln.

»Ich habe sie betäubt, Chloroform. Jetzt haben wir wieder eine halbe Stunde Ruhe«, empfing Streicher Ondrapow und Beslic, als sie von einer erneuten Tour zum Lieferwagen zurückkamen. »Am besten tragen wir sie gleich in den Wagen.«

Streicher packte sie an den Armen und forderte Ondrapow auf, ihm beim Tragen zu helfen. Es ging zwar langsamer als gedacht, aber nach einigen Minuten konnten sie aufatmen, als sie die geknebelte Frau im hinteren Teil des Kleinbusses ablegten. Ihr vormals schicker Hosenanzug war mit Staub und Lehmschmierern überdeckt, und nur ihre gequollenen, geschlossenen Augen sahen über dem Lappen, der um ihren Mund gewickelt war, hervor. Einen kurzen Augenblick blieben beide stehen und betrachteten die Geisel.

»Hübsches Mädchen, aber zur falschen Zeit am falschen Ort«, kommentierte Ondrapow leise und wandte sich wieder zum Gehen.

Streicher kletterte kurz in den Fond und rückte die Geisel an den Rand des Fahrzeuges, prüfte nochmals ihre Fesseln und schloss dann vorsichtshalber die Hecktür. Bereits drei viertel acht, stellte er bei einem Blick auf die Uhr fest. Das Intermezzo, die Frau ins Auto zu bringen, hatte doch mehr Zeit gekostet als gedacht. Es hätte ja einfachere Möglichkeiten gegeben, sie loszuwerden. Aber sie würde noch wertvoll werden, überlegte Streicher, als er Ondrapow zurück in die Katakomben folgte, um die restlichen Gemälde zu holen.

»So, die letzten schaffen wir jetzt auch noch«, motivierte sich Tarek Beslic, als sie zu ihm stießen. Mittlerweile waren sie geübt darin, die schweren Bilderrahmen durch die verwinkelten Gänge zu balancieren, und so machten sich Beslic und

Ondrapow wieder auf den Weg zum Bus, während Streicher die Gemälde für den Transport vorbereitete. Die Decken hatten sie zwar über Jahrzehnte hinweg geschützt, aber dennoch hatte sich Staub abgesetzt. Er war gerade dabei, einen Rahmen abzuwischen und in Plastikfolie zu wickeln, als er es hörte.

Was war das für ein Geschrei? Streicher hielt inne. Das klang eindeutig nach einer Auseinandersetzung. Vorsichtig schlich er durch die Gänge zur Eisentür, darauf bedacht, keinen Laut zu verursachen. Durch den Spalt der Tür beobachtete er, was in der Tiefgarage vor sich ging. Da sah er ihn, schräg vor ihm! Ein schwarz gekleideter Mann mit dem Logo des Sicherheitsdienstes des Landtages auf dem Rücken brüllte etwas und zerrte an einem der eingehüllten Gemälde, das Wassili Ondrapow umklammert hielt. Arthur Streicher überlegte einen Augenblick. Das war nicht geplant gewesen, aber es spielte ihm sogar in die Karten.

So leise wie möglich öffnete Streicher die Eisentür und huschte blitzschnell hindurch, sodass er direkt hinter dem Wachmann auftauchte. Bevor dieser realisiert hatte, woher der Schatten hinter ihm so plötzlich kam, streckte er ihn mit einem gezielten Schlag auf den Hinterkopf nieder. Mit einem erstickten Schrei stürzte der Wachmann zu Boden, schlug hart auf und rührte sich nicht mehr. Streicher kniete sich neben ihn und fühlte seinen Puls. Er schlug schwach, aber regelmäßig.

»Nehmt das Bild und verschwindet. Ich weiß nicht, wer hier noch auftaucht. Den Rest lassen wir hier, aber wir haben die meisten Gemälde. Ich mache im Gewölbe noch klar Schiff und komme dann so schnell wie möglich zu unserem Treffpunkt, wie besprochen!«, rief er Ondrapow und Beslic zu. »Schnell!«

※※※

Kopfschüttelnd liefen die beiden Söldner zum Bus. So kannten sie Streicher eigentlich nicht. »Was ist denn mit Arthur los?

Erst die Geisel, die wir mitschleppen müssen, und dann das gerade eben. Das wäre ihm früher nicht passiert«, rief Tarek Beslic seinem Komplizen zu, als dieser den getarnten Transporter ausparkte und mit quietschenden Reifen um die Säulen der Tiefgarage zur Ausfahrt lenkte.

Quälend lange dauerte die Sekunde, bis sich der automatische Toröffner bewegte und den Weg auf die Maximilianstraße freigab. Erleichtert schnauften beide durch, als sie das Gebäude verließen und endlich Gas geben konnten.

»Für die fehlenden Gemälde braucht er uns aber nichts von unserem Lohn abzuziehen«, stimmte Ondrapow ihm zu, während sie den Weg Richtung Feldkirchen einschlugen, wo sie sich auf einem Pendlerparkplatz mit Streicher treffen würden.

***

Schneller als gedacht, aber so ist es nun mal, dachte Streicher, als er auf dem Rückweg zum Gewölbe die Eisentür hinter sich zuzog. Es würde keinen Unterschied machen.

Er ließ den Blick ein letztes Mal durch den Raum mit den verbliebenen Gemälden streifen, hob die schwarze Ledertasche auf, zog sich eine Kappe mit einer Stirnlampe über und verschwand im Labyrinth der Katakomben im Dunkeln.

43

Oberschleißheim, Neues Schloss Schleißheim, 19:25 Uhr

An ein Durchkommen über den Haupteingang war nicht zu denken, da sich hier Menschenmassen ins Freie drängten. Die zahlreichen Einsatzkräfte, die nun auf dem Gelände im Einsatz waren, bemühten sich zwar, die Besucher sowohl über die Seitenkanäle als auch den Schlosspark östlich Richtung Schloss Lustheim zu leiten. Dennoch hatte nicht wenige der menschliche Herdentrieb ergriffen, und sie drängten über den Vordereingang nach draußen zum heillos überfüllten Vorplatz.

So schnell die Polizei in der kurzen Zeit auch reagierte, die minütlich aktualisierten Meldungen mit neuen Fakten zum Terroralarm beim Sommerempfang in den Medien, verstärkt durch immer neue Kommentare und Gerüchte via Facebook oder Twitter, verunsicherten die Gäste und hielten ganz München in Atem.

Das Chaos breitete sich nicht nur auf den Ab- und Zufahrten zum Schlossgelände aus, sondern drohte auch den gesamten Verkehr im Stadtgebiet lahmzulegen. Wie die Einsatzpläne vorsahen, wurde der öffentliche Personennahverkehr in den betroffenen Gebieten eingestellt, um den Tätern keine Fluchtmöglichkeiten zu bieten. Besorgte Eltern, die ihre Kinder in Sicherheit bringen wollten, aufgeschreckte Fußballfans, Pendler auf dem Heimweg – sie alle verstopften die Straßen, sodass der Verkehr nahezu zum Erliegen kam.

Harald Bergmann, dem Lena Schwartz kaum folgen konnte, wandte sich nach rechts und lief an der Schlossfassade vorbei Richtung Norden, um sie von außen zu umkurven.

Den Einsatzkräften der Bereitschaftspolizei und des SEK, die den Seiteneingang des Schlosses sicherten, zeigte er im Laufen seinen Dienstausweis und hielt sich nicht mit langen

Erklärungen auf. Der Max-Emanuel-Platz zwischen Altem und Neuem Schloss, auf dem die Besucher angekommen waren, war mit Polizeibussen abgeriegelt, und die Zufahrt, offensichtlich der einzige Weg Richtung Oberschleißheim, wurde streng kontrolliert.

Außer Atem erreichten sie schließlich ihren Dienst-Audi, den sie notdürftig auf der Zufahrt zum Parkplatz am Maximilianshof neben dem Alten Schloss abgestellt hatten. Dort herrschte ein wildes Durcheinander, da eine Vielzahl von Gästen versuchte, sich entgegen allen Hinweisen mit dem eigenen Pkw in Sicherheit zu bringen. Stoßstange stand an Stoßstange, wildes Hupen und Geschrei waren zu hören. Eine gefährliche Mischung, dachte Bergmann. In Notsituationen blieb rationales Denken allzu oft außen vor, obwohl es gerade da umso notwendiger wäre. Diesem Paradox war er in den vergangenen Jahrzehnten immer wieder begegnet.

»Mist. Wie kommen wir hier nur weg?« Sie sahen sich suchend um. Bergmann überlegte kurz. Waren vorhin nicht Hubschrauber über ihnen gekreist?

»Folg mir!«, rief er Schwartz zu und lief in Richtung Wilhelmshof, einem Innenhof auf der Rückseite des Alten Schlosses. Sie schlängelten sich durch die mittlerweile kreuz und quer stehenden Autos auf dem Parkplatz und erreichten eine kleinere Zugangsstraße, bis sie nach einem weiteren Zwischensprint auf einer größeren Grasfläche ankamen.

Vor ihnen stand ein Airbus H135 der bayerischen Polizeihubschrauberstaffel, der vom nahen Flughafen München, auf dem die insgesamt acht Helikopter stationiert waren, eingeflogen worden war. Die Rotorblätter drehten sich bereits, und der Pilot checkte gerade die Instrumente, als Bergmann die Seitentür aufriss.

»Kripo München. Wir müssen ins Stadtzentrum. Es ist dringend!«, brüllte er, und der Pilot schob die Kopfhörer zurück, um ihn zu verstehen.

Als Bergmann seine Forderung wiederholte, schüttelte er

heftig den Kopf. »Das ist unmöglich. Ich muss gleich mit dem SEK los«, antwortete er bestimmt.

Bergmann wurde ungehalten und hielt ihm seinen Dienstausweis unter die Nase. »Hören Sie mal, wenn ich sage, es ist dringend, dann ist es so!« Kurz entschlossen öffnete er die hintere Tür der Maschine. Er war drauf und dran, eigenmächtig einzusteigen, als er von schwarz gekleideten Kollegen des SEK zurückgezogen wurde.

»Sie behindern einen Einsatz!«, schrie ihm ein mit Schutzanzug, Helm und Fernglas ausgestatteter Beamter zu. Widerwillig trat Bergmann zurück und betrachtete dann wütend, wie der Helikopter ohne sie abhob und über der Schlosssilhouette kreiste.

»Verdammt noch mal!«, schimpfte er, während Lena Schwartz ihn etwas unschlüssig betrachtete. »Wenn er eine Spur hat, kennt er weder Freund noch Feind«, dieser Spruch ihres Chefs zu den Eigenschaften von Harald Bergmann fiel ihr in diesem Moment wieder ein. Diese Unbeherrschtheit könnte ins Auge gehen. Sollte sie das wirklich hinnehmen? Wenn sie seine Entscheidung jetzt mittrug, musste sie es auch mitverantworten, wenn es schiefging.

Bergmann hielt nun auf einen silbergrau-blauen Dienstwagen zu, der auf der hinteren Zufahrt zum Wilhelmshof stand, öffnete die Fahrertür und komplimentierte den wartenden Beamten aus dem Sitz.

»Kripo München. Kriminalhauptkommissar Bergmann. Sie bekommen ihn heil wieder, versprochen«, erklärte er dem verdatterten Streifenpolizisten und stieg ein.

»Nun mach schon! Steig ein!«, schrie er Schwartz zu und ließ den Motor an. Lena Schwartz zögerte zunächst eine Sekunde, entschied sich dann und ließ sich seufzend auf den Beifahrersitz plumpsen. Er wollte sie dabeihaben, wie er auf seine schroffe Art klargemacht hatte. Und sie wollte mit dabei sein.

Fast zeitgleich öffnete jemand die hintere Beifahrertür, und

Stefan Huber sprang in den Fond. Bergmann, der bereits Gas gegeben hatte, bremste auf einem Schlossweg abrupt ab. Entnervt drehte er sich um und herrschte den Abgeordneten an: »Was soll denn das jetzt? Steigen Sie aus. Ich kann es nicht verantworten, Sie mitzunehmen!«

»Und ich kann es nicht verantworten, meine Freundin im Stich zu lassen. Sie können das jetzt hier mit mir ausdiskutieren und wertvolle Zeit verlieren. Oder Sie nehmen mich mit, und ich bringe Sie auf den Stand, den wir heute Nachmittag hatten und der eine Rolle dafür gespielt haben könnte, wieso Christina jetzt verschwunden ist. Deal?«

Eine Sekunde lang atmete Harald Bergmann tief durch. Statt einer Antwort drückte er den Anlassknopf, bevor er mit quietschenden Reifen erneut losbrauste.

»Na dann, willkommen an Bord.« Lena Schwartz drehte sich zu Stefan Huber um und wandte sich dann wieder Bergmann zu. »Nun erklär mal, wieso wir fast einen Hubschrauber gekidnappt hätten und jetzt in einem beschlagnahmten Streifenwagen sitzen«, sagte sie, während Bergmann den BMW über Seitenwege und kleine Zufahrtsstraßen Richtung Staatsstraße steuerte und sie sich bei der ruckartigen Fahrweise an den Griffen festhalten mussten.

※※※

Stefan Huber auf der Rückbank zog sein Smartphone heraus und checkte es. Immer noch kein Lebenszeichen von Tina. Immer schrecklicher wurden die Bilder, die vor seinem geistigen Auge aufstiegen. Er machte sich große Sorgen. Und der Kommissar wohl ebenso. So verschieden sie waren, in diesem Moment ähnelten sie sich frappierend.

»Ja, und was haben Sie mit dem Rope-a-dope gemeint, vorhin?«, hakte Stefan daher sofort nach und beugte sich neugierig nach vorne.

Bergmann lachte kurz auf. »Ist euch ›Rumble in the Jungle‹

ein Begriff? 1974. Muhammad Ali gegen George Foreman?« Als er in die fragenden Gesichter blickte, fuhr er fort. »Okay, offensichtlich keine Boxfans. Also, Ali gewann damals auch deshalb gegen Foreman, weil er ihn hereingelegt hatte. Er hängte sich in die Seile und ließ Foreman sich auspowern, um schließlich umso härter zurückzuschlagen. Diese Taktik wurde Rope-a-dope genannt und bedeutet so etwas wie Ablenkungsmanöver. Man täuscht etwas vor und lockt den Gegner auf eine falsche Fährte. Gibt es auch beim Pokern. Und ich habe das Gefühl, dass wir es hier auch mit so einer Finte zu tun haben«, erklärte Bergmann.

Schwartz sah ihn an. »Da könnte schon etwas dran sein. Jemand brauchte freie Bahn im Maximilianeum. Und welcher Tag wäre da besser geeignet als heute, mit Fußball und dem Sommerempfang? Dann kam jemand dazwischen, uns eingeschlossen. Wir waren schon dicht dran, da bin ich mir sicher. Und jetzt ist jeder verfügbare Polizist im Olympiapark und in Schleißheim eingesetzt. Nur um was es geht im Keller im Landtag, da tappen wir nach wie vor im Dunkeln.«

»Dort hat Christina nachgeforscht«, warf Stefan ein. »Es gibt gleich mehrere mysteriöse Vorgänge in den Katakomben des Landtages.« Stefan berichtete, was sie zum Grundsteinfund, den verschwundenen Bauplänen und den verschollenen Gemälden herausgefunden hatte. »Genaueres wollte sie kurz vor der Abfahrt nochmals recherchieren. Und seitdem habe ich ja nichts mehr von ihr gehört«, fasste er besorgt zusammen.

Bergmann nickte. »Das sind wichtige Hinweise, Herr Huber. Das Bekennerschreiben lässt auf Bosnier schließen. Vielleicht jemand aus der Miliz? Oder dem Militär? Das würde zur Art des eingesetzten Chloroforms passen. Dr. Branninger meinte ja, dass es früher bei Spezialkräften der Bundeswehr verwendet wurde.«

»Für deine Theorie eines Ablenkungsmanövers spricht«, sagte Schwartz, »dass alles über die Medien läuft. Die Presse ist uns doch die ganze Zeit über einen Schritt voraus. Eine

Unverschämtheit ist das, wie die Münchner Morgenpost da vorgeht. Erst alles veröffentlichen und dann uns gnädigerweise die Beweisstücke übermitteln.«

»Genau das wollen der oder die Täter aber wohl: größtmögliche Aufmerksamkeit für die Anschläge und möglichst viel Chaos.« Bergmann kramte umständlich sein Handy heraus. »Ich sollte dem Chef zumindest kurz Bescheid geben«, brummte er. »Stell es bitte auf Lautsprecher«, bat er Schwartz und gab ihr das Smartphone, während er mit beiden Händen am Lenkrad riss und den BMW um eine scharfe Kurve steuerte.

»Bergmann, Sie haben ja die Ruhe weg!«, brüllte ihnen Vizepräsident Stellhuber aus dem Lautsprecher entgegen. »Was fällt Ihnen ein? Sie waren zur Unterstützung am Flugplatz Oberschleißheim eingeteilt, und dann tauchen Sie am Schloss auf, behindern die Hubschrauberstaffel, und zu guter Letzt entwenden Sie einen Streifenwagen. Sind Sie von allen guten Geistern verlassen?«

Bergmann holte Luft, während er mit quietschenden Reifen über eine Kreuzung raste. »Herr Vizepräsident, wir haben einen begründeten Verdacht, dass etwas im Landtag im Gange ist und wir abgelenkt werden sollen. Dazu eine vermisste Person –«

»Vermisst, seit wann? Seit zwei Stunden!«, unterbrach ihn Stellhuber. »Wir haben hier eine der größten Katastrophenlagen in der Geschichte Münchens, und Sie als erfahrener Ermittler fehlen eigenmächtig. Das wird Konsequenzen haben! Wo ist eigentlich Ihre Partnerin Schwartz?«

»Das war allein meine Entscheidung. Sie hat nichts damit zu tun, ganz im Gegenteil«, wollte Bergmann beschwichtigen, als sich Schwartz einschaltete.

»Herr Vizepräsident Stellhuber, hier Schwartz. Ich bin mit im Fahrzeug und gebe zu Protokoll, dass ich das Vorgehen meines Kollegen voll und ganz unterstütze. Wir sind auf dem Weg zurück ins Maximilianeum und haben Anhaltspunkte für Verbindungen zu Mordfällen und zur heutigen Bedrohungslage«, stellte sie klar. »Mitgefangen, mitgehangen«, murmelte Schwartz.

Nun meldete sich auch Huber zu Wort. »Herr Vizepräsident, Abgeordneter Huber hier. Die beiden Ermittler helfen mir in einer Notsituation. Es besteht dringender Verdacht, dass meiner Begleitung im Maximilianeum etwas zugestoßen ist.«

»Sie sind auf dem Weg ins Maximilianeum?«, schnaubte Stellhuber hörbar. Nach einer kurzen Pause sagte er. »Nun gut, ich kann Sie sowieso nicht aufhalten. Sie melden sich und informieren mich regelmäßig, ist das klar?«

»Vollkommen klar, Herr Vizepräsident«, bestätigte Schwartz und legte auf.

Während er den Wagen an einer roten Ampel abbremste, sagte Bergmann: »Das hättest du nicht tun müssen.«

»Aber klar doch, wir sind ein Team. Und im Übrigen glaube ich, dass du richtigliegst«, entgegnete Schwartz.

Bergmanns Mundwinkel zuckten kurz nach oben. Aus dem Augenwinkel sah er im Rückspiegel nach hinten zu Huber. »Und Sie haben mehr Mumm in den Knochen, als ich dachte«, sagte er zu Huber. »Noch heute Vormittag hätte ich Sie mir gut im Fond eines Streifenwagens vorstellen können, aber in anderer Rolle«, scherzte er.

»Und ich hätte mir nicht vorstellen können, dass ich Sie mal zwingen muss, mich mitzunehmen. So schnell ändern sich die Zeiten«, konterte Huber, und trotz der angespannten Situation schmunzelten alle drei.

***

Vor der nächsten Kreuzung musste Bergmann schon wieder abbremsen. Vor ihnen staute sich der Verkehr. »Die Zeit läuft uns davon!«

Nervös trommelte Bergmann auf das Lenkrad und schaltete das Blaulicht ein. Trotzdem kamen sie nur langsam voran. Er seufzte und bat Lena Schwartz, die Nummer der Pforte zu wählen.

»Ja, noch mal Bergmann hier. Ein Kollege von Ihnen müsste doch auch vom Sicherheitsdienst sein, oder? Sagen Sie ihm, er soll einen kurzen Rundgang im Bereich Altbau und Tiefgarage machen. Ja, auch wenn auf den Bildschirmen bei Ihnen nichts erkennbar ist. Er soll aber vorsichtig sein und uns dann auf dem Laufenden halten. Danke Ihnen.« Beunruhigt legte Bergmann auf. »Schon Viertel vor acht. Wir brauchen locker noch eine halbe Stunde, wenn das so weitergeht.«

»Man sieht uns zu wenig, und der Stau ist zu dicht«, kommentierte Schwartz neben ihm. Unverhofft kam ihnen ein großer Rettungswagen zu Hilfe, der von einer Seitenstraße rechts von ihnen einbog und sich mit seinem hohen Aufbau und dem Blaulicht besser bemerkbar machen konnte. Bald bildete sich eine Rettungsgasse.

»Der fährt sicher zum Klinikum rechts der Isar. Da hängen wir uns dran!« Lena Schwartz deutete aufgeregt auf den großen rot-weißen Rettungswagen vor ihnen.

Bergmann gab Gas, sodass der BMW einen Sprung nach vorn machte und sich direkt hinter ihm einfädelte. Nun kamen sie gut voran und näherten sich endlich dem Maximilianeum.

»Gleich sind wir da«, rief Schwartz über ihre Schulter zu Stefan, der im Fond immer und immer wieder kontrollierte, ob es ein Lebenszeichen von Tina gab. Dutzende Male hatte er sie angerufen, aber stets die gleiche Antwort erhalten: *not available*, nicht erreichbar. Beim erneuten Kontrollblick in seine WhatsApp-Nachrichten drückte er sein Kreuz durch. Hinter seiner Nachricht tauchte ein zweiter grauer Haken auf. Dies bedeutete, dass sie wieder Empfang hatte oder ihr Handy wieder eingeschaltet war. Hastig wählte er die Nummer, und es läutete durch. Sein Herz schlug ihm vor Aufregung bis zum Hals.

»Es klingelt! Tina ist wieder erreichbar!«, rief er nach vorn. Zu seiner Enttäuschung hob jedoch niemand ab. Was soll das jetzt bedeuten?, fragte er sich verwirrt, als sie endlich links auf die Maximilianstraße Richtung Bayerischer Landtag abbogen, immer noch knapp hinter dem Rettungswagen.

Hier, auf der Prachtstraße im Herzen Münchens, war der Verkehr entspannter geworden. Ihnen kamen nur vereinzelt Autos entgegen. Darunter war ein hellblauer Transportbus des Bayerischen Rundfunks, der rechts in die Widenmayerstraße auf der anderen Seite der Isar abbog und sich zügig entfernte.

44

München, Maximilianeum, 20:00 Uhr

Mit einer Vollbremsung hielt Harald Bergmann direkt vor der Ostpforte des Landtages und bedeutete dem Pförtner winkend, die Zugangsschranke zum Innenhof zu öffnen. Er brachte das Einsatzfahrzeug direkt vor dem Lieferanteneingang zum Stehen und sprintete zum Pförtnerhaus. »Hat sich Ihr Wachmann gemeldet?«, fragte er, ohne sich mit Begrüßungsfloskeln aufzuhalten.

Der Pförtner zuckte mit den Schultern. »Nein, er ist vor etwa einer Viertelstunde los, und ich habe seitdem nichts mehr gehört. Aber der Empfang in der Tiefgarage ist auch denkbar schlecht.«

Bergmann ließ die Glastür der Pforte zufallen und machte sich mit Schwartz auf den Weg über den Innenhof Richtung Treppenhaus und Kellergeschoss. »Das hatte ich schon befürchtet. Kein Lebenszeichen vom Wachdienst. Wir gehen runter!«, rief er ihr zu, und beide prüften instinktiv den Sitz ihrer Dienstwaffe.

»Sie bleiben in sicherer Entfernung hinter uns, haben Sie verstanden?«, forderte er den jungen Parlamentarier auf. Huber nickte zwar, folgte ihnen dennoch auf dem Fuße.

Mit Bedacht öffnete Schwartz die schwere Holztür, und Bergmann ließ mit gezückter Dienstwaffe den Blick durchs Treppenhaus wandern und lauschte. Die alten Holztreppen über ihnen lagen ruhig da, und auch aus den unteren Ebenen drang kein Geräusch nach oben. Mit höchster Vorsicht tasteten sie sich den wendeltreppenartigen Abstieg in das Untergeschoss vor, an den sich der Übergang zur Tiefgarage anschloss.

An der Rolltreppe vor dem Übergang blieb Bergmann erneut stehen und lauschte. War da nicht ein ganz leises Stöhnen? Auch Schwartz neben ihm bemerkte es offensichtlich, denn sie nickte ihm zu und zeigte auf den weiter unten liegenden Eingang. Wachsam wichen sie dem Riffelblech aus, mit dessen Betreten sie die Rolltreppe ausgelöst hätten, und nahmen die Stufen der engen Treppe daneben. Bergmann hielt den Atem an, ihm war bewusst, dass sie ungeschützt in eine Falle laufen könnten.

Die Pistolen entsichert, stiegen sie so leise wie möglich nach unten, jederzeit bereit, Schüsse erwidern zu müssen.

Am Fuß der Treppe hob Bergmann die Hand. Niemand war zu sehen. Dennoch blieb er in höchster Alarmbereitschaft, zu groß war die Gefahr, dass sich jemand im Vorraum zur Tiefgarage verschanzt hatte.

Wieder hörte Bergmann das Geräusch, jetzt aber eine Nuance deutlicher. Auf halber Strecke durch den Gang erkannte er, woher die Geräusche stammten: Vor einer Drehtür lag eine schwarz gekleidete Gestalt und wand sich am Boden. Bergmann kniff die Augen zusammen und entzifferte das weiße Logo »WSD« auf dem Rücken.

»Der Wachmann«, flüsterte er Lena Schwartz zu und beschleunigte seinen Schritt. Während sie ihm Rückendeckung gab und die Umgebung sicherte, kniete er sich neben die Gestalt, die offenbar gerade wieder zu sich kam. Der Mann richtete sich auf und fasste sich an die blutende Stirn. Bergmann stützte den Verletzten und blickte sich um. Aber sonst war niemand zu sehen.

Lena Schwartz gab Stefan Huber ein Zeichen, und er kam ein Stück näher. Gemeinsam halfen sie dem benommenen Wachmann, sich an die Wand zu setzen und abzustützen. Blut tropfte ihm aus einer Platzwunde an der Stirn, er hatte sichtlich Schmerzen.

»Kripo München, mein Name ist Harald Bergmann, und das hier ist meine Kollegin Lena Schwartz«, sagte Bergmann betont langsam und ergänzte, als er den ratlosen Blick der

Wache auf Huber sah: »Das ist der Abgeordnete Stefan Huber. Wir sind auf der Suche nach seiner Begleitung, die wohl hier in der Nähe war, bevor sie verschwand. Erzählen Sie bitte, was passiert ist.«

Der Mann fasste sich an den Hinterkopf und hustete. »Kurt Schauer, Wachdienst«, sagte er langsam. »Die Pforte hat mich heruntergeschickt, um zu überprüfen, wer sich hier herumtreibt. Vor Ihnen sind ja angeblich zwei falsche Polizisten hier hereingekommen, und da sollte ich nachsehen.«

Bergmann verzog das Gesicht und nickte verständnisvoll. »Ja, Ihren Einsatz haben Sie unserem Anruf vorhin zu verdanken. Und was ist dann geschehen?«

»Als ich hierherkam, hörte ich bereits Geräusche, und die Seitentür zur Tiefgarage stand offen. Ein Mann, etwa fünfzig, mittelgroß, trug irgendetwas hinaus. Ich habe ihn aufgefordert, stehen zu bleiben, und gefragt, was er macht. Aber er hat nicht reagiert.«

»Und dann? Haben Sie noch weitere Personen gesehen?«

Der Wachmann bemühte sich redlich, sich trotz der Schmerzen an alle Details zu erinnern. »Nein, ich habe niemanden sonst bemerkt. Nur, dass sich hinter mir etwas bewegte, aber da war es schon zu spät. Dann weiß ich nur noch, dass ich hier am Boden aufgewacht bin. Und dann kamen Sie schon.«

Schwartz und Bergmann sahen sich an. Von hinten niedergeschlagen. Bergmann schaute sich im Vorraum zur Tiefgarage um, und sein Blick blieb an den beiden Eisentüren links und rechts von ihnen, die in den Nord- und den Südbau führten, hängen. Dort waren sie vor wenigen Stunden bereits gewesen, als sie wegen der Bombenanschläge abgezogen wurden.

»Von hier könnte er gekommen sein, ja«, sagte Schwartz. »Genau dorthin wollten wir vorhin, als die Terrorwarnung kam. Da waren wir wohl nah dran.«

Harald Bergmann hatte in der Zwischenzeit die Tür zur Tiefgarage geöffnet und blickte durch die fast leeren Parkreihen. »Man kommt ohne Kontrolle hinaus?«

Der Wachmann nickte. »Das Tor öffnet sich automatisch, ja.«

Weder von den falschen Kriminalbeamten noch von der vermissten Historikerin war etwas zu sehen. »Lena, geh du nach oben und fordere Verstärkung an. Und einen Rettungswagen. Wir müssen die Katakomben durchsuchen«, rief Bergmann ihr zu. »Hat sie Ihren Anruf immer noch nicht angenommen?«, fragte er dann Stefan Huber.

»Nein, ich versuche es oben gleich noch einmal. Was denken Sie, wo sie ist?«

»Wir haben meiner Meinung nach drei Möglichkeiten. Entweder ist sie gerade quicklebendig auf Schloss Schleißheim und hat vergessen, auf ihr Handy zu sehen, was ich nicht glaube. Oder sie ist noch irgendwo hier und irrt durch die Gänge, aber ohne ihr Handy, sonst hätte es jetzt keinen Empfang. Oder, und das ist nach meinem Gefühl die unangenehmste und gleichzeitig die wahrscheinlichste Option: Sie war hier unten und wurde ebenfalls überwältigt und dann mitgenommen.« Er sah Huber ernst in die Augen. Die vierte Möglichkeit, dass sie nicht mehr am Leben sein könnte, verschwieg er geflissentlich. Zumal sein Instinkt ihm sagte, dass sie noch lebte.

45

München, Maximilianeum, Katakomben, 20:10 Uhr

Während Schwartz und Huber ein Stockwerk hinaufstiegen, um telefonieren zu können und den Pförtner zu informieren, blieb Bergmann zurück und sah sich im Keller um. Vorsichtig öffnete er nacheinander die schweren Eisentüren und leuchtete mehr schlecht als recht mit seiner Handylampe hinein. Bei jedem Geräusch hielt er inne. Tief im Inneren des Altbaus schien es zu grummeln.

War noch jemand hier? Schritte drangen aus dem Treppenhaus zu ihm, und die Rolltreppe sprang an. Bergmann hielt die Eisentür zum Südbau halb offen und wollte gerade hinter sich blicken, als der Schein der Lampe den Abdruck eines Stiefels aufscheinen ließ. Er musterte die Rillen, die sich im Staub abzeichneten, und fuhr herum, als er Stimmen im Durchgang zur Tiefgarage hörte. Erleichtert sah er aus dem Augenwinkel, dass es Schwartz und Huber waren, die zurückkamen.

»Hier sind eindeutig Fußspuren«, rief er. »Das ist der Bereich, in dem der ermordete Arbeiter von heute Morgen gearbeitet hatte. Das müssen wir uns mit den Kollegen der Verstärkung genauer ansehen. Nun sollten wir aber erst einmal zur Pforte. Vielleicht kriegen wir da heraus, was Frau Oerding zugestoßen ist.« Er zeigte auf die Überwachungskamera. »Hat jemand den Anruf entgegengenommen, Herr Huber?«, fragte er, was dieser mit einem resignierten Kopfschütteln quittierte.

Mit vereinten Kräften halfen sie dem Wachmann auf die Beine und brachten ihn ins Erdgeschoss, vor dem bereits ein Rettungswagen vom nahen Klinikum rechts der Isar mit Blaulicht bereitstand.

Als sie an der Glastür der Pforte klopften, riss Hans Michler sie förmlich auf. »Bin ich froh, dass Sie heil zurückkommen,

Herr Kommissar!«, rief er aus. »Seit ich hier vor fast zehn Jahren angefangen habe, habe ich so etwas noch nicht erlebt. Mir ist schleierhaft, wie es passieren konnte, dass uns die falschen Kollegen durchgerutscht sind. Wie geht es dem Wachmann? Ich hoffe doch, gut?«

Bergmann quittierte seine Frage mit einem dunklen Blick. »Sie kriegen jetzt sofort Gelegenheit, Ihr schlechtes Gewissen zumindest ein wenig zu erleichtern. Sie filmen doch die Tiefgarage? Zeigen Sie uns die letzte Stunde!«, blaffte er.

Wortlos und mit vor Aufregung zitternden Händen öffnete Michler die Aufnahme.

Gespannt starrten sie zu viert auf den Schwarz-Weiß-Bildschirm. Doch nichts geschah, sooft Michler auch vor- und zurückspulte. Stets war das gleiche Bild zu sehen.

Bergmann beugte sich vor. »Das ist merkwürdig. Hier müsste doch zumindest der Wachmann auftauchen!«

Ungläubig stand Michler auf und klopfte auf den Kasten. »Da stimmt etwas nicht«, rief er dann und zog eine kleine USB-Festplatte hervor, die hinter dem Monitor verborgen gewesen war. »Das hat jemand manipuliert!«

Bergmann nahm ihm nachdenklich den Stick aus der Hand, während Stefan Huber rief: »Wir verlieren wertvolle Zeit, Tina könnte schon sonst wo sein!«

»Wir tun, was wir können«, erwiderte Bergmann. »Geben Sie mir mal die Handynummer der Vermissten«, forderte Bergmann ihn auf, hob den Hörer des Telefons der Pforte ab, während er die Zahlen in sein Mobiltelefon eintippte, und wählte die Nummer der Leitzentrale. In wenigen Worten brachte er den Einsatzleiter auf den neuesten Stand.

»Wie ist die Lage bei euch?«, fragte Bergmann dann.

»Wir haben den Hofgarten in Schleißheim fast vollständig evakuiert«, antwortete der Kollege. »Langsam bekommen wir das Chaos zumindest ein wenig in den Griff. Der Verkehr ist jedoch lahmgelegt. Die Spürhunde sind im Einsatz, haben aber bislang nicht angeschlagen. Von den Tätern keine Spur.«

»Danke. Ich habe zwei Bitten. Erstens: Bring den Vizepräsidenten auf den neuesten Stand. Und zweitens: Ich brauche sofort die Ortung folgender Mobilfunknummer ...« Er wandte sich Huber zu. »Das müsste in Anbetracht der Umstände heute recht schnell gehen. In ein paar Minuten haben wir die Peilung, und dann wissen wir, wo sich das Handy und hoffentlich auch Frau Oerding befinden.«

»Pssst, hört mal zu«, unterbrach ihn Lena Schwartz und deutete auf das Radio, das im Hintergrund lief.

»Nach Informationen der Münchner Morgenpost sind die Attentäter gerade in einem Transportbus auf der Flucht und haben eine Geisel dabei. Zum letzten Mal gesehen wurden sie in der Nähe des Bayerischen Landtages ...«

Verblüfft sahen sie sich an. »Woher haben die denn solche Infos?«, fragte Lena Schwartz.

»Kein Wort dazu vom Kollegen der Einsatzleitung gerade. Die Medien sind uns immer noch einen Schritt voraus«, überlegte Harald Bergmann. »Und wir hecheln hinterher.«

Sein Diensthandy läutete, und ein Kollege aus dem Präsidium meldete sich. »Wir haben die Nummer erfasst. Das Smartphone befindet sich im Münchner Stadtgebiet und bewegt sich. Sie haben einen Streifenwagen, nun ja, ausgeliehen, oder? Ich schalte Ihnen auf dem Laptop im Wagen die Daten der Peilung frei.«

»In Ordnung. Eine Frage noch: Wissen Sie etwas über die Nachrichtenmeldung, dass die Täter in einem Transporter fliehen?«, fragte Bergmann.

»Nein, darüber wundern wir uns auch gerade. Eine Streife ist zu Ihrer Unterstützung bereits unterwegs.«

»Eine Streife? Ist das alles? Schicken Sie jeden verfügbaren –«

»Kommissar Bergmann!«, unterbrach ihn der Kollege. »Hier geht es nach wie vor drunter und drüber. Am Olympiapark und in Oberschleißheim ist die Hölle los. Mehr ist gerade nicht drin. Aber ich schau, was noch frei ist!«

Bergmann legte seufzend auf und wandte sich Lena Schwartz zu. »Du kennst dich mit der Technik im Wagen ja aus, oder? Sie haben das Handy geortet. Es wird höchste Zeit. Wir müssen los!« Bergmann sprang auf den Fahrersitz, ohne eine Antwort abzuwarten. Als Stefan Huber wie selbstverständlich hinten einsteigen wollte, deutete er drohend mit dem Zeigefinger auf ihn. »Sie bleiben hier und warten auf die Verstärkung! Wir wissen nicht, ob sie sich nicht doch noch im Keller verstecken, und Sie können den Kollegen zeigen, wo sie nachsehen sollen.«

Als Huber den Mund öffnete, um etwas zu entgegnen, unterbrach er ihn unwirsch: »Keine Widerrede. Wir brauchen Sie hier. Wir halten Kontakt über das Telefon. Meine Nummer haben Sie ja.«

Harald Bergmann wedelte mit seinem Diensthandy, wendete den BMW im Innenhof und hupte lautstark, bis endlich die Schranke hochging. Sie bogen Richtung Osten in den Stadtverkehr ein.

※※※

Lena Schwartz war bewusst, dass sie sich zwischen den beiden Optionen entscheiden mussten: in den Katakomben nachforschen oder dem Handy der Vermissten folgen. Sie hoffte, dass Bergmanns Entscheidung richtig war. Ihre Finger flogen flink über das Touchdisplay an der Mittelkonsole, und schon bald blinkte ein Punkt auf der Stadtkarte vor ihnen auf.

Er bewegte sich auf der A 94 stadtauswärts.

46

München, Müller'sches Volksbad, 20:15 Uhr

Arthur Streicher schwitzte und stöhnte. Der Weg durch den röhrenartigen Tunnel war beschwerlicher, als er es sich vorgestellt hatte. Zeitweise musste er auf allen vieren durch die niedrigen Durchgänge robben. Nur mühsam kam er voran und stieß mit der Lampe, die er sich um die Kappe geschnallt hatte, immer wieder gegen die Decke. Die Ledertasche, in die er ab und zu hineingriff, um sich zu vergewissern, dass die kleine Schatulle noch sicher verwahrt war, musste er teilweise hinter sich herziehen. Erst vor einigen Wochen hatte er den Geheimgang, der wohl in der Weltkriegszeit angelegt worden war, auf seinen nächtlichen Erkundungstouren im Keller des Landtages entdeckt und ihn in seine Pläne mit aufgenommen. Jetzt war er froh, diese Gelegenheit zu haben, unentdeckt das Maximilianeum verlassen zu können.

Endlich sah er schwaches Licht vor sich und hörte das Rauschen des Wassers, das mit Getöse über das Wehr auf der gegenüberliegenden Seite in die Isar floss. Nun musste er nur noch das vor einigen Tagen angesägte Eisengitter aufbiegen, das den Ausgang versperrte. Streicher legte die Ledertasche ab und warf einen prüfenden Blick nach draußen. Der abschüssige, schlecht zugängliche Uferrand vor ihm war leer. Lediglich von der Promenade über ihm war Gelächter zu hören.

Er musste achtgeben, nicht zu viel Lärm zu verursachen, und stemmte seine Beine vorsichtig gegen das untere Ende des Gitters, während er oben mit beiden Händen kräftig daran zog. Streicher war noch immer durchtrainiert, doch er keuchte vor Anstrengung. Im dritten Anlauf gaben die Gitterstäbe endlich mit einem leisen Knacken nach, und er konnte sie nach unten biegen. Streicher machte eine kurze Pause und horchte, aber das laute Rauschen des Wassers hatte alles andere übertönt.

Als gerade so viel Raum gewonnen war, dass er sich hindurchzwängen konnte, drückte er sich durch die Öffnung und landete mit einem erleichterten Seufzer auf dem Kiesbett der Isarböschung. Wo war sie? Hastig griff er zurück und zog die Ledertasche aus dem Tunnel.

Jahrzehntelang war der Geheimgang unentdeckt geblieben, so zugewachsen und von Hecken verdeckt war der Ausgang beim Müller'schen Volksbad am Isarufer, etwa einen halben Kilometer vom Bayerischen Landtag entfernt.

Bei den Sanierungsarbeiten waren Arbeiter kürzlich darauf gestoßen, aber bis auf einen kurzen Aufschlag in der Lokalpresse hatte es erstaunlicherweise kaum Resonanz verursacht. Nach wie vor schlummerte das Geheimnis vor sich hin, und auch jetzt nahm niemand Notiz von der mittelgroßen Gestalt, die wie aus dem Nichts auftauchte, die Böschung hinaufstieg und den Schotterweg vor dem im neubarocken Jugendstil erbauten ältesten Münchner Volksbad erklomm.

Streicher passierte den altehrwürdigen Eingangsbereich und zeigte seine Dauerkarte vor. Für die eindrucksvollen und erst kürzlich restaurierten Wandmalereien und Bronzestatuen des prunkvollen Baus, der Anfang des 20. Jahrhunderts das größte und teuerste Schwimmbad der Welt war, hatte er jedoch keinen Blick übrig, sondern ging schnurstracks in den Umkleidebereich. Dort stellte er seine Tasche vor dem letzten Schließfach in der Reihe ab, nestelte einen Schlüssel aus dem Seitenfach und sperrte es auf.

Nur wenige Augenblicke später war aus dem etwas verdreckten Pförtner ein Tourist in kurzen Hosen, Sportschuhen, Baseballmütze und Poloshirt geworden, der das Bad mit einem kleinen Rucksack Richtung Gasteig verließ. Streicher musste lediglich die Straße überqueren, um den Gebäudekomplex aus Stein, Glas und Beton zu erreichen, der nicht nur Europas größtes Kulturzentrum, sondern auch einen Konzertsaal, die Volkshochschule und die Stadtbibliothek beherbergte. Wegen der angespannten Sicherheitslage waren alle Großveranstaltungen in der Stadt abgesagt worden. Auch im Gasteig war ein Konzert in der Philharmonie betroffen, sodass es deutlich ruhiger als sonst zuging und sich nur wenige Gäste tummelten. Dennoch fiel der Besucher, der es sich mit Stadtplan und Gepäck in einer der Sitzecken gemütlich machte, keinem auf.

Seufzend setzte sich Streicher, stellte den Rucksack neben sich ab und holte ein kleines schwarzes Netbook heraus. Er steckte einen USB-Stick ein und klappte das Gerät auf, das im Nu hochgefahren war. Angespannt blickte er über den Rand des Bildschirmes, aber niemand beachtete ihn.

Nach mehrmaligem Klicken erschien auf dem Display eine Karte Münchens. Ein kleines Kreuz bewegte sich stadtauswärts und war auf der A 94 unterwegs. Streicher kontrollierte seine Uhr. Noch wenige Minuten, und sie würden beim vereinbarten Treffpunkt ankommen. Er öffnete ein weiteres Programm. Vor ihm leuchtete ein Symbol auf: »Aktiviert.«

47

München, Maximilianeum, 20:20 Uhr

Mit gemischten Gefühlen blieb Stefan im Innenhof des Landtages zurück und blickte dem Polizeiwagen hinterher, der mit Blaulicht davonbrauste. Schon bald war das Blinken auf dem Dach des Fahrzeuges aus seinem Blickfeld verschwunden. Er atmete tief durch und versuchte sich zu sammeln. Einerseits war er froh, dass die Ermittler nun auf seiner Seite waren und Tinas Handy folgten. Andererseits konnten sie nicht zu hundert Prozent sicher sein, dass sie nicht auf dem Holzweg waren, überlegte er. Zu vieles heute verlief überraschend. So konnte es gut sein, dass die beiden Kriminalbeamten zwar der Peilung des Smartphones folgten, ihre Besitzerin aber nach wie vor im Gebäude war. Die Vorstellung, dass Tina schutzlos war und seine Hilfe brauchte, machte ihn rasend.

Wo blieb nur die Verstärkung, die die Ermittler angefordert hatten? Zum wiederholten Mal holte er sein Smartphone hervor. Eine Vielzahl an verpassten Anrufen und Nachrichten von Bekannten und Freunden, die sich beunruhigt erkundigten, ob er wohlauf sei, poppte auf. Nur von der Person, um die er sich am meisten sorgte, war nichts zu sehen. Tina hatte immer noch nicht geantwortet. Dass seine Nachricht bei ihr angekommen war, war ein erstes Hoffnungszeichen gewesen. Mehr jedoch nicht.

Nachdem er nervös ein paar Schritte auf und ab gegangen war, fasste sich Stefan ein Herz. Die Anrufe und Nachrichten würde er später beantworten.

Er musste jetzt etwas tun, und zwar mehr, als lediglich auf die Polizei zu warten. Entschlossen ging er zurück über den Innenhof des Maximilianeums zum Treppenhaus und stieg den Weg zur Tiefgarage hinunter, vor der sie den Wachmann gefunden hatten. Einen Moment zögerte er, dann erklomm er die Stufen zur Eisentür, die in die Katakomben des Südbaus führte. Neugierig schaute Stefan in den vor ihm liegenden Gang, der notdürftig erhellt war. Wie erwartet, war er von Fußabdrücken übersät, auf die Kommissar Bergmann zuvor hingewiesen hatte. Die Täter, die der Wachmann überrascht hatte, waren eindeutig hier durchgekommen, und zwar in beide Richtungen, wie die Abdrücke verrieten.

Schritt für Schritt tastete Stefan sich durch das Gewirr von Gängen und folgte den Spuren vor ihm. Nach einigen Abzweigungen wurde das Licht schummriger, und er musste sein Smartphone zu Hilfe nehmen, um den Weg auszuleuchten. Immer wieder hielt er an und horchte. Aber kein Laut war zu hören. Die Neugier und die Sorge um Tina trieben ihn an, sodass er tiefer und tiefer in die Kellergewölbe eindrang.

Nach einigen Minuten stoppte er an einem Schutthaufen, der erkennbar zur Seite geräumt war. Er zwängte sich durch die Lücke in das Gewölbe dahinter, das vollkommen dunkel war und von seinem Handy nur spärlich erleuchtet wurde. Vorsichtig ertastete er sich den Weg. Erst zuckte er zurück, als er etwas Weiches spürte. Dann fasste er noch einmal nach. Das mussten Möbel sein, die zum Schutz mit Decken verhüllt waren, folgerte er.

Als er die Wand genauer ausleuchtete, erkannte er es! Es waren keine Möbel, sondern schwere Bilderrahmen, die zugedeckt und hier abgestellt waren. Waren es etwa diese Gemälde, auf die es die Täter abgesehen hatten? Ganz nah ging er mit seiner Handylampe an die Rahmen heran. Golden glänzte es ihm entgegen. War es vielleicht sogar echtes Gold?

Das ergab Sinn. Es war gut möglich, dass die falschen Polizisten die Gemälde gerade herausgebracht hatten, als sie vom Wachmann gestört wurden, ihn dann niederschlugen und das Weite suchten. Stefan überlegte und trat zurück, um seinen Fund zu betrachten. Unter ihm knarzte es, und er hielt inne. Bislang hatte er Steinboden unter sich gespürt, jetzt stand er offensichtlich auf Holz. Er wippte mit den Füßen, und das Knarzen wurde lauter. Das war alles andere als fester Stein, so wie der Boden unter ihm federte. Er leuchtete nach unten und erkannte Holzlatten. Der Lichtstrahl wanderte umher und blieb auf einem schwarzen Eisenring stehen.

Ein Eisenring, dachte er. Ein Ring! »Keller« und »Ring«, die beiden letzten Worte des Arbeiters an diesem Morgen. Stefan legte das Smartphone auf einen der Bilderrahmen und zog kräftig am Ring. Die Holzbohlen bewegten sich zunächst kaum, und das glatte Eisen entglitt ihm und fiel krachend zur Seite. Stefan wischte sich die Schweißtropfen von der Stirn, bevor er es mit beiden Händen nochmals versuchte. Mit äußerster Anstrengung schaffte er es endlich. Langsam und quietschend öffnete sich die Luke unter ihm.

Sein Herz klopfte vor Aufregung. Eilig griff er nach dem Smartphone und leuchtete hinab. Was würde er dort entdecken? Weitere Gemälde oder vielleicht sogar Tina? Aber zu seiner Enttäuschung fand er nichts. Der Raum war bis auf die kleine Kiste direkt unter ihm, die wohl als Leiter gedient hatte, gähnend leer. Er legte sich auf den Boden und beugte sich weit in das Gewölbe hinab, aber er konnte nur einige Decken auf dem staubigen Lehmboden erkennen.

Plötzlich hörte er etwas in den Gängen hinter sich. Waren das Stimmen? Ja, eindeutig! Aber wem gehörten sie? War es die Polizei, oder waren die Täter noch einmal zurückgekehrt? Das Risiko, schutzlos erwischt zu werden, wollte Stefan keinesfalls eingehen. Er überlegte fieberhaft, wo er sich verstecken konnte. Die Stimmen kamen näher, stellte er nervös fest. Gleich würden sie da sein!

Kurz entschlossen stieg er in das dunkle Gewölbe hinab. Ganz wohl war ihm nicht dabei. Er spürte den kalten Fußboden und sah sich noch einmal um. Der Raum war leer.

Da hörte er Schritte in unmittelbarer Nähe und schaltete so schnell wie möglich seine Lampe aus. Hoffentlich nicht zu spät, dachte er. Seine Gedanken rasten, und er ärgerte sich, dass er so leichtfertig allein in die Katakomben und dann auch noch in das Kellerloch gestiegen war. Wenn jemand die Luke zuwarf, kam er nicht mehr heraus! Er sah sich in Gedanken schon im Keller lebendig begraben. Noch unschöner war jedoch die Perspektive, hier unten offensichtlich zu allem entschlossenen Kriminellen zu begegnen.

Er tastete sich nach hinten, drückte sich an die Wand, die möglichst weit vom Blickfeld der Luke entfernt war, und wartete. Seine Hände fühlten den kühlen Lehm hinter ihm. Mit einem Fuß trat er auf etwas Festes, fast wäre er darauf ausgerutscht. Lautlos fluchte Stefan und hob es auf. Es fühlte sich kantig an, wie ein kleines Bild oder ein Buch. Er würde es sich später ansehen, entschied er und schob es in seine Jackentasche, als er vor Schreck zusammenzuckte. Die Schritte waren genau über ihm! In Gedanken sah er schwere Lederstiefel, die martialisch auf und ab marschierten, so laut hallte es in seinem dunklen Versteck. Der Strahl einer starken Taschenlampe erhellte plötzlich den Raum, und Stefan hielt die Luft an.

»Polizei! Ist da jemand?«, hörte er eine Stimme über ihm, und er atmete erleichtert auf.

»Ja. Ich bin hier! Hier unten«, rief er.

Der Strahl der Lampe wanderte durch den Raum und erfasste ihn, als er hervortrat und geblendet nach oben blickte.

»Wer sind Sie denn?«, fragte ihn ein erstaunter Polizeibeamter.

»Stefan Huber. Ich war mit Kriminalhauptkommissar Bergmann unterwegs und sollte auf Sie warten. Da Sie nicht kamen, bin ich schon einmal vorausgegangen«, erklärte er schnell.

Der Polizist streckte ihm einen Arm entgegen und half ihm hoch. »Sehr leichtsinnig, Herr Huber«, tadelte er ihn. »Sie haben Glück gehabt, wir sichern gerade den Bereich hier, was extrem schwierig ist bei der Unübersichtlichkeit der Katakomben. Aber es ist anscheinend außer uns niemand hier unten.«

48

Landkreis München, Feldkirchen, 20:45 Uhr

»Hast du das gehört, Wassili? Die meinen doch uns, oder?«, rief Tarek Beslic verblüfft und gab etwas mehr Gas. Wassili Ondrapow schüttelte ungläubig den Kopf. »›Zwei Bosnier in einem blauen Transportwagen‹. Woher wollen die das wissen?« Er drehte das Radio lauter. Zu viel ging heute für seinen Geschmack schief. Viel zu viel. Zum Glück würden sie in ein paar Minuten am mit Arthur vereinbarten Treffpunkt sein.

»In Feldkirchen müssen wir sie unbedingt loswerden«, sagte er zu Beslic und deutete mit dem Daumen nach hinten in den Rückraum, in dem die gefesselte Frau vor der Hecktür lag. »Arthur hat sie uns eingebrockt, jetzt soll er sich auch darum kümmern!«

»Und den Verlust bei den Bildern auf seine eigene Kappe nehmen«, warf Beslic ein.

»Die nächste Ausfahrt ist es«, erinnerte Ondrapow ihn und zeigte auf das Autobahnschild.

***

Im Rückraum des Transporters schlug Tina währenddessen die Augen auf. Im ersten Moment war sie wie erschlagen von der neuen Situation, sodass sie sich erst sammeln und orientieren musste. Bis auf das Licht, das von vorn hereinfiel, war es dunkel um sie herum, und der Metallboden unter ihr vibrierte. Erst langsam erinnerte sie sich an das, was vorgefallen war, und realisierte, wo sie war: auf dem Boden eines Fahrzeuges, mit Schlaufen an die Wand gefesselt. Wütend zerrte sie an den Kabelbindern, die ihre Hand- und Fußgelenke bereits übel zugerichtet hatten. Mit jeder Bewegung schnitten sie tiefer in die Haut ein, und es schmerzte, ebenso wie der Knebel zwischen ihren Mundwinkeln. So unauffällig wie nur möglich drehte sie sich ein Stück zur Seite und versuchte, den Blick nach vorn zu richten. Sie konnte lediglich die Umrisse zweier Köpfe im Fahrerbereich erkennen, da die aneinandergelehnten und mit Gurten gesicherten Gemälde den Raum vor ihr fast vollständig einnahmen. Etwas in der Seitentasche ihres Hosenanzuges drückte unangenehm, und sie versuchte, zumindest eine erträglichere Position zu erreichen. Ein klein wenig schaffte sie es dabei, eine der Schlaufen zu lockern.

**

»Da vorn ist es. Nur noch fünfhundert Meter!«, sagte Ondrapow zu Beslic, der erwartungsvoll lächelte. Das Lächeln erstarb jedoch in der nächsten Sekunde, als er in den Rückspiegel sah, bevor er auf die Abbiegespur einbog. Hinter ihnen näherte sich schnell ein silbergrau-blauer Kombi. Die Farbkombination und das Blaulicht kennzeichneten ihn eindeutig als Streifenwagen.

»Sieh mal, die Bullen!«, stieß er hervor. Sicher, es konnte Zufall sein, aber …

»Ganz ruhig bleiben, ist hoffentlich nur eine normale Streife«, erwiderte Ondrapow.

Dennoch behielt Beslic ihren Verfolger wachsam im Auge. Auch als sie in die Seitenstraße Richtung Pendlerparkplatz abbogen, folgte ihnen der Polizeiwagen. Nervös trommelte Beslic auf das Lenkrad. Was sollten sie tun?

Bevor sie die Varianten durchspielen konnten, tauchte plötzlich direkt vor ihnen ein zweites Polizeiauto auf und schnitt ihnen den Weg ab. Das war kein Zufall mehr, sie mussten handeln!

Beslic gab Vollgas, riss das Lenkrad nach rechts und raste

über den Seitenstreifen an dem Streifenwagen vorbei auf die Zufahrt zum Pendlerparkplatz. Um diese Uhrzeit war er nahezu leer, ein idealer Treffpunkt. Mit quietschenden Reifen steuerte er den blauen Lieferwagen um die Kurve, haarscharf an einer Laterne vorbei.

Während der BMW weiter knapp hinter ihnen blieb, versuchte der neu hinzugekommene, ihnen auf der anderen Seite des Parkplatzes den Weg abzuschneiden.

»Verdammt, sie machen vorn zu«, schrie Ondrapow und zeigte auf das Auto, das sich nun vor ihnen quer stellte.

»Das schaffen wir!«, rief Beslic und lenkte scharf nach links, um die Sperre seitlich zu durchstoßen.

Die Beamten vor ihnen hatten ihre Pistolen gezückt, das Mündungsfeuer blitzte auf. Erst ploppte es, als die Kugel in den Reifen einschlug. Dann rumpelte es lauter, und der Wagen begann zu holpern.

»Der Reifen!«, schrie Beslic, als der linke Vorderreifen platzte, und steuerte gegen. Bei voller Geschwindigkeit geriet der Transporter ins Schlingern, schrammte an einem parkenden Kleinwagen vorbei, und als sie schon meinten, dennoch durch die Lücke vor ihnen zu entkommen, verhakte sich die Felge in einer Bodenrinne, und der Transporter geriet ins Kippen.

Es knirschte, und mit voller Wucht wurde das Fahrzeug aus der Kurve geworfen und krachte auf die Seite. Die Schreie der beiden Söldner gingen im Splittern der Frontscheibe unter, und das Fahrzeug schlitterte noch mehrere Meter seitlich über den Asphalt, bis es schließlich rauchend zum Stehen kam.

Eine Sekunde lang war nichts zu hören außer dem Brummen des Motors.

»Alles okay?«, fragte Beslic seinen Komplizen, dem Blut von der Stirn tropfte.

Dieser antwortete mit erhobenem Daumen und löste vorsichtig den Gurt, der ihn im Sitz gehalten hatte. »Na los, zeigen wir den Amateuren, was eine echte Kampfausbildung ist«, keuchte er, zog eine Pistole hervor und prüfte, ob sie geladen war.

Beslic nickte und tat es ihm gleich.

Wie auf Kommando stemmten sie ihre Beine gegen die Frontscheibe und traten sie vollends heraus, sodass sie krachend zu Boden fiel. Mit entsicherter Waffe kletterten sie aus dem Führerhaus. Das Fahrzeug, das die Sperre gebildet hatte, stand neben ihnen, und ohne mit der Wimper zu zucken, eröffneten Ondrapow und Beslic das Feuer. Ondrapow setzte beide Polizisten mit gezielten Schüssen außer Gefecht. Die erste Kugel schlug in der Schulter eines Beamten ein, die zweite traf seinen Kollegen in die Brust. Nun wandten sie sich dem Wagen zu, der sie vorhin verfolgt hatte.

***

Harald Bergmann und Lena Schwartz hatten die Szene mit Entsetzen verfolgt. Dank der GPS-Peilung hatten sie den Transporter schnell eingeholt und nochmals Verstärkung vor Ort angefordert, als er die Autobahnabfahrt Richtung Feldkirchen nahm. Ihr Ziel war gewesen, ihm hier den Weg abzuschneiden. Dass die Täter nach dem Unfall so schnell aus dem Transporter kamen und nun wild entschlossen waren, sich ohne Rücksicht auf Verluste den Weg freizuschießen, hatte sie überrascht.

Geistesgegenwärtig bremste Bergmann knapp fünfzig Meter vor ihnen ab, sie rissen die Seitentüren auf und brachten sich mit geladener Waffe dahinter in Stellung.

»Sie dürfen nicht entkommen!«, rief Bergmann Schwartz zu und erwiderte das Feuer auf die beiden Täter, die sich an dem umgestürzten Transporter postiert hatten.

***

Tinas Alptraum im Laderaum des Kleinbusses nahm kein Ende. Zunächst war sie wild durchgeschüttelt worden und schrie vor Schmerzen auf, als die Fesseln in den Kurven tiefer in ihre Haut schnitten. Urplötzlich drehte sich alles, und sie schlug hart mit dem Hinterkopf gegen die Metallwand. Sterne funkelten vor ihren Augen, und sie drohte erneut das Bewusstsein zu verlieren. Als das umgekippte Fahrzeug endlich zum Stehen kam, öffnete sie mit großer Anstrengung die Augen und versuchte sich zu bewegen. Es ging trotz der Schmerzen in allen Gliedern ein bisschen besser als vorhin, stellte sie fest und schöpfte Hoffnung. Nicht nur die Sicherungsgurte der Gemälde, sondern auch ihre Schlaufen hatten sich beim Unfall ein wenig gelockert. Mühsam setzte sie sich auf und zog unwillkürlich den Kopf ein, als sie Schüsse hörte, die um den Wagen pfiffen.

Jeden Moment rechnete sie damit, dass jemand zu ihr in den Rückraum kommen könnte. Aber vielleicht war der Unfall auch ihre Chance, zu fliehen. Und diese musste sie nutzen! Nur wenige Zentimeter vor ihr befand sich der Plastikhebel, mit dem die Hecktür von innen geöffnet werden konnte. Langsam, Zentimeter für Zentimeter, rückte sie näher. Ihre Hände waren zwar nach wie vor gefesselt, aber vielleicht würde es anders gehen. Sie streckte ihr Kinn aus, drückte mit ihm auf den Hebel und rutschte ab. Leise fluchte sie.

Beim zweiten Versuch klappte es besser. Sie schaffte es, den Hebel nach unten zu bewegen. Die Hecktür schwang quietschend ein kleines Stück auf. Sie lugte durch den Spalt und sah in einiger Entfernung ein Polizeiauto mit Blaulicht. Links und rechts kauerten zwei Beamte, die sich ein Feuergefecht lieferten, offenbar mit ihren Entführern. Sie musste sich bemerkbar machen, doch wie? Mit aller Kraft, die sie aufbringen konnte, schob sie den Hebel und die Hecktür noch weiter auf und hoffte, dass es den Beamten auffallen würde.

**

Lena Schwartz hatte gerade abgedrückt. Zum ersten Mal musste sie im Dienst auf Menschen schießen. Theorie, Ausbildung, Schießübungen, all das trat jetzt in den Hintergrund. Die Realität, die Praxis, das war etwas ganz anderes, und sie hatte beim ersten Mal, als sie den Abzug durchgezogen hatte, noch bis an die Schulter gezittert. Adrenalin durchströmte ihren Körper, und sie war jetzt, nach einigen Schüssen, zwar angespannt, aber hoch konzentriert. Sie musste funktionieren. Auf der rechten Seite sah sie die Körper der verletzten Kollegen. Um deren Leben ging es jetzt und um das Leben der Geisel, die hoffentlich im Wagen war.

Als sie erneut abdrücken wollte, bemerkte sie die Bewegung am Fahrzeug vor ihnen. Die Heckklappe ging ein kleines Stück auf, und irgendetwas bewegte sich hinter ihr.

»Harald, die Tür öffnet sich!«, rief sie Bergmann zu.

»Ich sehe es. Das könnte Oerding sein!«, antwortete er, während er das Feuer erwiderte.

Einen Augenblick später bewegte sich die Klappe noch ein Stück weiter. Schwartz war überzeugt: Das war die Geisel, deren Handy sie hierhergeführt hatte! Sie mussten handeln. Jetzt. Die beiden Täter arbeiteten sich Schritt für Schritt am Lieferwagen entlang voran, und es war nur eine Frage der Zeit, bis sie entdecken würden, dass die Geisel die Tür von innen geöffnet hatte.

»Gib mir Feuerschutz!«, rief Bergmann ihr zu und sprang auf, sprintete geduckt die etwa fünfzig Meter Richtung Lieferwagen und rutschte zur Heckklappe.

Lena Schwartz deckte unterdessen beide Seiten des Fahrzeuges mit Schüssen ein, um ihren Kollegen zu entlasten. Mit klopfendem Herzen beobachtete sie, wie er die Klappe weiter aufzog, mit einem Taschenmesser die Fesseln löste und der Geisel aus dem Fahrzeug half. Ihr war sofort klar: Es ging um Sekunden. Auf Verstärkung zu warten würde zu lange dauern.

Sie lud ihre Waffe nach, gab ihm ein Zeichen, loszulaufen, und eröffnete das Feuer. Bergmann half der erschöpften Geisel hoch und schickte sie voran, während er schützend hinter ihr blieb. Beide hasteten geduckt in Richtung Polizeiauto, und Schwartz gab ihnen weiter Feuerschutz.

Aus dem Augenwinkel sah Schwartz, wie die beiden Entführer wütend um die Ecke des Lieferwagens sprinteten, und sprang hoch. Im Laufen riss ihr Kollege den Arm nach oben und stolperte, schubste dabei die Geisel nach vorn und schlug auf dem Boden auf, nur eine Armlänge vor ihr. Schwartz fing Oerding auf und bugsierte sie hinter den Streifenwagen, um sich sofort wieder umzudrehen und Bergmann zu Hilfe zu eilen. Er lag auf dem Boden und blickte sie an, als sie nach vorn rollte und mit erhobener Waffe auf die Knie ging. Doch sie sah in zwei Mündungen, die aus wenigen Metern Entfernung auf sie gerichtet waren. Zu spät, kam ihr in den Sinn, und sie erkannte in Bergmanns Augen, dass er das Gleiche dachte.

Dann passierte es. Eine gewaltige Explosion zerriss den Transporter in Millionen Einzelteile. Sie wurde von einer Druckwelle nach hinten geschleudert. Metall, Glas und Asphalt flogen durch die Luft, und die Wucht der Zerstörung verwandelte den Parkplatz in ein Schlachtfeld.

49

München, Gasteig, 20:50 Uhr

Einen Moment wartete er ab, nachdem das blinkende Kreuz vom Bildschirm verschwunden war. Einige Sekunden hatte er seinen früheren Kameraden noch gegeben, als der Transporter auf dem Parkplatz in Feldkirchen angekommen war, und dann den Auslöser gedrückt. Er war davon überzeugt: Die Detonation der Sprengladung, die er im Unterboden des Transporters versteckt hatte, war so stark gewesen, dass niemand im Fahrzeug überlebt haben konnte. Bei Einsätzen im Irak hatten sie damit gezielt kleine Panzer oder Geländewägen gesprengt. Vom Lieferwagen, seiner Ladung und jeder Person im Umkreis von bis zu zehn Metern würden lediglich Splitter und Einzelteile übrig bleiben.

Arthur Streicher atmete tief durch und schickte eine weitere Sprachnachricht von seinem Smartphone auf die Festnetznummer der Münchner Morgenpost, die er in den letzten Stunden immer wieder häppchenweise in seinem Sinne informiert hatte.

Nun war er nahe dran, sein Ziel endgültig zu erreichen. Ein klein wenig Geduld brauchte er noch, auch wenn er gut im Zeitplan war. Das Ticket für den Nachtzug war gebucht, und er hatte noch genügend Puffer. Zufrieden klappte er das Netbook zu, sah sich im Raum um und verstaute es im Rucksack. Routinemäßig ertastete er die Schatulle, strich zufrieden über das Metall und hielt plötzlich inne.

Die Schatulle war da, aber wo war das Tagebuch? Hastig zog er den Rucksack auf seine Knie und durchwühlte ihn. Aber er fand nichts. Das konnte nicht wahr sein! Seit Jahren war kaum ein Tag vergangen, an dem er es nicht in Händen gehalten hatte.

Ausgerechnet jetzt, da er endlich gefunden hatte, wonach

er so lange gesucht hatte. Er stöhnte auf. Seit er sie gefunden hatte, hatte seine Aufmerksamkeit voll und ganz der Schatulle gegolten. Das war unverzeihlich, schalt er sich. Die Erinnerung an seinen Großvater, der Ursprung und Anstoß für all das hier – und er hatte es im erstbesten Moment verloren! Seine Hände verkrampften sich, und er begann zu zittern. Seine Gedanken rasten. Sollte er es gut sein lassen und wie geplant verschwinden? Es gab nichts, was ihn hier hielt, und er hatte alles vorbereitet. Nichts würde er zurücklassen, was für ihn von Bedeutung war. Bis auf das Tagebuch. Der Gedanke schnürte ihm die Kehle zu.

Er musste es wiederhaben.

Einige Sekunden dachte er nach, und etwas Hoffnung flackerte in ihm auf. Leise fluchend stand er auf, packte den Rucksack und verließ das Kulturzentrum. Das Volksbad hatte noch zwei Stunden geöffnet. Es blieb ihm also noch etwas Zeit.

An der Kasse zeigte er erneut seine Dauerkarte vor und drückte sich durch die Gänge zu seinem Schließfach. Hatte er das Notizbuch in der Eile beim Umziehen vorhin in seiner Arbeitsjacke vergessen? Aber er wurde enttäuscht. Es war nicht da. Er musste es bereits zuvor verloren haben. Streicher schloss die Augen und presste die Stirn an das Schließfach neben ihm. Erst langsam, dann fester stieß er den Kopf gegen das Metall. Dumpf hallte jeder Aufprall im Raum wider.

Erst nach einigen Augenblicken bemerkte er die beiden Jungen, die ihn erschrocken anblickten. Er musste sich zusammenreißen und durfte keine unnötige Aufmerksamkeit erregen. Entschuldigend lächelte er die beiden an. »Haustürschlüssel zu Hause vergessen, wisst ihr? Passiert mir gerade dauernd.«

Die beiden Jugendlichen zuckten mit den Schultern und verschwanden um die Ecke. Streicher sah sich um und stellte zufrieden fest, dass er jetzt allein im Gang war. Es war noch genug Zeit. Er würde es schaffen. Beherzt griff er in das Schließfach.

50

München, Lokalradio FM Plus, 20:30 Uhr

Die Stimme des Moderators kippte fast vor Aufregung. »Wie wir aus sicherer Quelle von der Münchner Morgenpost erfahren konnten, haben die Attentäter, die für die Explosionen im Olympiapark und am Flugplatz Oberschleißheim verantwortlich sind, weitere Anschläge angekündigt. Nach unseren Informationen handelt es sich um zwei Männer bosnischer Herkunft. Die Anschläge stellen sie in Zusammenhang mit den Opfern des Bosnien-Konfliktes.«
Nach einer kurzen Pause fuhr er fort: »In den letzten Minuten haben sich die Ereignisse überschlagen. Gerade erreicht uns eine neue exklusive Eilmeldung über die Münchner Morgenpost. In Feldkirchen gab es eine weitere große Explosion. Dabei wurde ein Transportwagen, in dem sich eine erhebliche Menge Sprengstoff befand, vollständig zerstört. Die beiden Attentäter sind tot. Nach Augenzeugenberichten waren dem eine Verfolgungsjagd und ein Schusswechsel mit der Polizei vorausgegangen. Wir halten Sie exklusiv auf dem Laufenden.«
Jimmy Schalk tippte auf den Schalter, um die nächsten Musikstücke einzuspielen, und nahm den Kopfhörer ab. »Wahnsinnsabend heute. Thorben von der Morgenpost hat wirklich was gut bei uns, so wie er uns mit den Infos versorgt. Wir sind der Konkurrenz heute immer eine Nasenlänge voraus«, frohlockte er.
»Wenn ihn das mal nicht einholt«, warf seine Kollegin ein. »Wir beziehen uns ja brav immer auf die Infos der Morgenpost. Die Kripo wird aber weniger begeistert sein, dass die Leute dort jede Info als Eilmeldung herausgeben und dann erst an die Polizei. Der Pressesprecher springt schon im Dreieck, wie ich höre.«

»Die Öffentlichkeit hat ein Recht darauf, zu erfahren, was in der Stadt los ist. Wir informieren die Hörerinnen und Hörer doch nur. Und unseren Chef wird es beim Blick auf die Einschaltquoten sicher freuen.« Jimmy grinste und verschränkte zufrieden die Arme hinter dem Kopf.

51

Feldkirchen, Pendlerparkplatz, 21:30 Uhr

Langsam drangen die Worte durch das Surren in ihren Ohren. »Können Sie mich verstehen? Wie geht es Ihnen?«
Tina fasste sich an ihren dröhnenden Kopf. Sie wusste gar nicht, was ihr am meisten wehtat: ihr Kopf, ihre Hand- und Fußgelenke oder ihr Rücken. Gleich mehrmals hatte sie das Bewusstsein verloren oder war betäubt worden, und sie spürte die Nachwirkungen. Was für ein Tag. Was für ein Chaos.
»Ich hatte heute mehr Blackouts als in meiner gesamten Studienzeit. Und ich war kein Kind von Traurigkeit, das können Sie mir glauben«, sagte sie, und der Rettungssanitäter lächelte aufmunternd.
Erschöpft stützte sie ihre Ellenbogen auf den Knien ab und versuchte sich zu orientieren. Der Geruch von verbranntem Kunststoff lag in der Luft. Der Parkplatz war mit Trümmerteilen übersät, und der Polizeiwagen, hinter dem sie vor wenigen Minuten noch Schutz gesucht hatte, war zerbeult. Sie saß auf den Stufen eines Rettungswagens, und der Sanitäter hatte ihr eine Decke über die Schultern gelegt. Beruhigend sprach er wohl schon seit Längerem auf sie ein. Nur langsam nahm sie ihre Umgebung wieder wahr und sah auf ihre Arme hinab. Sie schrie erschrocken auf, als sie Blut an ihren Händen entdeckte.
»Das kommt von der Explosion«, erklärte ihr der Sanitäter. »Sie hat Ihr Trommelfell verletzt, und Sie sind wohl gerade mit den Fingern an Ihr Ohr gekommen. Aber es dürften keine bleibenden Schäden sein. Sie waren zum Glück weit genug entfernt und hinter dem Streifenwagen.«
»Explosion? Weit genug entfernt?« Jetzt fiel es ihr wieder ein, und sie schreckte hoch. »Wie geht es dem Mann und der Frau, die mich gerettet haben? Wo sind sie?«

»Mein Kollege ist auf dem Weg ins Krankenhaus«, sagte eine Stimme über ihr. »Es hat ihn erwischt, aber er wird es schaffen. Seine Verletzungen sind nicht lebensbedrohlich.« Tina sah auf und erblickte eine Frau mit Schnittwunden im Gesicht, die offensichtlich ebenfalls gerade verarztet worden war. Langsam erinnerte sie sich. »Sie haben vorhin aus vollem Rohr auf die Entführer geschossen, stimmt's?«
»Kriminalkommissarin Lena Schwartz. Gemeinsam mit meinem Kollegen Bergmann waren wir auf der Suche nach Ihnen.« Vor Schmerz stöhnend setzte sie sich neben Tina.
»Sie haben mich gerettet«, wiederholte Tina langsam und drückte der Kommissarin die Hand, immer noch fassungslos. »Wo sind die beiden Männer?«, fragte sie dann.
»Keine Sorge, Frau Oerding, Sie sind in Sicherheit. Die Entführer hat es bei der Explosion schwer erwischt. Wir hoffen, dass wir sie noch vernehmen können, aber es sieht nicht gut aus. Wir gehen davon aus, dass sie die Attentäter der Bombenanschläge von heute Abend waren. Es war wohl ein groß angelegtes Ablenkungsmanöver, das einen Diebstahl im Keller des Landtages vertuschen sollte. Dazu waren wir den ganzen Tag schon mit Ihrem Bekannten Stefan Huber im Kontakt.«
»Ah, Sie waren das also. Ich habe schon von Ihnen gehört.«
»Wir vermuten, dass sie Gemälde aus dem Maximilianeum dabeihatten, aber nicht alle. Einige sind noch in den Katakomben, wie Herr Huber uns gesagt hat.«
Stefan! Tina versuchte, ihre Gedanken zu ordnen. »Wie geht es ihm? Stefan Huber meine ich.«
»Es geht ihm gut, keine Sorge. Er war mit meinem Kollegen übrigens maßgeblich an der Suche nach Ihnen beteiligt. Ohne ihn wären wir wohl nicht hier«, ergänzte Schwartz.
»Haben Sie ein Telefon? Ich würde ihn gerne anrufen«, sagte Tina. »Stopp, warten Sie«, rief sie plötzlich und zog zu ihrer eigenen Überraschung ein Smartphone aus ihrer Jackentasche. Das war es also gewesen, was sie vorhin im Transporter in die Seite gedrückt hatte. Ihr eigenes Smartphone! »Das ist

unmöglich. Ich habe es in den Katakomben verloren, als ich niedergeschlagen wurde.« Sie zeigte der Ermittlerin das Gerät.

Lena Schwartz runzelte erstaunt die Stirn. »Sind Sie sicher? Vielleicht spielt Ihnen auch die Erinnerung einen Streich. Es hat Ihnen auf jeden Fall das Leben gerettet. Ohne die Peilung Ihres Handys hätten wir Sie niemals so schnell gefunden.«

Tina tippte den Zugangscode ein, und das Display leuchtete auf. Über hundert WhatsApp-Nachrichten und siebenundzwanzig Anrufe in Abwesenheit. Davon allein fünfzehn von Stefan. Er hatte sie zeitweise im Minutentakt angerufen, stellte sie erstaunt fest.

»Ihm liegt wirklich viel an Ihnen«, sagte Schwartz. »Er war sehr hartnäckig und hat viel riskiert. Jetzt gerade hat er wieder Ärger mit den Kollegen im Maximilianeum, weil er es nicht erwarten konnte und auf eigene Faust im Keller nach Ihnen gesucht hat. Sie haben Glück, so einen Freund zu haben.«

»Ähm, er ist nicht mein Freund in diesem Sinne. Er ist ein Schulfreund, mehr nicht«, antwortete Tina, doch Lena Schwartz blickte sie vielsagend an. Oder doch mehr?, ging Tina durch den Kopf.

Familie, Freunde und Bekannte, sie alle hatten besorgt nachgefragt, wie es ihr ging. Aber sie hatte jetzt nicht die Ruhe, sie alle zurückzurufen. Sie mussten warten. Zuerst musste sie mit Stefan sprechen.

Bereits nach dem zweiten Läuten nahm er ab. »Tina, endlich meldest du dich! Ich habe dich schon tausendmal angerufen«, begrüßte er sie erleichtert. »Geht es dir gut? Ich habe schon gehört, was bei euch passiert ist.«

»Dank der beiden Ermittler bin ich noch am Leben. Und dank dir«, erwiderte sie. Es tat gut, seine Stimme zu hören, merkte sie. »Bist du noch im Landtag?«

»Ja, ich hatte etwas Ärger mit der Polizei hier, weil ich die Vorhut in die Katakomben gebildet habe.« Sie hörte ihn lachen. »Aber jetzt sieht es ganz gut aus. Du glaubst nicht, was sie hier gefunden haben: vier wertvolle Gemälde, die wohl im Zweiten

Weltkrieg versteckt worden waren. Du hattest recht mit deiner Vermutung, dass da etwas nicht stimmt. Und du hast sie wohl vorhin in den Katakomben gestört, als sie die Bilder gesucht haben. Genau wie der Arbeiter heute früh vermutlich.«
Tina nickte. »Klingt logisch. Dann war das Ganze mit den Anschlägen wirklich ein Ablenkungsmanöver?«
»Ein Rope-a-dope, würde mein Kollege sagen«, fiel ihr Lena Schwartz ins Wort.
»Es hat ja auch funktioniert. Und wie!«, meinte Stefan. »Aber die Ortung deines Handys hat ihnen einen Strich durch die Rechnung gemacht«, sagte er fröhlich.
»Wobei mir immer noch schleierhaft ist, wie es vom Kellerboden zurück in meine Jackentasche gekommen ist. Einer von denen hatte es mir nämlich aus der Hand geschlagen.«
»Tja, das ist wirklich merkwürdig«, antwortete Stefan.
In diesem Moment kam der Rettungssanitäter um den Wagen und unterbrach das Telefonat. »Wir können los. Wir werden Sie gemeinsam in das Krankenhaus bringen, in dem auch Ihr Kollege Bergmann ist. Nur zur Routine, dauert nicht lange«, versicherte er ihnen und wies auf das Innere des Rettungswagens.
»Wir müssen uns jetzt kurz durchchecken lassen, mein Lieber«, sagte Tina. »Ich halte dich aber auf dem Laufenden, vielleicht sehen wir uns ja noch und stoßen auf den Sommerempfang an. Und reden müssen wir auch noch. Mein Gehirn arbeitet noch nicht so richtig, aber irgendwas gefällt mir an der Geschichte heute nicht so ganz.«
Tina verabschiedete sich, legte seufzend auf und kletterte vorsichtig in das Innere des rot-weißen Wagens, der sie unwillkürlich an den Transporter erinnerte. »Dieses Mal fahre ich aber in besserer Gesellschaft.« Sie blinzelte Schwartz zu, die gemeinsam mit dem Rettungssanitäter ebenfalls einstieg.

※ ※ ※

Stefan betrachtete noch einen Moment das Display seines Smartphones. Ihm war ein Stein vom Herzen gefallen, als er Tinas Stimme gehört hatte. Sie war ihm wichtiger, als er sich je hätte vorstellen können, wurde ihm bewusst. Was für ein Glück, dass sie hatte gerettet werden können! Das war schon gut gelaufen. Er wurde aber das Gefühl nicht los, dass es etwas zu einfach gewesen sein könnte.

Stefan wollte sich vom Innenhof, in dem er sich auf eine kleine Mauer gesetzt hatte, wieder zurück Richtung der Gruppe von Polizeibeamten wenden, die das Gelände nun sicherten, als er abrupt stehen blieb.

Ihr Handy war in der Jackentasche, hatte sie gesagt? Sein Fundstück vom Kellerversteck hatte er in der Aufregung vorhin ganz vergessen! Er hatte es ja auch in seine Jackentasche gesteckt. Obwohl der Abend hereinbrach, war es immer noch drückend schwül, und er hatte sein Sakko auf der Steinmauer im Innenhof abgelegt. Zielstrebig ging er zurück, tastete in die Jackentasche und zog ein vergilbtes und sehr abgegriffenes Notizbüchlein heraus. Die sommerliche Spätabendsonne spendete gerade noch genügend Licht, um es sich anzusehen.

Stefan setzte sich auf die Mauer, lockerte die Fliege um seinen Hals und betrachtete das kleine Buch neugierig.

52

München, Klinikum Bogenhausen, 22:15 Uhr

Genervt zappte Harald Bergmann durch das Fernsehprogramm, als es an der Tür seines Patientenzimmers klopfte. Er hatte zwar nur einen Streifschuss an der linken Schulter abbekommen, und einige Splitter des explodierenden Transporters hatten ihn erwischt. Aber die Ärzte hatten dennoch darauf bestanden, dass er zumindest in dieser Nacht noch zur Beobachtung im Krankenhaus bleiben sollte. Auch wenn er die Anstrengungen der letzten Tage in den Knochen spürte, widerstrebte es ihm grundsätzlich, an ein Krankenhausbett gefesselt zu sein.

Die Störung kam ihm daher sehr gelegen, und er sah erfreut auf, als Lena Schwartz den Kopf durch die Tür steckte. Sie hatte beim Schusswechsel auf dem Parkplatz mehr Mut gezeigt, als er ihr zugetraut hatte, und sich im Verlauf dieses denkwürdigen Tages seinen Respekt erworben.

»Hier bist du also. Wir sind nur einige Zimmer entfernt von dir«, begrüßte sie ihn und trat an sein Bett. »Wie geht es dir?«

»Ach, nur einige Schrammen, mehr nicht. Bei dir alles okay? Deine kleine Tochter macht sich bestimmt Sorgen. Klara heißt sie, oder?«, fragte er sie. Er konnte sich nicht erklären, warum. Aber als seine Kollegin den Raum betreten hatte, war ihm schlagartig bewusst geworden, dass sie im Gegensatz zu ihm nicht nur für sich, sondern für eine kleine Familie Verantwortung trug. Und umso höher war ihr Einsatz einzuschätzen.

Statt einer Antwort nickte Schwartz ihm nur freundlich zu. Eine kurze, fast unangenehme Pause trat ein, aus der sie die Stimme eines Nachrichtensprechers erlöste. Bergmann deutete mit dem Finger auf das Fernsehgerät über ihnen. »Jeder Sender

berichtet über die Anschläge«, sagte er und drehte den Ton lauter.
»Soeben treffen der Innenminister und der Polizeipräsident zu einem Statement ein. Wir schalten daher ins Bayerische Innenministerium«, kündigte der Nachrichtensprecher vor der Schleißheimer Schlosskulisse an, der die untergehende Sonne zusätzlich eine besondere Atmosphäre verlieh. Mit ernstem Blick traten beide Amtsträger im Innenhof des Ministeriums vor die Kameras, und sogleich streckte sich ihnen eine Traube von Mikrofonen der Radio- und Fernsehanstalten entgegen.
Der Polizeipräsident begann: »Nach allen Erkenntnissen, die wir derzeit haben, handelt es sich um zwei Täter aus Bosnien, die die Explosionen am Olympiapark und in Oberschleißheim geplant und ausgelöst haben. Wir können die Meldungen bestätigen, dass beide Attentäter in Feldkirchen bei einer dritten Explosion schwer verwundet wurden. Mittlerweile erlagen sie ihren Verletzungen. Offenbar hatten sie weitere Anschläge vor. Insgesamt vier Beamte wurden hierbei verletzt. Glücklicherweise wurde bis auf einige leichter Verletzte niemand sonst in Mitleidenschaft gezogen. Durch den Einsatz und die gute Zusammenarbeit von Landespolizei, Bereitschaftspolizei und Kriminalpolizei konnten die Täter gestellt und so weitere Schäden und Opfer verhindert werden.«
Während der Innenminister die gute Kooperation und das beherzte Eingreifen der Einsatzkräfte lobte, grummelte Bergmann: »Die sonnen sich wieder mal viel zu früh im Erfolg!«
»Was hast du denn, Harald?«, fragte Schwartz. »Die meinen doch uns mit dem Lob.«
»Lob hin oder her. Auch der Vizepräsident hat gerade bei mir angerufen und uns gratuliert. Die Freude kommt mir aber etwas vorschnell. Das war ein enormer Aufwand für die Täter, um die Münchner Polizei und Öffentlichkeit vom Landtag abzulenken und dort freie Bahn für den Diebstahl zu haben.

Das macht mich stutzig. Und die beiden Bosnier hatten schon ziemlich großes Pech. Wenn der Transporter nicht in die Luft geflogen wäre, hätten wir wohl keine Chance gehabt.«

»Da hast du recht. Den Eindruck hatten Christina Oerding und ich auch, dass wir unfassbares Glück hatten«, antwortete Schwartz. »Aber die beiden Täter können uns nun leider nichts mehr sagen. Zum Beispiel dazu, was sie mit dem Sprengstoff im Wagen genau vorhatten. Oder wie Oerdings Handy wieder in ihre Jackentasche geraten ist.«

»Oerding? Die Geisel? Ist sie hier?«, hakte Bergmann neugierig nach und setzte sich ein Stück auf.

Wie aufs Stichwort klopfte es erneut an der Tür, und die schlanke Historikerin kam herein. Ihr modischer Hosenanzug war verdreckt und zerknittert. Genau wie Bergmann und Schwartz war sie mittlerweile nochmals durchgecheckt und medizinisch versorgt worden. Erleichtert sah sie jedoch nicht aus, fand Bergmann, im Gegenteil.

»Entschuldigen Sie die Störung. Ich wollte mich bei Ihnen dafür bedanken, dass Sie mir das Leben gerettet haben. Alle beide waren Sie meine Schutzengel. Aber ganz besonders Sie, Herr Bergmann«, begann sie und lächelte ihm zu. Als Bergmann, der sich durchaus geschmeichelt fühlte, abwinken wollte, fuhr sie bereits fort: »Zum Feiern ist es aber noch zu früh, glaube ich. Sie müssen sich mal ansehen, was mir Stefan Huber gerade eben per WhatsApp aus dem Landtag geschickt hat!« Aufgeregt hielt sie ihr Smartphone hoch.

Bergmann sah Schwartz fragend an. Was konnte es wohl sein, das die Historikerin so in Aufregung versetzte?

Oerding kam rasch näher und zeigte ihnen das Display. Bergmann beugte sich vor und kniff die Augen zusammen. Ein Stück Papier oder eine Buchseite war zu erkennen. Die Schrift war kaum zu entziffern, da die abgegriffene Seite mit Bleistift und offenbar in großer Hast beschrieben worden war. Langsam, Buchstabe für Buchstabe las er:

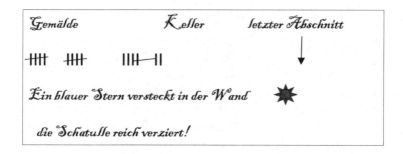

Verwirrt blickte er auf. »Was soll das bedeuten?«
Oerding zuckte mit den Schultern. »Das ist die letzte Seite eines alten Notizbuchs, das Stefan vorhin in den Katakomben gefunden hat. Aber nicht irgendwo, sondern auf dem Boden in dem Versteck, in dem die Gemälde untergebracht waren.«
»Sehr verwirrend«, kommentierte Schwartz.
»Also«, setzte Oerding noch einmal an. »Stefan meinte, das könnte das Notizbuch von jemandem sein, der die Gemälde 1944 dort unten versteckt hat. Es hat einem Josef Streicher gehört, steht jedenfalls so auf dem Einband. Bei jedem Eintrag steht ein Datum, und das letzte ist vom Juli 1944. Er hat das Buch damals wohl verloren.«
»Aber was bedeutet ›blauer Stern‹? Oder heißt es ›Stein‹? ›Edelstein‹?«, fragte Bergmann.
»Ja, daran dachte ich auch«, sagte Oerding. »›Blauer Stein‹ könnte ›blauer Edelstein‹ bedeuten, und da gibt es einen, gar nicht weit weg von hier. Den Blauen Wittelsbacher.« Als sie die fragenden Blicke bemerkte, erklärte sie: »Das ist ein fast sechsunddreißig Karat großer Diamant, der in die Krone der bayerischen Könige eingearbeitet wurde. Seit 1806 stellt er den zentralen Stein der Krone dar. Sie haben ihn bestimmt schon einmal gesehen, da bin ich ganz sicher.« Bergmann und Schwartz sahen sich etwas ratlos an.
»Sie werden doch nicht sagen, dass die Krone der bayerischen Könige im Keller des Landtags versteckt war?«, fragte Schwartz ungläubig nach.

»Nein, die Krone ist ja sicher in der Schatzkammer der Münchner Residenz verwahrt. Aber wenn ich mich nicht täusche, bin ich bei der Arbeit einmal über ein Schriftstück gestolpert, in dem es um einen blauen Edelstein ging. Ich komme aber nicht mehr darauf, was es war. Bei den vielen Schlägen auf den Kopf ist das aber auch kein Wunder heute.« Oerding fasste sich an ihre Stirn.

Bergmann und Schwartz sahen sich an. »Nehmen wir einmal an, an Ihrer Überlegung ist etwas dran«, sagte Schwartz. »Dann könnte es ja sein, dass nicht nur die Gemälde da unten waren, sondern auch etwas viel Wertvolleres.«

»Jetzt fällt mir noch etwas ein. Als ich im Keller aufgewacht bin, hat jemand mühsam etwas aus der Wand gestemmt. Das war ganz sicher kein Gemälde!«

»Das wäre ja ein Ding, wenn in dem Transporter ein Diamant gefunden würde. Er müsste die Explosion ja überstanden haben«, überlegte Schwartz.

»Es würde Sinn ergeben, wenn es nicht nur um die Gemälde ging«, sagte Oerding. »Manches deutet zumindest für mich darauf hin, dass nicht erst 1944, sondern bereits bei der Grundsteinlegung des Maximilianeums vor hundertfünfzig Jahren irgendetwas versteckt wurde, das beim Fund des Grundsteins vor zwanzig Jahren nicht auftauchte. In den originalen Bauplänen von damals war wohl etwas dazu vermerkt, aber diese sind 1998 wieder eingemauert worden. Auch die Kopien sind interessanterweise in den letzten Tagen verschwunden.«

Bergmann nickte nachdenklich. »Das klingt tatsächlich plausibel«, sagte er langsam. »Ich frage mich schon die ganze Zeit, ob die Gemälde allein diesen gewaltigen Aufwand rechtfertigen.«

»Bislang ist das mit dem Blauen Wittelsbacher aber nur eine Überlegung«, meinte Oerding. »Ich müsste dieses Notizbuch erst einmal selbst sehen. Wir kennen ja bislang nur das Foto der letzten Seite.«

Seufzend stand Lena Schwartz auf.

»Wo wollen Sie hin?«, fragte Christina Oerding sichtlich überrascht.

»Na, Sie wollen mir doch nicht weismachen, dass Sie hier in Ruhe abwarten und es auf die lange Bank schieben wollen, das Tagebuch in Augenschein zu nehmen? Und das werden Sie ganz sicher nicht allein tun, sondern in Begleitung!«, erwiderte Schwartz schmunzelnd.

Damit hatte sie offenbar den Nagel auf den Kopf getroffen, denn mit gespielter Empörung erhob sich die Historikerin und sagte: »Ertappt. Also auf ins Maximilianeum. Ich rufe Stefan gleich noch einmal an.«

Bergmann räusperte sich kurz und wollte ebenfalls aufstehen, doch er zuckte vor Schmerz zusammen und sackte stöhnend auf das Bett zurück. Die Wunde in der Schulter und die Prellungen schränkten ihn mehr ein, als er sich hatte eingestehen wollen.

»Harald, bleib du hier. Wir beide fahren erst einmal voraus und melden uns dann bei dir.« Sanft drückte ihn Schwartz zurück auf das Krankenbett, und ihr Blick verriet, dass sie keine Widerrede dulden würde. In der Tat spürte Bergmann die Erschöpfung am ganzen Leib.

Er schnaufte resignierend durch. »Okay, ihr haltet mich aber auf dem Laufenden, ja? Und ich will später keine Beschwerden hören, wenn ihr auf eigene Gefahr das Krankenhaus verlasst«, sagte er mit schiefem Grinsen.

Oerding hielt das Smartphone an ihr Ohr. »Du bist ja noch im Landtag, oder? Wir kommen jetzt zu dir«, kündigte sie an. »Bleib, wo du bist.«

Schwartz, die zeitgleich mit der Einsatzleitung telefoniert hatte, legte ebenfalls auf. »Bislang wurde nichts Weiteres gefunden in Feldkirchen. Aber die Spurensicherung ist ja noch dran.«

※※※

Fünf Minuten später saßen Christina Oerding und Lena Schwartz in einem Taxi Richtung Innenstadt. Mittlerweile war nach einem brütend heißen Sommertag die Nacht hereingebrochen, und auch der Ausnahmezustand, der die Landeshauptstadt ergriffen hatte, löste sich langsam auf. In den Sicherheitszonen um die Bereiche der Bombenanschläge im Olympiapark und in Oberschleißheim wurden zwar noch strengere Kontrollen durchgeführt, der Verkehr, der zuvor fast zum Erliegen gekommen war, hatte sich nun aber in weiten Teilen wieder normalisiert. Die Ereignisse, ständig befeuert durch neue Nachrichten und Gerüchte, blieben Stadtgespräch.

Nachdenklich blickte Lena Schwartz aus dem Fenster. Was für ein Tag. Das musste sie erst noch verarbeiten. Dass Harald Bergmann vorhin zum ersten Mal überhaupt nach ihrer Tochter fragte, hatte sie sprachlos gemacht. Er hatte ihr offenbar besser zugehört, als sie gedacht hatte.

Der Taxifahrer riss sie aus ihren Gedanken und plauderte munter los, während er sie zum Maximilianeum brachte. »Die Welt ist wirklich verrückt geworden. Bombenanschläge in unserer schönen Stadt«, schimpfte er. »Gut, dass es die beiden Bosnier erwischt hat. Fanatische Typen sind das, wollen sich an uns für irgendwelche Bomben bei ihnen rächen, ein Wahnsinn ist das. Da haben sie sich wohl übernommen und selbst in die Luft gesprengt, die beiden.« Der alteingesessene Münchner drehte sich beim Fahren immer wieder um.

Schwartz beugte sich interessiert im Sitz nach vorn. »Sagen Sie, kam das alles schon im Radio?«

»Läuft alles rauf und runter. Heutzutage bist du ja live dabei«, sagte er lachend. »Sie sehen auch etwas mitgenommen aus, wenn ich mir den Kommentar erlauben darf«, ergänzte er.

»Ja, war einiges los heute«, antworteten Schwartz und Oerding wie aus einem Mund.

53

München, Geheimtunnel zum Maximilianeum, 22:00 Uhr

Arthur Streicher fluchte leise vor sich hin, als er Stück für Stück den feuchten Boden absuchte. So schwierig es gewesen war, durch den engen und niedrigen Tunnel zum Ausgang zu kommen, nun war es umso anstrengender und zeitraubender, die gesamte Strecke abzusuchen. Neben der Stirnlampe hatte er noch eine Taschenlampe in der Hand und leuchtete jeden Quadratzentimeter ab, während er mühsam voranrobbte. Allerlei Hinterlassenschaften von Mäusen, Ratten und Kleingetier fand er. Von seinem Notizbuch jedoch keine Spur.

Fieberhaft überlegte er, wo er es verloren haben könnte, aber er konnte sich an nichts Auffälliges erinnern. Verdammt! Wie konnte das passieren?, ärgerte er sich. Immer wieder checkte er seine Armbanduhr und merkte dabei, wie seine Hände zitterten. Die Zeit wurde langsam knapp. Eine Stunde hatte er noch, um seinen Nachtzug zu erwischen. Der Schweiß tropfte ihm von der Stirn, und er zog sich langsam voran, die kleine Ledertasche immer hinter sich.

Wenn er hier nichts finden würde, blieb ihm nur noch eine Hoffnung. Aber sollte er das riskieren? Die Antwort darauf kannte er bereits, als er den Anfang des Geheimganges unter dem Maximilianeum erreichte. Er hatte keine andere Wahl.

54

München, Maximilianeum, 22:30 Uhr

Stefan Huber ging nervös vor der Ostpforte auf und ab, als das Taxi ankam. Lena Schwartz und Tina sprangen nahezu gleichzeitig aus dem Auto und liefen auf ihn zu. Beiden sah man die Anstrengungen der vergangenen Nacht an, doch er hatte nur Augen für Tina. Die sonst perfekt fallenden dunkelbraunen Haare standen in Strähnen zur Seite. Ihr Hosenanzug war staubig und zerrissen. Aber ihr Lächeln erschien ihm strahlender als je zuvor.

»Hallo, mein Lieber«, sagte Tina freudig, und sie umarmten sich kurz. »Nun zeig doch mal deinen Fund«, forderte sie ihn auf, während sie durch das Drehkreuz an der Pforte in den Innenhof und Richtung Treppenhaus gingen, und er reichte ihr das Buch.

»Interessant, es scheint sich ja wirklich um das Tagebuch eines Soldaten hier im Maximilianeum zu handeln, der mit dem Verstecken der Gemälde beauftragt war. Das muss ich mir in meinem Büro schnell etwas genauer ansehen«, sagte Tina, während sie im Gehen im Buch blätterte.

»Ja, das fand ich auch spannend, und deshalb habe ich es dir gleich geschickt.« Stefan hielt ihnen die Tür ins Treppenhaus auf.

Dort trafen sie auf einen jungen Polizeibeamten in Uniform, der gerade aus dem Untergeschoss nach oben hastete.

Lena Schwartz grüßte ihn: »Guten Abend, Kriminalkommissarin Schwartz. Gibt es Neuigkeiten vom Fundort unten?«

Der Beamte sah sie und ihre beiden Begleiter etwas überrascht an. »Die Gemälde sind gesichert, und der Bereich ist abgesperrt. Die Kollegen sind gerade weg. Ich muss jetzt zur Einsatzbesprechung«, erklärte er ihr und warf Stefan einen misstrauischen Blick zu. »Sie sind immer noch hier, Herr Huber?«

Schwartz ignorierte den kritischen Unterton des Polizeibeamten und wandte sich Tina und Stefan zu, die bereits die ersten Stufen hoch zu ihrem Büro im dritten Stock des Altbaus genommen hatten. »Geht ihr doch voraus. Ich sehe mir den Ort des Geschehens noch einmal an.« Zum Polizisten sagte sie: »Die beiden helfen uns bei den Ermittlungen. Geben Sie mir fünf Minuten und kommen Sie kurz mit. Dann können Sie mich auf den letzten Stand bringen, was unten vor sich gegangen ist.«

Der Beamte zögerte erst kurz, erklärte sich dann doch bereit, sie in die Katakomben zu begleiten.

So trennten sich ihre Wege im Treppenhaus. Während Stefan und Tina die knarzenden Holzstufen nach oben erklommen, folgte Schwartz dem Kollegen in Richtung Keller.

55

München, Klinikum Bogenhausen, 22:40 Uhr

Obwohl er so erschöpft wie selten zuvor in seinem Leben war, kam Harald Bergmann nicht zur Ruhe. Wieder und wieder zappte er sich durch das Fernsehprogramm, das nach einigen Sondersendungen nun langsam wieder zur Tagesordnung überging. Nur höchst ungern hatte er sich überreden lassen, hier zurückzubleiben. Alle im Einsatz und er ans Bett gefesselt. Unmöglich! Seine Gedanken kreisten, und er spielte die Ereignisse des Tages noch einmal durch.

Der tote Bauarbeiter am Morgen mit einer Verbindung in den Bayerischen Landtag. Die Bombenanschläge im Olympiapark und in Oberschleißheim, zum Glück ohne Todesfolge. Der Gemäldefund im Keller des Maximilianeums. Alles ein groß angelegtes Ablenkungsmanöver der bosnischen Attentäter, um die Bilder zu stehlen.

Bergmann schüttelte den Kopf, während er die Umstände vor seinem geistigen Auge Revue passieren ließ. Zufällig hatten sie die Diebe im Keller in flagranti erwischt und gestört. Glücklicherweise hatten sie sie so schnell erwischt. Und dann deren Pech mit ihrer Sprengladung.

»Sehr viel Glück auf der einen und sehr viel Pech auf der anderen Seite«, murmelte Bergmann. Wieso hatten sie überhaupt noch so viel Sprengstoff an Bord, wenn sie doch mit den Gemälden auf der Flucht waren? Wieso hatten sie alles bedacht, aber das Handy der Geisel war ihnen nicht aufgefallen? Und weshalb sie ihre Anschläge über die Medien verbreitet hatten, war zwar klar: um möglichst große Aufmerksamkeit zu bekommen. Aber dass wir ihre Flucht quasi live im Radio verfolgen konnten, ergibt keinen Sinn, überlegte er weiter, während er sich durch das Programm zappte.

Bei einem Sportsender blieb er hängen. Kurz musste er schmunzeln, als er die Vorberichte eines Boxkampfes sah. Seine Leidenschaft für den Boxsport hatte ihm heute einen guten Dienst erwiesen, als er auf den Rope-a-dope kam. Das war schon einmalig damals beim »Rumble in the Jungle«, als Muhammad Ali George Foreman mit dieser Finte austrickste, erinnerte er sich.

Als er den Boxer auf dem Bildschirm beobachtete, runzelte Bergmann die Stirn. So ergab der Rope-a-dope doch gar keinen Sinn! Wer so etwas plante, der stellte sich bei der Flucht doch nicht so dumm an.

»Außer die Attentäter waren Teil der Finte«, überlegte er laut weiter. Konnte es sein, dass jemand Öffentlichkeit, Medien, Polizei, sie als Ermittler und seine Komplizen gleichermaßen in die Irre geführt hatte? Konnte es sein, dass es gar nicht um die Gemälde ging, sondern um etwas ganz anderes? Den blauen Stein oder Stern, auf den das Notizbuch hindeutete, etwa?

»Ein doppelter Rope-a-dope«, sagte Bergmann in Richtung des Boxkampfes, der im Fernseher jetzt anlief. Das würde bedeuten, dass noch jemand im Spiel wäre, der die Fäden gezogen hatte.

Irgendetwas hatte ihn vorhin in Bezug auf das Notizbuch stutzig gemacht. Es gehörte einem Josef Streicher, erinnerte er sich. Mit dem Nachnamen verband er sonst Markus Streicher, eine Münchner Nachwuchshoffnung im Boxen. Er hatte den Namen heute aber schon einmal gehört, grübelte Bergmann. Aber wo und wann war das nur? Da fiel es ihm ein! Es konnte absoluter Zufall sein oder das entscheidende Detail. Egal wie, er wusste, es würde ihm keine Ruhe lassen.

Harald Bergmann seufzte auf, und mit dem Gong zur zweiten Runde des Kampfes schaltete er den Fernseher aus.

56

München, Maximilianeum, 22:40 Uhr

Sie nahmen zwei Stufen auf einmal, um möglichst schnell den Aufstieg in den dritten Stock des Altbaus zu ihrem Büro zu überwinden. Tina öffnete ihre Bürotür und winkte Stefan hinein. Schmunzelnd sah er sich im vollgestellten Raum um. »Interessante Sitzordnung.« Er deutete auf die Kisten mit den Informationsbroschüren, die sich vor ihrem Schreibtisch stapelten. Tina lachte auf und ließ die Tür hinter sich zufallen, sodass das Abendkleid am Haken klapperte.
»Ja, wir improvisieren gerne beim Besucherdienst. Wir sind die wahre Elite hier im Maximilianeum«, sagte sie lachend.
»Schönes Kleid übrigens.« Er zwinkerte ihr zu. »Wirklich schade, dass du es heute nicht tragen konntest. Ich schlage vor, wir holen das bei einem Abendessen nach.«
Hatte er sie gerade um ein Date gebeten? Er wunderte sich selbst über seine Forschheit.
»Klar, das können wir machen. Dank dir habe ich ja überhaupt die Chance, das Kleid noch zu tragen.« Sie lächelte ihn an, setzte sich auf die Schreibtischkante und blickte ihm einen Moment zu lange in die Augen. »So, jetzt ist aber genug geplauscht. Drück uns die Daumen, dass ich das zum Blauen Wittelsbacher finde, was mir im Kopf herumschwirrt.« Sie schwang sich auf ihren Bürostuhl und klickte den PC an, der noch im Stand-by-Modus war.
Stefan hob eine Schachtel von einem Stuhl in der Ecke und rutschte mit ihm an den Schreibtisch.
Tina blickte angestrengt auf den Bildschirm und tippte Suchbegriffe ein. Einige Sekunden las sie, bevor sie überrascht die Augenbrauen hob und Stefan in die Augen sah. »Siehst du, auch Historikerinnen wissen nicht alles. Der Blaue Wittels-

bacher ist gar nicht mehr in der Krone und auch nicht in der Residenz. Er sollte wegen Liquiditätsproblemen Anfang der 1930er Jahre verkauft werden, es fand sich aber wohl kein Interessent. Erst 1951 wurde er in Antwerpen veräußert und hat seitdem mehrfach den Besitzer gewechselt. 2008 wurde er bei Christie's in London für die Rekordsumme von über dreiundzwanzig Millionen Dollar versteigert.«

»Dreiundzwanzig Millionen Dollar? Nicht schlecht!«

»Das ist ja noch gar nichts. Hier steht, man vermutet, dass der gegenwärtige Eigentümer, angeblich ein Scheich, den Stein in der Zwischenzeit für mindestens achtzig Millionen Dollar erworben hat«, sagte Tina und ergänzte: »Bei achtzig Millionen Dollar könnte man langsam den Aufwand verstehen, der heute betrieben wurde.«

»Alles schön und gut, aber das dürfte ja nicht der Stein sein, von dem hier die Rede ist, oder?« Stefan wedelte mit dem Notizbuch.

»Wahrscheinlich nicht«, überlegte sie. »Aber das hier ist interessant.« Tina las weiter. »Die Erwerbungsgeschichte des Diamanten liegt im Dunkeln, steht hier. Er wurde von Margarita Theresa 1666 aus Spanien als Mitgift von ihrem Vater, König Philipp IV., mitgebracht und stammte vermutlich aus einem indischen Bergwerk. So landete er bei ihrem Mann Kaiser Leopold I. und schließlich durch weitere Heiraten bei den Wittelsbachern. Die Mitgift von Margarita Theresa bestand aber nicht nur aus einem, sondern aus mehreren Juwelen aus dem Bergwerk. Zunächst war nicht nur von einem, sondern von zwei blauen Diamanten die Rede. Davon findet sich später jedoch nichts mehr.«

Tina scrollte weiter durch die Internetseiten. »Überall das Gleiche. Bei der Mitgift von Margarita Theresa wird von mehreren Diamanten gesprochen, aber sie werden nie konkret benannt. Der zweite blaue Diamant kommt danach nie vor, und es wird stets nur ein Blauer Wittelsbacher erwähnt.« Nachdenklich massierte Tina ihre Schläfen. »Wenn mir nur einfallen würde, wann und wo ich etwas dazu gelesen habe …«

»Na ja, du wirst ja in vielen Geschichtsbänden geschmökert haben, wie ich dich kenne«, sagte Stefan schulterzuckend. Zunächst sah Tina ihn etwas verärgert an. »Na, da bist du jetzt aber keine große Hilfe mit solchen Hinweisen!« Doch urplötzlich erhellten sich ihre Gesichtszüge, und sie schlug mit der Hand auf den Tisch. »Ich nehme alles zurück. Du hast recht. Die Bände zur bayerischen Geschichte!« Sie sprang auf. »Wir müssen ins Archiv«, rief sie dem überrumpelten Stefan zu und lief voran ins Treppenhaus. »Komm schon!« Während sie die Holzstufen hinabhasteten, klärte sie ihn auf. »Ich war doch heute Nachmittag im Archiv. Dort habe ich etwas gelesen, was jetzt Sinn ergeben könnte.«

Etwas außer Atem erreichten sie das Untergeschoss und liefen durch den Zugang zur Landtagsbibliothek, der mit seiner Bildergalerie an diesem Tag schon einmal wertvolle Hinweise geliefert hatte. Aber Bibliothek und Lesesaal waren verwaist und lagen im Dunkeln. »Mist, daran habe ich nicht gedacht!«, ärgerte sich Tina.

Stefan überlegte einen Moment und zog dann kräftig an den Schwingtüren. Zu ihrer Überraschung gingen sie auf.

»Aus Brandschutzgründen dürfen sie nicht ganz zugesperrt sein.« Er deutete auf ein Schild.

»Stimmt! Na, dann nichts wie hinein«, sagte Tina und schob sich durch die halb geöffnete Glastür in den Lesesaal. »Wenn wir Glück haben, sind die Bände von heute Nachmittag noch im Lesebereich im Archiv unten«, rief sie Stefan zu, aktivierte die Lampe ihres Smartphones und lief zielgerichtet die kleine Wendeltreppe hinab.

Unten schaltete Tina das Licht an, und nacheinander flammten die Deckenlampen auf. In der Tat lagen auf einem der kleinen Lesetische an der Seite noch die schweren Geschichtsbände, in denen sie gelesen hatte, bevor die verschwundenen Baupläne ihre Aufmerksamkeit eingenommen hatten. Sie setzte sich und schlug den letzten Band auf. Es dauerte einige Zeit, bis sie die Stelle wiedergefunden hatte, um die es ihr ging.

»Hier ist es!«, rief sie Stefan zu. »Da wollte ich vorhin noch weiterlesen. Geschichte kann schon spannend sein. Nur wenige Jahre nach der Grundsteinlegung starb König Maximilian II. an einer mysteriösen Krankheit innerhalb von nur drei Tagen. Seine Leibärzte waren ratlos.«

Tina blätterte. »Das hier meinte ich: Einer der Leibärzte berichtete, der König habe ihm auf dem Sterbebett etwas zuflüstern wollen, er hatte ihn aber nicht verstanden. Er gab an, der König habe etwas von einem Gang nach Canossa und Ottos großem blauem Stein gesagt. Dies wurde aber mit dem Fieberwahn des schwer kranken Königs erklärt, oder man vermutete, er wollte seinem Bruder den Blauen Wittelsbacher vermachen.«

»Fieberwahn«, wiederholte Stefan. »Könnte sein. Oder er meinte den zweiten blauen Diamanten. Einen zweiten Blauen Wittelsbacher quasi.«

»Genau. Damit würde auch die griechische Münze Sinn ergeben, die wir im Grundsteinfund entdeckt haben. Als Hinweis auf Griechenland und Otto, König von Griechenland. Das, was heute passiert ist, würde dann in anderem Licht erscheinen«, sagte Tina triumphierend.

»Der Eingang in die Katakomben ist direkt unter uns«, sagte Stefan. »Lass uns das mit Schwartz besprechen. Außerdem bin ich gespannt, ob sie unten noch etwas entdeckt haben.«

57

München, Maximilianeum, 22:40 Uhr

Aller guten Dinge sind drei, dachte sich Lena Schwartz, als sie mit dem jungen Kollegen den Übergang zur Tiefgarage und zu den Katakomben des Landtages entlanglief. Bereits zum dritten Mal an diesem Tag kam sie an der Tafel vorbei, welche die Lage des Grundsteins des Maximilianeums kennzeichnete. Im hohen Vorraum vor den Drehtüren vor der Tiefgarage waren die beiden Aufgänge links und rechts, die in die Tiefen der Kellergewölbe führten, bereits mit Absperrbändern der Polizei gesichert. Der Kollege, der sichtlich genervt war, dass er sie nun nochmals an den Fundort der Gemälde begleiten musste, hielt das Band hoch und ließ sie darunter hindurchschlüpfen.

»Ich verstehe schon, dass Sie zur Einsatzbesprechung müssen. Und es ist ja schon spät. Bringen Sie mich nur kurz auf den neuesten Stand, und dann sind Sie erlöst«, sagte Schwartz.

Er ging voraus, führte sie durch das Gewirr von Gängen, Unterständen und Gewölben und erklärte ihr, nun schon etwas entspannter: »Wir konnten noch vier Gemälde sicherstellen. Sehr wertvolle Rahmen, vergoldet, wie wir gesehen haben. Auch die Gemälde selbst sehen kostbar aus, aber das müssen wir erst noch überprüfen. Von Leo von Klenze sollen einige sein, habe ich gehört, mehr weiß ich aber nicht. Was wir wissen, ist, dass es sich um Ausstellungsstücke der Münchner Kunstausstellung handelt – bislang ging man davon aus, dass sie endgültig verloren seien. Alles einmalige Einzelstücke. Es ist also eine gute Nachricht, dass wenigstens diese gesichert werden konnten. Der Rest ist mit der Explosion vollkommen zerstört worden«, berichtete er, während sie dem Kellerversteck immer näher kamen. Notdürftig aufgestellte Baulampen erhellten den Fundort, der ebenfalls mit Absperrbändern eingegrenzt war.

»Hier waren die Gemälde abgestellt.« Er deutete auf Spuren auf dem staubigen Steinboden neben der großen Holzluke, die noch immer offen stand.

Schwartz nickte und blickte ebenso vorsichtig wie fasziniert in den gähnenden Schlund. »Und hier hatte sich Stefan Huber vorhin versteckt?«, fragte sie fast belustigt nach.

»Ja, wir waren selbst überrascht, als er mit erhobenen Händen auftauchte«, erzählte der Beamte feixend. Beide lachten kurz auf und blickten dann wieder in den Abgrund.

»Helfen Sie mir doch bitte hinab und leuchten Sie mit hinein, wenn es geht«, bat Schwartz und ließ sich so elegant wie möglich auf die Kiste in dem Kellergewölbe gleiten. Unten atmete sie die modrige Luft ein.

Die Taschenlampe vor sich gerichtet, sah sich Schwartz in dem kleinen Raum um. Außer der Kiste und einigen Decken auf dem Boden war nichts zu sehen. Das Versteck war offensichtlich eilig gegraben worden, stellte sie beim Blick auf den unebenen Lehmgrund und die schiefen Wände fest, an denen der Strahl ihrer Lampe entlangwanderte. Da blieb sie an einer dunklen Einbuchtung hängen, die das Licht fast verschluckte.

Was war das?, fragte sie sich und trat näher. Ein Loch, gerade so groß, um eine große Zigarrenkiste aufnehmen zu können, schätzte sie. Sie ging noch dichter heran und leuchtete die Wand ab, als etwas in der Ecke aufblitzte. Schwartz kniete sich auf den Boden und hob ein Stück eines Metallgitters auf. Könnte es sein, dass es aus der Wand gebrochen worden war? Es passte in der Tat genau auf die rechteckige Öffnung. Und es bestätigte ihre Vermutung, die sie mit der Historikerin im Krankenhaus entwickelt hatte. War hier etwas viel Wertvolleres versteckt gewesen, auf das es die Gemäldediebe eigentlich abgesehen hatten?

»Ist Ihnen das Loch in der Wand hier vorhin nicht aufgefallen?«, rief sie nach oben. Als Antwort gab der Kollege

nur ein unverständliches Grummeln von sich. Das Licht der Taschenlampe über ihr flackerte, irrlichterte durch den Raum und erlosch dann plötzlich. Sie fragte noch einmal nach, erhielt dieses Mal jedoch gar keine Antwort mehr.
»Hallo?«, fragte sie verwirrt nach, aber nichts war zu hören. Hatte der Mann sie zurückgelassen und war zu seiner Einsatzbesprechung zurück? Das konnte doch nicht sein! Schwartz war verunsichert. Dennoch blieb ihr nichts anderes übrig, als sich über die Kiste nach oben zu hieven. Als sie sich auf die Ellenbogen stützte und hinaufdrückte, legte sich blitzschnell ein eisenharter Griff von hinten um ihren Hals.

58

München, Maximilianeum, Katakomben, 23:00 Uhr

»Haben wir die Kommissarin jetzt verpasst?«, fragte Stefan, während sie sich am Schutthaufen in den Katakomben vorbei zum Einstieg in das Gewölbe zwängten.
»Möglicherweise war sie gerade auf dem Weg zu uns, als wir ins Archiv gegangen sind«, antwortete Tina und sah sich suchend um.
Stefan zog das Notizbuch heraus und blätterte darin. »›Letzter Abschnitt‹«, las er vor. »Das kommt hin, wir sind im hintersten Bereich unter dem Südbau. Wo hast du vorhin gesehen, dass jemand etwas aus der Wand gestemmt hat?«
»Ich zeig es dir.« Tina war gerade dabei, in das Kellergewölbe hinabzusteigen, als sich von hinten ein Knie in ihren Rücken rammte und sie auf den Boden des dunklen Raumes stürzte. Statt einer Antwort auf seine Frage hörte Stefan nur ihren Schrei, bevor die Luke mit Schwung geschlossen wurde. Der Holzdeckel krachte dröhnend zu.
Stefan hatte einen Moment lang perplex auf die Szene geblickt, so überrascht war er von der dunklen Gestalt gewesen, die wie aus dem Nichts auftauchte. Dann wirbelte sie herum und stieß ihm einen Ellenbogen so hart in die Magengrube, dass ihm die Luft wegblieb und er nach hinten taumelte. Sein Gegenüber setzte sofort nach, warf ihn zu Boden und drückte sein Knie auf den Brustkorb.
Stefan riss die Augen auf. Jetzt, da der Angreifer direkt auf ihm saß, kam ihm sein Gesicht bekannt vor! Aber wer war er?
Der Blick des Mannes flackerte, und er sagte nur einen Satz: »Gib mir das Buch. Sofort.«
Stefans Gedanken rasten. Diese Augen hatte er schon einmal gesehen! Was würde passieren, wenn er es nicht täte? Die

Antwort darauf erhielt er ohne Umschweife, als der Mann eine Waffe aus seinem Gürtel zog und ihm den Lauf der Pistole auf die Stirn setzte. Das kalte Metall drückte schmerzhaft in die Haut, und eine Welle der Angst ergriff Stefan. Zitternd fasste er in seine Hosentasche und zog das Notizbuch heraus.

Der Mann riss es ihm aus der Hand und entsicherte dennoch seine Waffe. Das Metall klackte laut.

Stefan schloss die Augen. Das war kein Bluff. Er würde keinen Zeugen am Leben lassen.

»Keine Bewegung! Hände hoch, ganz langsam!«, hörte Stefan wie aus dem Nichts eine bekannte Stimme über ihm.

Kriminalhauptkommissar Harald Bergmann stand, einen weißen Verband über seiner linken Schulter, schweißüberströmt und schwer atmend hinter ihnen und drückte dem Mann seine Walther PPK an den Hinterkopf.

Dieser breitete beide Arme aus, das Notizbuch in der linken und die Waffe in der rechten Hand, und erhob sich langsam. Bergmann trat einen Schritt zurück und streckte den Arm aus, um ihm die Pistole abzunehmen. Doch urplötzlich schnellte der Oberkörper des Mannes zurück, und sein Kopf stieß krachend in das Gesicht des Ermittlers. Mit lautem Knacken brach das Nasenbein, und Bergmann geriet ins Taumeln. Er prallte mit dem Rücken gegen eine Steinwand, stieß sich, die Waffe voraus, aber sofort wieder ab und stürzte auf den Mann zu. Eng verknäult rangen sie wie zwei erschöpfte Boxkämpfer in der zwölften Runde miteinander. Eine Millisekunde lockerte sich Bergmanns Umklammerung, und die linke Hand des Angreifers schnellte hoch. Der Handballen schlug auf die blutüberströmte Nase des Kommissars. Bergmann heulte vor Schmerzen auf und wankte zurück.

Ein Schuss löste sich, und im Handgemenge trat der Mann Stefan, der sich gerade am Boden aufsetzen wollte, mit voller Wucht ins Gesicht. Während der Knall noch von den Wänden widerhallte, stürzte die Gestalt sich in die Dunkelheit davon, aus der sie gekommen war.

Stefan und Bergmann rappelten sich mit blutüberströmtem Gesicht auf.

»Alles okay?«, fragte der Kommissar schnaufend, während er vorsichtig seine zerschundene Nase abtastete.

Stefan antwortete mit einem kurzen Stöhnen und nickte. Bergmann deutete Stefan an, dass er zurückbleiben solle, und ging mit vorgestreckter Pistole um die Holzluke herum. Im Nebengewölbe stolperte er und stützte sich an der Wand ab. Erst beim zweiten Hinsehen realisierte Bergmann, worüber er gestürzt war. Seine Kollegin lag leise stöhnend neben einem Streifenbeamten auf dem Steinboden und kam langsam zu sich.

»Er ist hier entlang.« Schwartz zeigte auf eine Öffnung in der Wand.

»Verdammt!«, fluchte Bergmann und versuchte, etwas zu erkennen. Nichts war zu sehen außer einem kleinen Loch, in das man nur gebückt hineinkam.

***

Währenddessen hatte sich Stefan wieder gefangen und hob mit aller Kraft den Eisenring des Holzdeckels an, gegen den Tina verzweifelt klopfte und von unten drückte. Als er endlich scheppernd auf den Steinboden fiel, sah sie ihn gleichermaßen erleichtert wie erschrocken an. »Wie siehst du denn aus? Was ist passiert?«, rief sie nach oben, als Stefan ihr seine Hand entgegenstreckte.

»Er hätte mich fast erwischt. Bergmann ist Gott sei Dank aufgetaucht und jetzt hinter ihm her!«, brachte Stefan keuchend heraus, als er Tina heraufgezogen hatte. Da hielt er inne und rief aus: »Jetzt fällt es mir ein! Es ist Arti. Arthur Streicher! Von der Pforte!«

In diesem Augenblick stolperte Harald Bergmann zurück in das Gewölbe und stieß schwer atmend hervor: »Ja, Streicher. Er ist weg! Tunnel dahinten!«

Lena Schwartz tauchte einige Meter hinter ihm auf und rieb sich den Nacken.

Harald Bergmann wischte sich das Blut notdürftig von der Nase und griff sich mit schmerzverzerrtem Gesicht an die vom Streifschuss verletzte linke Schulter, auf deren Verband sich der Blutfleck immer dunkler abzeichnete. »Wenn wir nur wüssten, wo der Tunnel endet. Dann könnten wir ihm den Weg abschneiden.«

Nach kurzem Überlegen sagte er zu dem jungen Polizisten, der sich ebenfalls wieder aufgerappelt hatte: »Sie bleiben hier und sichern den Tunneleingang für den Fall, dass er zurückkommt. Wir versuchen, ihn zu finden, und schicken Verstärkung. Seien Sie vorsichtig. Wir haben gerade erlebt, wie gefährlich er ist.«

59

München, Tunnel unterhalb des Maximilianeums, 23:15 Uhr

Streicher fluchte. Der Abgeordnete, der ihm heute Morgen beim Maxwerk schon einmal in die Quere gekommen war, hatte ihn erkannt! Und was suchte die Frau, die er seinen Komplizen mit ihrem Handy als Geisel untergejubelt hatte, dort? Wie hatte sie die Explosion überlebt? Konnte es sein, dass dann auch Ondrapow und Beslic noch am Leben waren? Das war doch eigentlich unmöglich! Eine Welle von schmerzhaften Stichen durchzog ihn. Als Söldner war er zwar darauf trainiert, Schmerzen auszublenden. Dennoch musste Arthur Streicher kurz innehalten und drehte sich im engen Tunnel auf den Rücken. Verdammt noch mal! Die Kugel hatte ihn erwischt! Die Schusswunde im Bauch blutete immer stärker, und das Kriechen verschlimmerte die Verletzung zusätzlich. Streicher stöhnte, als er mit der Hand an die Wunde fasste. Sein Hemd war bereits von Blut durchtränkt.

Er ertastete das kleine Buch, das er in seiner Brusttasche verstaut hatte. Erleichtert seufzte er. Der Kreis hatte sich geschlossen. Er hatte es wieder! Zärtlich strich er über den abgegriffenen Ledereinband. Streicher atmete tief durch. Aber das Gefühl der Glückseligkeit und Geborgenheit, das er sich erhofft hatte, blieb aus. Er spürte nur Schmerzen und Einsamkeit. Mehr nicht. Enttäuscht schloss er die Augen und riss sie sofort wieder erschrocken auf. Hatte er gerade das Gesicht eines zu Tode verängstigten Mädchens gesehen? Waren das verzweifelte Kinderschreie? Er musste hier raus!

Keuchend arbeitete er sich voran. Endlich kam das Gitter am Ende des Geheimganges in sein Blickfeld. Mit großer Anstrengung zwängte er sich durch die Öffnung und stapfte, vor Schmerzen gekrümmt, den Weg an der Böschung entlang.

An den Nachtzug war in diesem Zustand nicht mehr zu denken. Ihm war klar, dass er möglichst bald medizinische Hilfe benötigte. Streicher mobilisierte alle Kräfte, presste seine linke Hand auf die Wunde und schleppte sich Meter für Meter Richtung Ludwigsbrücke, die ihn auf die andere Seite der Isar bringen würde. Vielleicht konnte er es schaffen, sich in die kleine Pension, in die sich seine beiden Komplizen eingemietet hatten, zu retten und die Wunde zu verarzten. Weit war sie nicht entfernt, er musste auf die andere Seite der Brücke, von dort aus waren es nur noch ein paar hundert Meter. Es war nicht das erste Mal, dass er in so einer Situation war. Wodka, Verbandszeug und ein scharfes Messer, mehr brauchte er nicht.

Dann würde er sich einige Stunden erholen und morgen bestimmt Mittel und Wege finden, um die Stadt unbehelligt zu verlassen. Aber wofür das alles? Zweifel begannen an ihm zu nagen.

60

München, Maximilianeum, 23:15 Uhr

Stefan und Tina folgten Bergmann und Schwartz, die sich im Laufschritt den Weg durch die verwinkelten Gänge der Katakomben zurück zum Treppenhaus bahnten. Bei der Abzweigung zur Tiefgarage stoppte Bergmann und drehte sich außer Atem zu ihnen um. »Wir suchen jetzt draußen das Gelände ab. Sie beide gehen zur Pforte und informieren den Wachdienst. Und dann halten Sie dort die Stellung, verstanden? Keine Widerrede und keine Extratouren!«, sagte er eindringlich.

Ohne eine Antwort abzuwarten, drückten sich Bergmann und Schwartz durch die Sicherheitstür zur Tiefgarage und liefen zum Ausgang auf der Vorderseite des Maximilianeums.

Als sie aus ihrem Blickfeld verschwunden waren, wandten sich Stefan und Tina notgedrungen nach rechts und sprinteten die Rolltreppe Richtung Innenhof hinauf.

»Wenn die beiden das gesamte Isarufer absuchen müssen, finden sie ihn niemals. Schon gar nicht mitten in der Nacht!«, sagte Stefan besorgt, während sie den Weg zur Pforte einschlugen.

»Da hast du recht. Und das ist doch Mist, wenn wir nur hier herumstehen!«, stimmte ihm Tina zu, klopfte wild an die Glasscheibe und bedeutete dem erschrockenen Pförtner, sie hineinzulassen.

»Rufen Sie den Sicherheitsdienst und die Polizei an. Ein Attentäter ist auf der Flucht aus dem Keller«, stieß Stefan hervor und wischte sich mit dem Hemdsärmel das Blut aus dem Gesicht. Seine Wange schmerzte und war angeschwollen.

Der Pförtner starrte ihn einen Moment entgeistert an und hob dann den Telefonhörer ab.

Tina ging nervös hin und her und sah auf ihre Uhr. »Bis Verstärkung kommt, ist der doch über alle Berge!«
»Wir bräuchten nur einen Hinweis, wo der Tunnel endet«, überlegte Stefan. »Hast du nicht heute Nachmittag etwas von einem Geheimgang erzählt?«
Tina blieb stehen und drehte sich zu ihm um. »Stefan, du hast recht! Das könnte der Tunnel sein! Da hätte ich selbst draufkommen können«, rief sie aufgeregt und riss die Glastür der Pforte auf.
»Wo willst du hin?«, fragte Stefan.
»In mein Büro. Irgendwo da muss der Zeitungsartikel noch herumliegen.«
»Gib mir eine Sekunde«, bat er sie, nahm sein Smartphone und tippte die Suchbegriffe »Maximilianeum« und »Geheimgang« in die Suchmaschine ein. Sofort blinkte ein Treffer auf, der mit »Münchner Maximilianeum: Abstieg in die Unterwelt« überschrieben war. Stefan scrollte durch die Internetseite und rief aus: »Ha! Hier steht es. Die Röhre führt fünfhundert Meter vom Landtagsbau parallel zur Isar nach Süden, bis zum Müller'schen Volksbad.« Triumphierend zeigte er Tina das erleuchtete Display.
»Ja, jetzt erinnere ich mich, wo habe ich nur meinen Kopf?« Sie schlug sich mit der Handfläche gegen ihre Stirn. »Rufst du Bergmann an?«
»Ja, mache ich«, antwortete Stefan und stutzte.
»Was ist? Nun komm schon, ruf ihn an«, trieb Tina ihn an.
»Mist, ich habe seine Nummer nicht eingespeichert«, antwortete Stefan. »Das darf doch nicht wahr sein!«
Während Tina ihn mit offenem Mund ansah, versuchte er, sich zu sammeln. »Er hat mir doch heute Vormittag seine Visitenkarte gegeben, da bin ich ganz sicher.« Er dachte nach. Visitenkarte.
Mit einem Mal fiel es ihm ein. Er drückte unvermittelt die Tür auf und rannte über den Innenhof. Nach wenigen Schritten war er an der Steinmauer angekommen, auf der er zuvor

gesessen und das Tagebuch inspiziert hatte. In der Dunkelheit konnte er nur wenig erkennen und tastete aufgeregt umher. Nichts, der Mauerabsatz war leer.

Er wollte sich schon abwenden, da sah er etwas Dunkles am Boden liegen. Er ging in die Hocke und hob es hoch, sein Herz schlug schneller. Da war sie, seine Jacke! Hastig griff er in die Innentaschen. Aber sie waren leer. Er runzelte die Stirn, und dann kam er darauf: Er hatte sich ja vor dem Sommerempfang noch umgezogen.

Stefan sprang auf und lief zurück zur Pforte. »Versucht es in der Zentrale, sie sollen Bergmann informieren. Seine Karte liegt drüben in meinem Apartment«, rief er ihnen zu, drückte sich durch das Drehkreuz am Ausgang und sprintete über die Straße. An der Haustür holte er seinen Schlüssel aus der Hosentasche, sperrte auf und stürmte die Treppe hoch.

Nach Luft ringend kam er in seinem Zimmer an und riss das Sakko, das er am Vormittag getragen hatte, aus dem Kleiderschrank. Mit zitternden Fingern zog er mehrere Visitenkarten heraus. Er suchte den Namen des Ermittlers. Eine Karte nach der anderen fiel zu Boden, bis er endlich fündig wurde. »Harald Bergmann, Kriminalhauptkommissar« – da war er! So schnell wie möglich tippte Stefan die Nummer ein und wählte.

Nach einer kleinen Ewigkeit läutete es. Aber nichts passierte. Der Kommissar ging nicht ran. Als Stefan schon entmutigt auflegen wollte, knackte es, und Bergmann nahm ab.

61

München, Müller'sches Volksbad, Isar, 23:25 Uhr

»Endlich ein Anhaltspunkt! Dieser Huber hat mehr drauf, als ich gedacht hatte!«, rief Harald Bergmann und tauchte im Laufschritt noch tiefer in das Wäldchen der Maximiliansanlagen ein, die sie gerade durchsucht hatten. Lena Schwartz hatte Mühe, ihm zu folgen, und wunderte sich, woher er trotz seiner Verletzung die Energie zog. Sie wählte die Nummer der Einsatzzentrale.

»Wir haben einen Hinweis, wo der Täter herauskommen könnte!«, keuchte sie beim Laufen in das Smartphone. »Vermutlich auf Höhe des Müller'schen Volksbades. Bitte schickt auch Kollegen direkt zum Landtag zur Verstärkung in den Keller!«

Beim Isarufer angekommen, sprinteten sie über den Mauersteg am Auer Mühlbach gegenüber der Praterinsel Richtung Süden und erreichten nach wenigen Augenblicken das bekannte Volksbad. Um diese Uhrzeit war es ruhig geworden. Es hatte seit dreiundzwanzig Uhr geschlossen, und bis auf wenige Pärchen oder Fußgänger auf dem Nachhauseweg war die Gegend menschenleer.

Bergmann und Schwartz blieben stehen und schauten sich abgehetzt um.

»Mehr Hinweise, als dass der Tunnel beim Volksbad endet, haben wir nicht, oder?«, fragte Schwartz.

Bergmann schüttelte den Kopf und fluchte leise. Das Gelände bot gerade in der Nacht eine Vielzahl von Verstecken. Für jeden Flüchtigen war es ein Leichtes, in einem der Unterstände, kleinen Baumgruppen oder Seiteneingängen des Bades den Schutz der Dunkelheit zu suchen.

Es blieb ihnen keine andere Möglichkeit, als sich aufzuteilen. Während Schwartz das Hauptgebäude des Müller'schen Volksbades umkreiste, lief Bergmann in Richtung der nahe gelegenen Ludwigsbrücke. Die Baugerüste, die sie zuletzt eingerahmt hatten, waren mittlerweile abgebaut, und von dort oben erhoffte er sich einen besseren Überblick.

Als er nach den ersten Stufen um die Ecke des schwach erleuchteten Aufgangs biegen wollte, hörte er ein Stöhnen. Alarmiert zog er seine Pistole und lehnte sich an die Wand. Es konnte zwar durchaus ein Obdachloser sein, aber er wollte auf Nummer sicher gehen.

Vorsichtig riskierte er einen kurzen Blick um die Ecke – und sah ihn vor sich! Eine gebückte Gestalt arbeitete sich, am Metallgeländer abgestützt, Stufe für Stufe die Treppe hinauf. Sofort erkannte Bergmann, dass etwas nicht stimmte. Die Person war offenkundig verletzt. War das Streicher? Hatte ihn der Schuss vorhin in den Katakomben etwa erwischt?

So leise wie nur möglich schlich er der zusammengekrümmten Gestalt hinterher. Unvermittelt durchbrach ein Piepen die Stille der Nacht. Sein Handy läutete.

Er zuckte im selben Moment zusammen, in dem die Gestalt vor ihm, mittlerweile am oberen Ende der Treppe angekommen, unerwartet leichtfüßig herumwirbelte und ihn entdeckte. Bevor Bergmann auch nur etwas sagen konnte, hob der Flüchtige eine Waffe und drückte ab. Haarscharf strich eine Kugel an seiner Wange vorbei. Er presste sich mit dem Rücken an die Mauer, entsicherte seine Pistole und erwiderte mit mehreren Schüssen das Feuer.

Die Gestalt über ihm hechtete auf die Brücke und verschwand aus seinem Blickfeld. Einen Moment wartete Bergmann, dann stieg er gebückt die Treppenstufen voran. Noch ein Schuss hallte durch die Nacht und verfehlte ihn nur knapp. Bergmann ging in Deckung. Er war in einer denkbar ungünstigen, ungeschützten Position. Wo blieb die Verstärkung? Und wo war Schwartz?

Ein gedämpfter Schrei und ein Stöhnen waren zu hören.

Über ihm bewegte sich jemand, und es raschelte deutlich auf dem Bürgersteig. Was machte der Mann dort?, überlegte Bergmann. Plötzlich hallten Laufschritte über ihm. Streicher? Er durfte nicht entkommen!

Entschlossen stürmte Bergmann die letzten Stufen hinauf und spähte, die Waffe vorangestreckt, über die niedrige Steinbrüstung auf die Brücke. Die Straßenlampen erhellten den Gehsteig mit schummrigem Licht, immer wieder unterbrochen von den Scheinwerfern vorbeifahrender Autos. Sonst war kein Mensch zu sehen, weder linker noch rechter Hand. Bergmann war überrascht. Konnte es sein, dass Streicher bereits die Straße überquert hatte? Fieberhaft überlegte er, wohin Streicher verschwunden sein könnte.

Als er noch einmal den Blick streifen ließ, fiel ihm etwas auf. In der Mitte der Brücke bewegte sich etwas. Er kniff die Augen zusammen. Jemand kroch bäuchlings auf dem Boden. Schritt für Schritt ging Bergmann auf die Gestalt zu. »Halt! Polizei!«, rief er dumpf.

Die Gestalt vor ihm röchelte, dann drehte sie den Kopf, und Bergmann sah in ein schmerzverzerrtes Gesicht. Es war Streicher, eindeutig! Erneut rief Bergmann: »Letzte Chance! Ich will die Hände sehen!«

Streicher stoppte und tastete mit einer Hand zur steinernen Brüstung. Ganz langsam, wie in Zeitlupe, zog er sich an ihr hoch und stützte sich stöhnend ab. Bergmann ging in die Hocke und näherte sich ihm mit gezogener Waffe bis auf wenige Meter, jederzeit schussbereit. Streicher drehte sich schwer atmend um, mit dem Rücken an die Seitenwand der Brücke gelehnt. Das Hemd starrte vor Blut, ebenso wie Arme und Hände.

»Beide Hände hoch!«, rief Bergmann.

Langsam und voller Schmerzen hob Streicher sie an. In der linken hielt er ein kleines Buch umklammert. In der rechten schimmerte das Metall einer Waffe.

»Fallen lassen! Sofort«, stieß Bergmann tonlos hervor und

holte Luft. Das Atmen fiel ihm mit der geschundenen Nase immer schwerer.
Auch sein Gegenüber hatte sichtlich Mühe, sich auf den Beinen zu halten, und brachte nur ein kaum verständliches Röcheln hervor. »Zu spät ... Ich komme ... immer zu spät. Die Kinder. Sie wollten nur ihre Familie. So wie ich ...«, brachte Streicher mühsam stockend heraus.
»Die Waffe! Fallen lassen!«, wiederholte Bergmann nochmals.
Ihre Blicke trafen sich, und einen Augenblick lang herrschte Stille. Bergmann meinte, etwas in den Augen Streichers erkennen zu können. Hatten sie zuvor noch nervös geflackert, so war es jetzt, als ob sie erlöschen würden. Dann seufzte Streicher, riss den rechten Arm blitzschnell nach oben, drehte die Waffe an seine Schläfe und drückte ab.
Bergmann war wie gelähmt. Es kam ihm vor, als ob die Zeit stillstand. Geschah das gerade wirklich? Der Kopf des Mannes schlug zur Seite, Blut spritzte auf, der Körper sackte auf die Steinbrüstung.
Einen Moment zu lange dauerte es, bis sich Bergmann gefasst hatte und nach vorn sprang. Gerade als Streicher nach hinten kippte, erreichte ihn Bergmann und versuchte, ihn zu fassen zu bekommen. Aber es war zu spät. Streicher stürzte über die Mauer.
Nur ein leises Platschen war zu hören, als der tote Körper in das Wasser der Isar eintauchte. Fassungslos lehnte sich Bergmann über die Brüstung und starrte dem Mann nach, der vom tiefschwarzen Fluss verschluckt wurde.
Bergmann ließ erschöpft den Kopf hängen und stützte sich auf der Mauer ab. Er schloss die Augen und sammelte sich. Als er sie wieder öffnete, fiel sein Blick auf den Bürgersteig. Dort lag ein kleines Notizbuch. Das Tagebuch Josef Streichers. Nachdenklich hob er die Hinterlassenschaft des Mannes auf, der nicht nur ihn, sondern die gesamte Landeshauptstadt an diesem Tag in Atem gehalten hatte. »Was an diesem Büchlein

war dir so wichtig, dass du alles riskiert hast und noch einmal zurückgekommen bist?«, fragte er in die kühler werdende Nachtluft hinein. »Und was hat dich so verzweifeln lassen?« Zum ersten Mal seit Langem war ihm wieder bewusst geworden, dass er das Glück hatte, nicht auf sich allein gestellt zu sein, sondern ein Team zu haben. Besser gesagt eine Partnerin, die mehr Mumm hatte, als er gedacht hatte.

Das Blaulicht und die Sirenen der Einsatzwägen der Polizei, die über die Ludwigsbrücke bretterten und auf seiner Höhe zum Stehen kamen, rissen ihn aus seinen Gedanken. Lena Schwartz lief auf ihn zu und verlangsamte ihren Schritt, als sie ihn, an die Brüstung gelehnt, erreichte. »Ich habe dich angerufen vorhin. Ich habe den Eingang zum Geheimgang gefunden! Ist Streicher entwischt?«, sagte sie außer Atem.

»Du warst das also. Nein, er ist tot. Er hat sich erschossen.« Bergmann deutete auf die tiefschwarze Isar in der Dunkelheit unter ihnen und wischte sich über die blutige Nase.

Streicher war tot. Schwartz sah ihn ungläubig an und folgte seinem Blick in den Fluss. So getroffen und mitgenommen hatte sie Bergmann noch nie erlebt. Die Beamten, die um sie herumwuselten und den Tatort sicherten, schien er kaum wahrzunehmen.

Erst nach längerer Zeit unterbrach sie die Stille. »Kaum zu fassen, Harald. Aber nun sag mal: Was hat dich denn aus dem Krankenhaus zurück in die Katakomben getrieben?«

Bergmann sah sie an, und endlich blitzte wieder ein schelmisches Leuchten in seinen Augen auf. »Ein Namensschild, das mir nicht aus dem Kopf ging, war es«, sagte er mit röchelnder Nase. »Beim Namen Streicher denke ich immer zuerst an einen Münchner Nachwuchsboxer, den ich kenne. Deswegen ist mir das Schild des Pförtners von heute Mittag, der dich nicht anblicken konnte, ins Auge gesprungen. Es hätte natürlich Zufall sein können, dass der Eigentümer des Notizbuchs den gleichen Nachnamen hatte wie er. Für mein Bauchgefühl war das ein Zufall zu viel.«

»Wenn ich dich so höre und ansehe, dann muss ich mich wohl ein wenig mehr mit dem Boxen beschäftigen, wenn wir länger zusammenarbeiten, Harald«, meinte Schwartz.

Bergmann zog demonstrativ die Augenbrauen hoch und grinste schief. »Na, das hoffe ich doch! Und übrigens: Du kannst ›Harry‹ zu mir sagen.«

Epilog

München, Maximilianeum, nächster Tag, 14:30 Uhr

Gedankenversunken saß Stefan Huber am Tisch auf der Terrasse des Maximilianeums. Der Blick über die Maximilianstraße eröffnete ihm und den Kolleginnen und Kollegen an seinem Tisch ein herrliches Panorama über die Landeshauptstadt. Etwas müde rührte er in seiner Kaffeetasse und lehnte sich zurück. Zu verarbeiten, was in den letzten sechsunddreißig Stunden passiert war, würde wohl noch einige Zeit dauern.

Den ganzen Vormittag über hatte er im Kollegenkreis Rede und Antwort stehen müssen, was denn nun alles am Vorabend vorgefallen war. Seit neun Uhr morgens tagte das letzte Plenum vor der parlamentarischen Sommerpause, doch mehr als die Gesetze und Anträge, die abschließend beraten werden mussten, waren die Ereignisse in Schleißheim und vor allem im Landtag beherrschendes Thema. Die angespannte Stimmung des Vorabends war einem allgemeinen Aufatmen gewichen. Weder weitere Anschläge noch Opfer waren zu beklagen, und obwohl jeder bedauerte, dass das Sommerfest jäh zum Abbruch kam, waren doch alle froh, dass die Täter unschädlich gemacht worden waren.

Von der Kriminalpolizei bis zur Landtagspräsidentin hatte Stefan ausführlich berichtet, sodass er nun erleichtert war, einen Moment durchschnaufen zu können. Dorothee Multerer, die ihm gegenübersaß, grinste ihn an und prostete ihm zu. »Auf dich, geschätzter Kollege. Du hast dir die Sommerpause redlich verdient.« Plötzlich verfinsterte sich ihre Miene für einen Augenblick, aber sie überspielte es sofort mit einem Lächeln, zeigte hinter ihn und stand auf. »Ich glaube, du hast Besuch. Ich lasse euch dann mal allein und gehe ins Plenum. Du bist heute ja von Redebeiträgen verschont.«

Verwirrt drehte Stefan sich um und sah zu seiner Überraschung Tina die Treppe aus der Landtagsgaststätte auf die Terrasse herabsteigen. Wieder schlug sein Herz schneller, als er sie beobachtete. Als sie ihn entdeckte, winkte sie ihm fröhlich zu, während Dorothee grußlos an ihr vorbeiging.

Stefan sprang auf und wies auf den frei gewordenen Platz. »Na, das ist ja eine Überraschung! Ich dachte, du musst erst noch mal ins Krankenhaus? Haben sie dich so schnell wieder herausgelassen?«

Tina verdrehte die Augen. »Ja, sie haben keine bleibenden Schäden festgestellt. Zumindest keine körperlichen. Da dachte ich, am besten verarbeite ich die Ereignisse und Traumata gleich an Ort und Stelle.«

»Sehr vernünftige Einstellung«, gab Stefan zurück. »Was für ein verrückter Tag gestern. Ich kann es selbst noch gar nicht ganz glauben. Jeden Morgen habe ich Arti gegrüßt, und mir ist nichts aufgefallen. Wer hätte gedacht, dass er hinter so etwas steckt?«

»Sag mal, hat die Polizei eigentlich schon etwas außer dem Tagebuch bei ihm gefunden?«, fragte Tina neugierig.

»Das kannst du sie gleich selbst fragen. Lena Schwartz hat mich eben angerufen. Sie ist gerade beim Landtagsamt und kommt gleich hier vorbei«, meinte Stefan. »Aber soweit ich es verstanden habe, haben sie nur das Tagebuch. Sonst nichts.«

Tina nickte etwas enttäuscht. »Das wundert mich. Ich bin nämlich überzeugt davon, dass an unserer Theorie von gestern Nacht etwas dran ist. Ich habe heute ein wenig darüber nachgedacht. Es ist wirklich auffallend, dass es beim Grundstein mehrere Hinweise auf Griechenland gab. Denk mal an die Münze. Und kurz vor der Grundsteinlegung musste der Bruder des bayerischen Königs, also König Otto I., aus Griechenland ins Exil fliehen. Vorher gingen immer wieder mal Gerüchte um, dass er etwas sehr Wertvolles als Dreingabe für Griechenland mitbekommen hatte, um es mal so zu sagen. Auch davon ist aber später nie mehr die Rede.«

Stefan nippte an seinem Kaffee und nickte, während Tina, voll und ganz in ihrem Element, weitererzählte. »Und dieses Zuckerl könnte in der Tat einer der Edelsteine aus der langen Familiengeschichte sein. Etwas wie ein zweiter Blauer Wittelsbacher, den er dann vor den Franzosen und Briten in Sicherheit bringen wollte, als sie im Krimkrieg seinen Hafen besetzten. Er musste ja fürchten, dass sie alles beschlagnahmen würden, was sie finden. Und am sichersten war es wo? In der trauten Heimat bei seinem Bruder. Wenig später musste er ja wirklich zurück ins Exil nach Hause und wollte sich bestimmt sein Eigentum zurückholen. Und was passierte dann?«

Stefan zuckte mit den Schultern. »Hilf mir auf die Sprünge. Du bist die Historikerin.«

»König Maximilian II. starb ganz plötzlich und unerwartet.«

»Stimmt, das hast du gestern ja erwähnt«, bestätigte Stefan.

»Ob es Schicksal war oder ob etwas anderes dahintersteckte? Ich weiß es nicht. Aber es könnte sein, dass König Maximilian bei der Grundsteinlegung des Landtags etwas für seinen Bruder versteckt hatte, das wegen seines überraschenden Ablebens dann für immer verschollen blieb. Und das hat unser Freund Streicher alias Arti von der Pforte hier gesucht!«

»Interessante Theorie, Frau Oerding«, sagte eine bekannte Stimme hinter ihr. »Ich habe zwar nur die letzten Sätze gehört, aber es klang spannend.«

Überrascht drehte Tina sich um. »Hallo, Frau Schwartz, das wollten wir Ihnen gestern Abend noch erklären, als wir in die Katakomben gekommen sind.«

»Wie geht es denn Ihrem Kollegen?«, fragte Stefan.

»Er ist auf dem Weg der Besserung, auch wenn er nicht gerade vorteilhaft aussieht. Der Streifschuss an der Schulter wird schon wieder. Da ist der Nasenbeinbruch schmerzhafter.« Schwartz musterte Stefans Gesicht, während sie sich setzte. »Sie haben ja auch so einige Schrammen davongetragen.«

»Sonst geht es mir aber ganz gut«, wiegelte er ab und betastete seine Wange, die sich ganz pelzig anfühlte.

Schwartz, der die Nacht sichtlich noch in den Knochen steckte, streckte sich und seufzte. Mit verschwörerischem Blick beugte sie sich vor und sah Tina und Stefan nacheinander in die Augen. »Ich persönlich glaube, dass Sie da absolut auf der richtigen Spur sind«, sagte sie. »Es spricht einiges für Ihre Theorie.«

»›Wenn man alle logischen Lösungen eines Problems eliminiert, dann ist die unlogische, obwohl unmöglich, unweigerlich richtig‹, Dr. Watson«, warf Tina theatralisch ein.

»Und ›nichts ist trügerischer als eine offenkundige Tatsache‹, Dr. Oerding«, konterte Schwartz mit einem weiteren Sherlock-Holmes-Zitat, und die drei lachten auf. »Bislang haben wir jedoch nur Indizien und keine Tatsachen. Vor allem zur Existenz eines Edelsteins. Das Einzige, was uns neben den historischen Schriften vorliegt, ist das Tagebuch des Großvaters von Arthur Streicher, das wir derzeit auswerten. Seine Leiche haben wir nicht weit entfernt flussabwärts am Ufer bergen können. Die Isar ist zum Glück relativ seicht in diesem Abschnitt. Kein schöner Anblick, sage ich Ihnen. Kopf- und Bauchschuss. In seiner Hosentasche war übrigens ein total durchnässter Lageplan des Landtages.«

»Ah, das sind sicher die verschwundenen Baupläne aus dem Archiv. Dann hat Streicher sie also gestohlen!«, warf Tina ein.

»Die würde ich mir bei Gelegenheit gerne einmal ansehen, wenn ich darf. Haben Sie sonst nichts gefunden?«

»Nur noch einen Schlüssel für ein Schließfach im Müller'schen Volksbad. Dort haben sich die Kollegen heute Vormittag umgesehen. Darin waren Wechselwäsche sowie ein Ticket für einen Nachtzug nach Rom deponiert. Und ein Netbook mit einer Software, die zur Fernzündung von Bomben eingesetzt werden kann«, berichtete Schwartz. »Außerdem haben wir den DNA-Abgleich zu einem Doppelmord von Hohenkammer beschleunigen können. Die DNA von Arthur Streicher konnte eindeutig zugeordnet werden. Er war es gestern Morgen, und er war es vor ein paar Jahren bei dem Ehepaar.«

Stefan und Tina sahen sich an. »Wow«, sagte er. »Das heißt also, der Täter ist eindeutig identifiziert. Nur für unsere Annahmen gibt es keine Beweise.«

Schwartz nickte. »*Noch* nicht, jedenfalls. Aber eins bleibt für uns im Dunkeln: Wieso ist Arthur Streicher gestern in die Katakomben zurückgekehrt? Harald meinte, wegen des Buchs, das er unbedingt haben wollte.«

Stefan nickte. »So unglaublich es klingt: Ich bin überzeugt davon, dass er mich für das Buch getötet hätte, ohne mit der Wimper zu zucken.«

»Ein perfekter Plan mit jahrelanger Vorbereitung, und er setzt alles aufs Spiel für ein altes Tagebuch? Hätte er das nicht getan, wäre er doch höchstwahrscheinlich entkommen. Unsere Psychologen meinen nach Blick in seine Akte, dass vielleicht ein schweres Trauma vorgelegen haben könnte. Er hatte wohl eine sehr schwierige Familien- und Lebensgeschichte. Vielleicht war er auf das Notizbuch, das offensichtlich seinem Großvater gehört hatte, fixiert. Das können wir aber alles nur vermuten. Seine letzten Worte weisen darauf hin. Es hat Harry richtig mitgenommen, wie verzweifelt Streicher war, bevor er sich erschossen hat.«

Einige Sekunden blieb es still zwischen den dreien.

»Wie sagt man?«, murmelte Tina schließlich und blickte auf. »›Die Feder ist mächtiger als das Schwert.‹ Ein Buch oder auch nur ein Stück Papier kann die Welt verändern. Das galt auch für die Welt von Arthur Streicher.«

»So ist es. Das wird uns und vor allem Harry, so wie ich ihn kenne, sicherlich noch länger beschäftigen.« Schwartz wiegte den Kopf hin und her. »Kommen Sie nachher in das Kommissariat zur Unterschrift der Aussage, oder soll ich Sie gleich mitnehmen?«, fragte sie und erhob sich.

»Wir kommen gemeinsam in einer Stunde, wenn es Ihnen recht ist«, antwortete Stefan, und Tina nickte zustimmend.

»Schön! Harry ruft sowieso gerade schon wieder vom Krankenbett aus an. Er kann es nicht lassen!« Schwartz lachte und winkte ihnen zum Abschied.

Als sie wieder allein waren und den Blick über die Silhouette der Stadt schweifen ließen, sagte Stefan: »Was so ein paar Stunden ausmachen. Seit wann sagt sie denn ›Harry‹ zu ihm? Aber die beiden sind ein gutes Team.«

»Wir doch auch, oder etwa nicht?«, scherzte Tina und sah ihm in die Augen.

»Aber hallo. Lass uns das bei der Polizei hinter uns bringen, und danach halte ich mein Wort und lade dich zum Essen ein.« Stefan zwinkerte ihr zu.

Tina lachte. »Vorsicht, das klingt nun wirklich nach einem Date. Und du weißt ja, was man über Beziehungen sagt, die sich aus Extremerfahrungen entwickeln ...«

***

München, Isarufer im August

Ruhe war eingekehrt in der Landeshauptstadt nach dem nervenaufreibenden Juli. Mit Beginn der Sommerferien stand der Jahresurlaub an, und in den meisten Stadtteilen ging es beschaulicher zu als während des restlichen Jahres. Die Ereignisse am Tag des Sommerempfangs der Landtagspräsidentin verblassten, die Hitze des Sommers blieb.

Viele nutzten daher die Gelegenheit, um in den Isarauen mitten in der Großstadt zu baden, sich zu sonnen und die Lebensqualität der sommerlichen Stadt, so gut es ging, zu genießen. Auch in diesem Jahr stand heimatnaher Urlaub hoch im Kurs. Der Parlamentsbetrieb im Maximilianeum machte ebenfalls Pause, und so waren die Wege um das ehrwürdige Gebäude noch stärker als sonst von Touristen und Einheimischen in Freizeitkleidung geprägt.

Kinder wie Erwachsene genossen es, sich im Wasser der Isar

abzukühlen und zu planschen. Eine Gruppe Studenten, die sich für eine Grillfeier am Isarufer entschieden hatte, stapfte gegenüber der Praterinsel am seichten Ufer entlang, als einer von ihnen plötzlich aufschrie. Er war im kniehohen Wasser auf etwas Spitzes getreten und fischte es verärgert aus dem Wasser.

Erstaunt blickte er auf sein Fundstück. Er hielt eine kleine Metallschatulle in Händen. Auf dem Deckel prangte ein kunstvoll verzierter blauer Stern, gehalten von zwei leicht geschürzten Männern und umrahmt von griechischen Schriftzeichen. Sie war mit dunkelblauem Samt ausgelegt.

»Was hast du denn gefunden?«, rief ein Kommilitone dem Studenten zu.

»Ein altes Kästchen. Hier war wohl mal was Wertvolles drin. Aber leider ist es leer«, antwortete sein Freund und zeigte ihm die faustgroße Einbuchtung in der Schatulle.

∗∗∗

Auf der kleinen Verbindungsbrücke zur Praterinsel über ihnen lehnte sich gerade ein Mittfünfziger über das Geländer und war zum wiederholten Mal in ein kleines Notizbuch vertieft. Kriminalhauptkommissar Harald Bergmann kniff die Augen zusammen, um in der Sonne besser sehen zu können, und fasste sich dabei an die linke Schulter, die noch ein wenig schmerzte. Für seine Vorgesetzten mochte die Akte Schleißheim geschlossen sein.

»Für mich nicht«, brummte Bergmann in seinen Dreitagebart, zückte sein Smartphone und wählte die Nummer seiner Kollegin Schwartz.

Nachwort

Wer sich Enthüllungen politischer Skandale oder Schmutzeleien erwartete, der könnte bei der Lektüre des vorliegenden Buches vielleicht sogar ein Stück weit enttäuscht worden sein. Darum ging es mir explizit nicht, sondern darum, eine originelle Idee an einem der spannendsten Orte Bayerns umzusetzen und sie unterhaltsam mit einem Einblick in den Arbeitsalltag in einem Parlament zu verknüpfen.

Wenn ich damit ein wenig Neugier auf das Maximilianeum als Ort der Demokratie und auf die Menschen, die es seit Jahrzehnten mit Leben erfüllen und seine Geschichte jeden Tag aufs Neue fortschreiben, geweckt habe, bin ich zufrieden.

Eine Frage, die sich der eine oder die andere sicherlich gestellt hat, möchte ich in aller Offenheit beantworten: Nein, ich bin nicht Stefan Huber, auch wenn ich ihn in aller Sympathie beim Schreiben begleitet habe. So bin ich im Unterschied zu ihm Oberpfälzer, glücklich verheirateter Familienvater und kann nicht garantieren, dass ich den gleichen Mut wie er an den entscheidenden Stellen der Handlung aufgebracht hätte. Wer jedoch genau achtgibt, kann im Kapitel nach Hubers Plenarrede im Oberpfälzer Kollegen mit Vornamen Gerhard eine Übereinstimmung mit dem Autor erahnen. Ähnlichkeiten weiterer Figuren mit existierenden Personen sind dahingegen selbstverständlich rein zufällig und der Vorstellungskraft des jeweiligen Lesers vorbehalten.

Bei den historischen und realen Rahmenbedingungen gestaltet sich dies jedoch ganz anders: Das Reizvolle an der Geschichte besteht für mich nicht nur in der Tragik, dass der Täter letztendlich an seiner Fixierung auf das Tagebuch scheitert, sondern auch darin, dass nahezu alle Gegebenheiten, Fakten und Zusammenhänge belegt sind. Sowohl die Rolle König Ottos I. in Griechenland, die Grundsteinlegung des

Maximilianeums durch König Maximilian II., die besonderen Umstände des Grundsteinfundes 1998 als auch die verschollenen Gemälde im Zuge der Bombenangriffe auf das Gebäude haben historisch belegte Bezüge. Dies gilt ebenso für den Geheimgang zum Müller'schen Volksbad oder die Sanierung der Kellergewölbe. Auch die Abläufe im Parlament, beim Sommerempfang sowie die Räumlichkeiten entsprechen der Realität. Wer dies nachprüfen möchte, dem ist eine der beliebten Führungen durch den Bayerischen Landtag nur zu empfehlen.

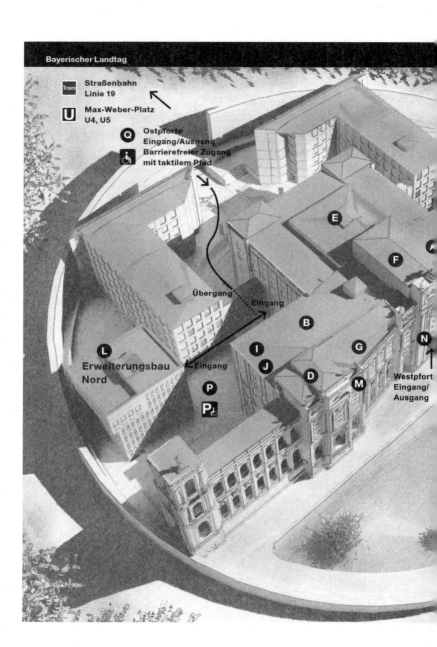

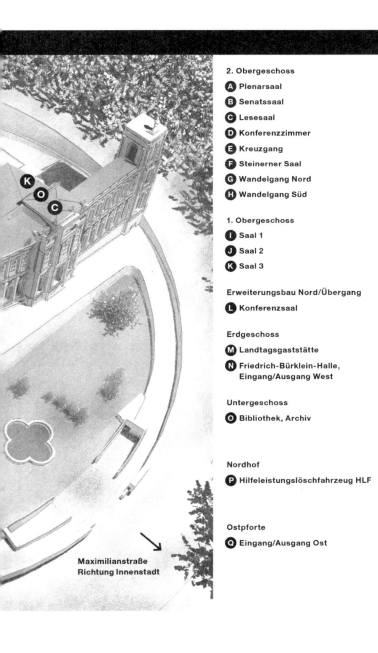

2. Obergeschoss
- **A** Plenarsaal
- **B** Senatssaal
- **C** Lesesaal
- **D** Konferenzzimmer
- **E** Kreuzgang
- **F** Steinerner Saal
- **G** Wandelgang Nord
- **H** Wandelgang Süd

1. Obergeschoss
- **I** Saal 1
- **J** Saal 2
- **K** Saal 3

Erweiterungsbau Nord/Übergang
- **L** Konferenzsaal

Erdgeschoss
- **M** Landtagsgaststätte
- **N** Friedrich-Bürklein-Halle, Eingang/Ausgang West

Untergeschoss
- **O** Bibliothek, Archiv

Nordhof
- **P** Hilfeleistungslöschfahrzeug HLF

Ostpforte
- **Q** Eingang/Ausgang Ost

Maximilianstraße
Richtung Innenstadt

Maximilianeum

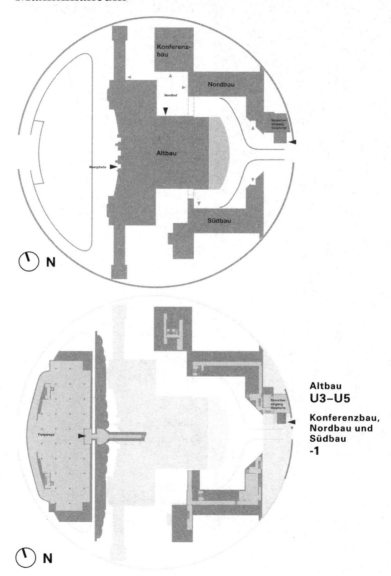

Altbau
U3–U5

Konferenzbau,
Nordbau und
Südbau
-1

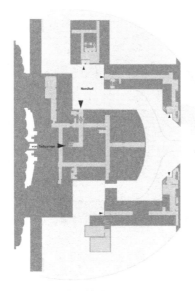

**Altbau
U2**

Konferenzbau,
Nordbau und
Südbau
0

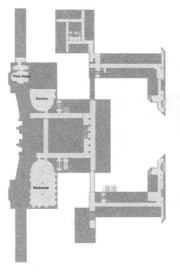

**Altbau
U1**

Konferenzbau,
Nordbau und
Südbau
1

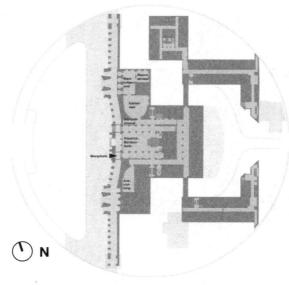

**Altbau
0**

**Konferenzbau,
Nordbau und
Südbau
2–3**

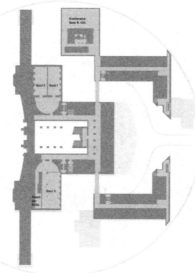

**Altbau
1**

**Konferenzbau,
Nordbau und
Südbau
4**

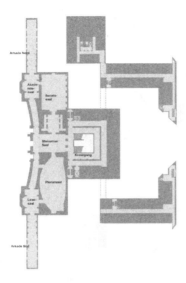

Altbau
2

Konferenzbau,
Nordbau und
Südbau
5

 N

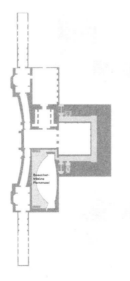

Altbau
3

Konferenzbau,
Nordbau und
Südbau

 N

Schlossanlage Schleißheim

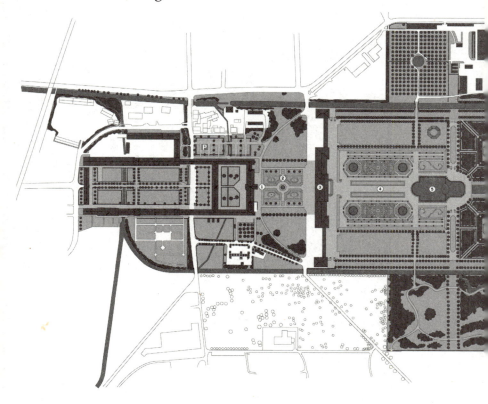

Legende

1. Altes Schloss Schleißheim
2. Parterre zwischen Altem und Neuem Schloss Schleißheim
3. Neues Schloss Schleißheim
4. Parterre
5. Kaskade
6. Mittelkanal
7. Lindenalleen
8. Seitenkanäle
9. Boskettbereich
10. Achtstrahliger Doppelring als Mitte des Boskettbereichs
11. Schloss Lustheim

 Bayerische Verwaltung der staatlichen Schlösser, Gärten und Seen

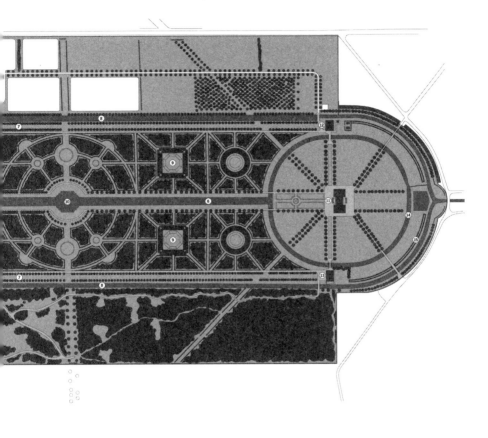

⑫ Ehem. Pferdestall
⑬ Renatuskapelle
⑭ Ringkanal um Schloss Lustheim
⑮ Heckenabschluss an Stelle der ehem. Orangerie
⑯ Landschaftlicher Teil des Parks
⑰ Gärtnerei mit Obstquartier

© Bayerische Schlösserverwaltung, Norbert Nordmann

Dank

Das vorliegende Buch wäre ohne die großartige Unterstützung, die ich beim Recherchieren, Schreiben und Überarbeiten des Manuskriptes erfahren durfte, undenkbar gewesen. Meine Familie war nicht nur an der Entwicklung der Idee beteiligt, sondern stand mir auch bei der Umsetzung und den Korrekturen ständig mit Rat und Tat zur Seite. Für die Geduld und die ehrliche Rückmeldung über Monate hinweg kann ich mich gar nicht genug bedanken. Dies gilt in besonderem Maß auch für Diana Binder, die durch einen glücklichen Zufall auf das Projekt aufmerksam wurde und es von Anfang an mit Kreativität, Akribie und Fachwissen begleitete. Die Stunden, in denen wir Ideen zum Buch ausgetauscht haben, können nicht gezählt werden. Ohne diese unschätzbar wertvollen Beiträge wäre der vorliegende Roman nicht in dieser Form möglich gewesen.

Dank gebührt auch Conny Heindl von der Agentur Drews, die nicht nur die ersten Schritte hin zur Zusammenarbeit mit dem Emons Verlag, sondern auch die Weiterentwicklung des Manuskripts gemeinsam mit Birgit Böllinger gewinnbringend begleitet hat. Überaus angenehm und unglaublich lehrreich war die Zusammenarbeit mit Carlos Westerkamp, der im Lektorat mit Engagement und Akribie, großer Erfahrung und ebenso ausgeprägter Geduld ganz neue Einblicke ermöglichte.

Nicht zuletzt gilt mein besonderer Dank der Präsidentin des Bayerischen Landtags Ilse Aigner und dem Landtagsamt mit Direktor Peter Worm, die dem Projekt nicht nur von Anfang an wohlwollend gegenüberstanden, sondern auch gemeinsam mit Andreas Hesse bei der Erstellung der Skizzen und Pläne des Maximilianeums großartige Hilfestellung gaben.